Michaela Thewes

Mein Sommer voller Flips und Flops

MICHAELA THEWES

Mein Sommer voller Flips & Flops

one

Dieser Titel ist auch als Hörbuch und E-Book erschienen

Die Bastei Lübbe AG verfolgt eine nachhaltige Buchproduktion. Wir verwenden Papiere aus nachhaltiger Forstwirtschaft und verzichten darauf, Bücher einzeln in Folie zu verpacken. Wir stellen unsere Bücher in Deutschland und Europa (EU) her und arbeiten mit den Druckereien kontinuierlich an einer positiven Ökobilanz.

MIX
Papier | Fördert gute Waldnutzung
FSC® C014496

Originalausgabe

Dieses Werk wurde vermittelt durch die Michael Meller Literary Agency GmbH, München

Textredaktion: Annika Grave
Umschlaggestaltung: Kristin Pang unter Verwendung von Motiven von © Elena Barenbaum / shutterstock.com; vectorsanta / AdobeStock; mary_stocker / AdobeStock; NTRdesign / AdobeStock; 4zevar / AdobeStock; Caelestiss / AdobeStock; Miceking / shutterstock.com; AnastasiaOsipova / AdobeStock
Satz: 3w+p GmbH, Rimpar
Gesetzt aus der Adobe Caslon Pro
Druck und Einband: GGP Media GmbH, Pößneck

Printed in Germany
ISBN 978-3-8466-0170-9

5 4 3 2 1

Sie finden uns im Internet unter: one-verlag.de
Bitte beachten Sie auch luebbe.de

Kapitel 1

»Hast du ihn schon gesehen?«

Seinen Namen zu nennen ist überflüssig. Natürlich weiß ich sofort, wen Nele meint. Es vergeht kein Schultag, an dem ich mir auf der Suche nach Luke nicht gefühlte hundert Mal den Hals verrenke. Im Foyer, auf dem Schulhof, im Gedränge auf den Fluren, an den Schließfächern … und natürlich in der Cafeteria. Aber leider ist er hier heute noch nicht aufgetaucht. Ich habe, während ich mir an der Essensausgabe die Beine in den Bauch gestanden habe, mit den Augen jeden Winkel des Raumes abgesucht. Zur Sicherheit sogar mehrmals. Doch Fehlanzeige. Wenn Luke sich nicht gerade unter einem Tisch verkrochen oder hinter der Salattheke verschanzt hat, ist er definitiv nicht hier.

»Nee«, murmele ich und schüttele frustriert den Kopf, »keine Spur von ihm.«

Mist! Der Gedanke, dass ich Luke beim Mittagessen sehen werde, war das Einzige, das den Schultag bis jetzt einigermaßen erträglich gemacht hat. Sofern das bei einer Folter wie Schule überhaupt möglich ist. Und nun auch noch das! Ich versuche die Enttäuschung, die wie ein fieser Kloß in meinem Hals festsitzt, runterzuschlucken. Aber außer einem trockenen Würgen bringt das gar nichts.

»Mach dir nichts draus, Charly.« Nele tätschelt aufmunternd meine Hand. »Früher oder später wird ihn der Hunger bestimmt hertreiben.«

»Kann schon sein.« Über den Tisch hinweg werfe ich ihr einen dankbaren Blick zu, dann checke ich schnell noch mal die Eingangstür. Safety first. Natürlich habe ich mich extra so hingesetzt, dass ich den Eingang im Auge behalten kann. »Vielleicht hat er heute aber auch gar keine Zeit, in die Cafeteria zu gehen«, überlege ich laut, während ich den Burger, den ich bis jetzt noch nicht angerührt habe, auf meinem Teller hin und her schiebe. Obwohl mein Magen im Unterricht bedrohlich klingende Laute von sich gegeben hat – eine Mischung aus wütendem Dobermann und gluckerndem Abflussrohr –, fühlt er sich plötzlich wie zugeschnürt an. Aber vielleicht hat er ja auch gar nicht vor Hunger, sondern aus Abneigung gegen die olle Rosenstolz, unsere Deutschlehrerin, so laut geknurrt. Was ich verdammt gut verstehen könnte …

»Vielleicht muss Luke noch lernen. Er schreibt gleich einen Geschichtstest«, schiebe ich, als ich Neles fragenden Blick sehe, zur Erklärung hinterher.

»Der Arme«, sagt die beste und liebste Freundin der Welt mitfühlend. Und das war's. Mehr nicht. Dafür könnte ich sie abknutschen! Das ist meine Nele.

Jemand anderes hätte mich bestimmt für verrückt erklärt oder zumindest damit aufgezogen, dass ich nicht nur Lukes Stundenplan in- und auswendig kenne, sondern darüber hinaus sogar weiß, was für Tests oder Klassenarbeiten er schreibt. Schließlich sind wir nicht zusammen. Zumindest nicht im engeren Sinne. Na gut, im weiteren leider auch nicht. Eigentlich bin ich mir noch nicht einmal sicher, ob er meinen Namen kennt. Aber wen zum Teufel interessieren schon solche Nebensächlichkeiten, wenn man bis über beide Ohren verliebt ist?!

Während Nele ihre Burgerhälften so fest zusammendrückt, dass Ketchup an den Seiten hervorquillt, runzelt sie nachdenklich die Stirn. »Kuki hat gar nicht erwähnt, dass er heute einen Geschichtstest schreibt. Wahrscheinlich hat er das mal wieder total verpennt.«

Neles Freund Kuki ist genau wie Luke in der Neunten, also eine Jahrgangsstufe über uns, und die beiden gehen in die gleiche Klasse. Seit ungefähr acht Monaten sind Nele und Kuki nun schon zusammen, aber noch verliebt wie am ersten Tag. Und wie immer, wenn sie von ihm redet – also ungefähr alle drei bis fünf Minuten –, beginnen ihre grünen Augen zu leuchten.

»Was hat Kuki verpennt? Dass er heute einen Test schreibt oder dir davon zu erzählen?«

»Beides wahrscheinlich.« Nele begutachtet kritisch ihren Burger, so als wolle sie Maß nehmen, und reißt dann den Mund wie beim Zahnarzt sperrangelweit auf. Was ziemlich bescheuert aussieht. Außerdem hat sie die Größe des Monsterburgers unterschätzt. Erst beim dritten Anlauf gelingt es ihr, ein kleines Stück abzubeißen.

Während ich ihr gedankenverloren beim Kauen zusehe,

entfährt mir ein tiefer Seufzer. »Du kannst dir gar nicht vorstellen, wie ich dich beneide.«

»Um Kuki?«, nuschelt Nele mit vollem Mund.

»Ha, ha, guter Witz.« Ich verdrehe die Augen und zeige ihr einen Vogel. »Den kannst du gerne behalten.«

Ich darf das sagen. Schließlich weiß meine Freundin, dass ich Kuki wirklich gerne habe. Auch wenn er ein Spinner ist. Aber schließlich ist er *ihr* Spinner. Darüber hinaus ist er nett, witzig, sportlich, immer gut drauf – und verdammt anstrengend. Wie ein Hamster auf Ecstasy, wuselig und durchgeknallt. Darum kann ich ihn nur in kleinen Dosen ertragen.

»Und worum beneidest du mich dann?« Nele tastet mit einer Hand in ihren blonden Haaren, die sie heute zu einem lässigen Dutt zusammengefasst hat, nach ihrer neuen Sonnenbrille und legt sie neben sich auf den Tisch.

»Dass der Kerl, in den du verliebt bist, auch in dich verliebt ist.«

Nele nickt bedächtig. »Zugegeben, das macht die Sache um einiges leichter. Für den Anfang wäre es vielleicht nicht schlecht, wenn Luke und du irgendeine Gemeinsamkeit hättet. Muss ja nichts Großes sein. Irgendwas, worüber ihr quatschen könnt.«

Na, die hat gut reden! Frustriert streiche ich mir eine lange Ponysträhne hinters Ohr. »Du meinst, wie du und Kuki?« *Wenn das mal so einfach wäre.* »So viel Glück kann nun mal nicht jeder haben. Ich meine, sieh euch doch nur mal an: Der Server einer Dating-App würde bei so vielen Matches bestimmt abstürzen. Ihr spielt nicht nur beide Handball, sondern seid sogar noch im selben Verein … und auf derselben Schule.« Ich zähle die Gemeinsamkeiten an den Fingern ab und halte nun demonstrativ Finger Nummer vier in die Höhe. Ha, und da soll noch mal einer sagen, ich könnte nicht bis drei zählen. »Von eurem Freundeskreis wollen wir gar nicht erst reden ... Gott sei Dank habt ihr nicht auch noch dieselben Eltern. Das wäre echt doof.«

Nele grinst wie ein Honigkuchenpferd. »Wir sind eben füreinander bestimmt. Kuki und ich *mussten* einfach zusammenkommen. Das war Schicksal.«

Echt jetzt?!? Ich beiße mir auf die Lippen und verkneife es mir, sie darauf hinzuweisen, dass es nicht das Schicksal, sondern Kukis bester Freund Noah und ich gewesen sind, die sie verkuppelt haben. Aber das ist zum einen Schnee von gestern, und zum anderen geht es jetzt zur Abwechslung mal um Luke und mich und darum, wie aus uns endlich ein Paar werden kann. Auf das Schicksal will ich mich dabei nämlich lieber nicht verlassen. Das ist dummerweise ziemlich unzuverlässig. Also bleibt mir nichts anderes übrig, als meinem Glück selbst auf die Sprünge zu helfen, auch wenn sich das bisher als äußerst schwierig erwiesen hat. An mir hat es übrigens nicht gelegen. Na ja, vielleicht ein klitzekleines bisschen.

»Die Kletter-AG war ein absoluter Reinfall«, seufze ich deprimiert.

»Ich hab dir gleich gesagt, dass es Schwachsinn ist, dich für diese AG anzumelden. Ich meine, wer geht schon klettern, wenn er Höhenangst hat?!«

»Hast recht, das muss ein ziemlicher Trottel sein«, murmele ich kleinlaut.

Zugegeben, meine brillanteste Idee ist das nicht gerade gewesen. Aber zumindest eine Gelegenheit, um in Lukes

Nähe zu sein. Logisch, dass ich da nicht lange gezögert habe. Auch wenn ich dafür wochenlang jeden Dienstag in der Turnhalle allein beim Anblick der Kletterwand in Panik verfallen bin. Doch ich habe tapfer durchgehalten, nur damit Luke endlich auf mich aufmerksam wird und sich dann in mich verliebt. Zumindest in der Theorie hat das perfekt geklungen.

In der Praxis habe ich jedoch die meiste Zeit in stinkenden Toilettenräumen herumgelungert oder mich auf andere Art unsichtbar gemacht. Obwohl es mir so fast immer gelungen ist, mich erfolgreich vor der bescheuerten Kletterwand zu drücken, bin ich trotzdem irgendwie erleichtert gewesen, als Luke zum Ende des Halbjahrs aus der AG ausgetreten ist. Damit hat es auch für mich keinen Grund mehr gegeben, mich jede Woche in Lebensgefahr zu begeben. Früher oder später hätte mich entweder der bestialische Gestank auf dem Schulklo umgebracht oder ich wäre vor Langeweile gestorben. Denn auch wenn ich mich jedes Mal in einer anderen Toilettenkabine verschanzt habe, ist mir schon nach kurzer Zeit der Lesestoff ausgegangen. Nicht dass ich die mit Edding an die Wände gekritzelten Sprüche besonders witzig gefunden hätte. *Jungs sind wie Klos: Entweder besetzt oder beschissen* war noch einer der besseren. Also habe ich angefangen, Bodenfliesen zu zählen oder abwechselnd große und kleine Löcher in die Luft zu starren.

»Mensch, es wird doch irgendwas geben, das euch verbindet«, reißt Nele mich aus meinen unschönen Erinnerungen. »Es muss ja nicht gleich ein gemeinsames Hobby sein. Wer weiß, vielleicht habt ihr die gleichen Vorlieben. Es könnte doch sein, dass ihr beide auf Shakespeare, Bayern München, Katzenbabys oder McDonalds steht. Das wäre doch schon mal ein Anfang.«

»Wie du als meine beste Freundin eigentlich wissen solltest, bin ich weder Shakespeare- noch Bayern-München-Fan. Und Katzenbabys und McDonalds mag doch irgendwie jeder.«

»Das waren doch nur Beispiele.« Nele verdreht genervt die Augen. »Es können natürlich auch andere Dinge sein.«

»Dinge«, wiederhole ich gedehnt.

»Oder von mir aus auch Leute. Vielleicht habt ihr ja sogar irgendwelche gemeinsamen Freunde oder Bekannte.«

»Nicht, dass ich wüsste.« Während ich noch tief in Gedanken versunken bin, lässt mich plötzlich ein lautes Scheppern zusammenzucken.

Nele und ich sind so in unser Gespräch vertieft gewesen, dass uns gar nicht aufgefallen ist, dass wir Gesellschaft bekommen haben. Neben unserem Tisch steht Chiara. Dem Lärm nach zu urteilen, muss sie ihr Tablett ziemlich unsanft abgestellt haben.

»Ihr habt doch nichts dagegen, wenn ich mich zu euch setze?« Sie rückt sich einen Stuhl zurecht und sieht uns abwartend an.

Häää? Wie bitte?

Meine Kinnlade gehorcht dem Gesetz der Schwerkraft und klappt nach unten. Gut, dass ich noch nicht in meinen Burger gebissen habe, das würde eine schöne Sauerei geben.

An Neles Gesichtsausdruck kann ich erkennen, dass sie mindestens genauso überrascht ist wie ich. Ihre mandelförmigen Augen sind plötzlich kugelrund. Chiara hat noch *nie* zusammen mit uns Mittag gegessen. Die Königin speist normalerweise inmitten ihres treu ergebenen Hofstaats, der ihr nicht nur jeden Wunsch von den Augen abliest, sondern diesen auch sofort erfüllt.

Wo sind ihre Zofen heute bloß abgeblieben?

Auf der Suche nach Chiaras Freundinnen schaue ich mich in der Cafeteria um. Echt kein schöner Anblick. Kahle Wände, blankgescheuerte Tischplatten und hässliche Plastikstühle. Neulich ist im Fernsehen so eine Doku über Haftanstalten gelaufen, und ich schwöre: Eine Gefängniskantine, die dort gezeigt wurde, hat genauso ausgesehen wie unsere Cafeteria. Na ja, streng genommen ist Schule ja sowieso nichts anderes als Knast mit Freigang. Trotzdem wäre es ganz nett, wenn man das wenigstens in der Mittagspause mal vergessen könnte. Wäre die Cafeteria etwas gemütlicher eingerichtet, würde der Fraß, den wir hier vorgesetzt bekommen, vielleicht ein bisschen besser schmecken.

Ich lasse meinen Blick die Tischreihen entlangwandern. Es gibt jede Menge freie Plätze. Das könnte heute allerdings nicht nur an der scheußlichen Einrichtung und der Qualität des Essens, sondern auch an dem schönen Sommerwetter liegen. Ein paar Tische weiter entdecke ich schließlich Chiaras Clique, die ohne ihre Anführerin seltsam unvollständig wirkt. Wie ein Fahrrad ohne Lenker oder so was in der Art. Ob sie sich gestritten haben? Warum in aller Welt sollte Chiara sich sonst zu uns setzen wollen?

Obwohl ich sie nicht besonders gut leiden kann, habe ich plötzlich Mitleid mit ihr. Wenn Chiara mit ihren Freundinnen so zerstritten ist, dass sie es noch nicht mal mit ihnen an einem Tisch aushält, ist das schon hart.

Ich möchte mir gar nicht vorstellen, wie ich mich fühlen würde, wenn Nele und ich uns plötzlich aus dem Weg gehen würden. Wir sind seit der Grundschule miteinander befreundet und haben uns in all den Jahren noch nie so richtig heftig gestritten. Natürlich hat es hin und wieder mal Stress gegeben, aber dank Neles direkter Art haben wir alles immer schnell klären können.

Auch jetzt redet meine Freundin nicht lange drum herum, sondern sagt an Chiara gewandt: »Wenn du schon fragst … Doch, wir haben etwas dagegen, dass du dich zu uns setzt.«

Ich zucke zusammen und trete Nele unter dem Tisch unsanft vors Schienbein. Aber sie verzieht noch nicht einmal das Gesicht. Klar, als Handballerin ist sie hart im Nehmen. Auf dem Spielfeld darf man nicht zimperlich sein – das weiß ich aus eigener Erfahrung. Wer Angst vor blauen Flecken hat, sollte besser gleich zu Hause bleiben.

Chiara stutzt und hält mitten in der Bewegung inne. Mit einer Abfuhr hat sie offensichtlich nicht gerechnet.

»Beglück doch einfach jemand anderen mit deiner Gesellschaft«, setzt Nele noch eisig hinzu, als Chiara nach wie vor keine Anstalten macht, sich wieder zu verziehen.

Ist Nele noch ganz dicht?!? Hat sie vergessen, mit wem sie redet?! Chiara ist nicht nur das angesagteste Mädchen in unserer Klasse, sie ist außerdem Lukes Schwester. Wenn ich irgendwie bei ihrem Bruder landen will, ist es bestimmt nicht besonders hilfreich, sie zur Feindin zu haben.

Was soll ich nur tun? Ich mustere sie vorsichtig und versuche an ihren auffällig geschminkten Augen abzulesen, ob sie sehr sauer ist.

Doch anstatt beleidigt zu sein, tut sie einfach so, als hätte Nele einen Scherz gemacht. Erleichtert atme ich auf. Glück gehabt. Chiara wirft lachend ihre blonde Mähne über die Schultern und lässt sich mit einer eleganten Bewegung auf den Stuhl gleiten.

Gibt es für diese Art des Hinsetzens – *der leichte Schwung aus der Hüfte ist der Hammer* – eine spezielle Choreografie, die man lernen kann? Oder muss man dafür ein angeborenes Talent besitzen? Bei mir würde dieser Move bestimmt eher nach einem Hüftschaden aussehen.

Im Gegensatz zu mir ist Nele nicht so leicht zu beeindrucken. Sie zuckt gleichgültig mit den Schultern und wendet sich demonstrativ an mich. »Wo waren wir noch gleich?«

Es ist offensichtlich, dass sie vorhat, Chiara einfach zu ignorieren.

»Äh, keine Ahnung«, lüge ich und hoffe, dass mein roter Kopf mich nicht verrät. Ich werde ganz sicher nicht in Chiaras Anwesenheit über ihren Bruder reden. Eher schrubbe ich den Boden der Cafeteria mit 'ner Zahnbürste. »Ich glaube, wir hatten gerade über die nächste Deutscharbeit gesprochen.«

Als wäre die ganze Situation nicht so schon unangenehm genug, werde ich das Gefühl nicht los, dass wir beobachtet werden. Womit ich, wie ich kurz darauf feststelle, richtigliege. Chiaras Freundinnen starren unverhohlen zu uns rüber. Was glotzen die denn so dämlich?

Chiara scheint davon überhaupt nichts mitzukriegen und spießt sich ein Salatblatt mit der Gabel auf. »Ach ja, die Deutscharbeit. Wie lästig. Bestimmt überlegt sich die Rosenstolz wieder irgendeine Gemeinheit. Das hat sie echt drauf. Aber was soll's. Zum Glück haben wir die schlimmste Stunde des Tages für heute hinter uns.«

»Da sagst du was«, stimme ich ihr aus tiefstem Herzen zu. Ich denke daran, wie mich unsere Deutschlehrerin vorhin an der Tafel wieder mal gequält hat. Kein Plan, warum sie sich so auf mich eingeschossen hat. Sie nutzt jede Gelegenheit, mich vor der Klasse fertigzumachen. »Ich frage mich echt, was ich der Rosenstolz getan habe.«

»Nimm's nicht persönlich, Charlotte. Die Rosenstolz ist einfach 'ne blöde Kuh. Wahrscheinlich ist sie gefrustet, weil sie keinen Kerl abbekommen hat, und nun lässt sie ihre miese Laune an uns aus.«

Ich weiß nicht, was mich mehr überrascht. Dass Chiara überhaupt mit mir redet – wir gehen zwar seit fast vier Jahren in dieselbe Klasse, aber bis heute hat sie mich immer wie Luft behandelt – oder dass sie sogar ganz nett sein kann. Bisher habe ich sie immer für eine arrogante, hochnäsige Tussi gehalten, die sich auf ihr gutes Aussehen, ihre reichen Eltern, ihren eigenen YouTube-Channel und auf was weiß ich nicht noch etwas einbildet. Was vermutlich auch zutrifft …

»Hoffentlich sind wir die Rosenstolz nach den Sommerferien los. Noch ein Jahr länger ertrage ich das nicht«, sage ich. »*Charlotte*«, äffe ich den gekünstelten Tonfall unserer Deutschlehrerin nach. »*Wann wirst du endlich begreifen, dass Kommas kein überflüssiges Chichi sind, das man einfach weglassen kann?!*«

»Chichi.« Chiara lacht. »Stimmt, das ist eins ihrer Lieblingswörter. Und wie sie das immer betont – echt zum Schießen.«

Nele scheint das im Gegensatz zu uns gar nicht witzig

zu finden. Mit unbewegter Miene mampft sie weiter ihren Burger und macht keine Anstalten, sich an der Unterhaltung zu beteiligen. Typisch Nele. Sie versucht nie, sich zu verstellen, und zieht einfach ihr Ding durch. Egal was andere von ihr halten. Ich wünschte, ich wäre da ein bisschen mehr wie sie. Aber so cool bin ich nun mal nicht. Andererseits habe ich doch gar keine andere Wahl, als nett zu Chiara zu sein. Und Nele könnte mich ruhig ein bisschen unterstützen. Immerhin hat sie mir doch selbst geraten, etwas zu finden, was Luke und mich verbindet. Etwas – oder *jemanden.* Wer hätte gedacht, dass ich diesen Jemand in der Cafeteria auf einem zerkratzten Plastiktablett serviert bekomme?

»Tohuwabohu ist auch so ein Wort, das sie ständig benutzt. Und Kokolores«, ergänze ich grinsend.

Warum ist mir vorher eigentlich noch nie aufgefallen, wie viel Ähnlichkeit Chiara mit Luke hat? Wenn sie – wie jetzt gerade – lacht, kommt auf ihrer linken Wange ein kleines Grübchen zum Vorschein. Genau wie bei ihrem Bruder.

Bevor mir noch weitere typische Rosenstolz-Ausdrücke einfallen, wird es hinter mir im Raum plötzlich unruhig. Als ich mich umdrehe, um zu sehen, was da los ist, entdecke ich an der Essensausgabe eine Horde Neuntklässler. Mist, ich habe sie gar nicht in die Cafeteria kommen sehen. Chiaras Auftauchen hat mich total abgelenkt.

Die Jungs grölen und lachen laut. Hier und da werden freundschaftliche Schläge oder Tritte ausgetauscht.

»Hey, nicht vordrängeln! Dahinten ist das Ende der Schlange«, schnauzt ein Lauch lautstark einen Mitschüler an.

Dieser erwidert etwas, was ich aufgrund der Entfernung nicht verstehen kann. Aber es ist garantiert nichts Nettes gewesen, denn der Lauch hebt nun drohend die Faust.

Schnell lasse ich meinen Blick weiter an der Schlange der wartenden Schüler entlangwandern.

Da durchfährt es mich plötzlich wie ein Stromschlag. Von den Haar- bis hinunter in die Zehenspitzen.

BÄÄM!

Im meinem Kopf springt eine wild blinkende Alarmlampe an, und mein Herzschlag setzt für einen Moment aus.

Total verrückt! Obwohl ich mir den ganzen Vormittag nichts sehnlicher gewünscht habe, als *ihn* endlich zu sehen, würde ich jetzt, wo es endlich so weit ist, am liebsten abhauen. Geht aber nicht, denn aufzustehen wäre viel zu riskant. Und laufen ist sowieso völlig unmöglich, denn meine Knie fühlen sich sogar im Sitzen wie Pudding an. Ich atme ein paarmal langsam ein und aus, möglichst ruhig und schön tief aus dem Bauch heraus. *Om …, om …, om …* Mein Herz, das zum Glück wieder zu schlagen begonnen hat, hämmert dabei schmerzhaft gegen meinen Brustkorb.

Luke sieht wie immer unglaublich gut aus. Er trägt heute Jordans, eine abgewetzte Jeans und einen grauen Hoodie, der für diese Sommerhitze eigentlich viel zu warm ist. Der Pulli muss neu sein, zumindest hat er ihn in der Schule noch nie angehabt. Jede Wette, dass ich den Inhalt seines Kleiderschranks besser kenne als er selbst. In diesem Moment dreht Luke sich so, dass ich sein Gesicht von vorn sehen kann, und damit ist es komplett um mich geschehen. O mein Gott, diese blauen Augen! Und da etwas dermaßen Schönes und Anbetungswürdiges natürlich auch den richtigen Rahmen verdient, sind sie von unglaublich dichten, langen Wimpern umgeben. Okay, ehrlich gesagt ist das aus dieser Entfernung nicht zu erkennen, aber mein Unterbewusstsein leistet ganze Arbeit und ergänzt alle fehlenden Details. Lukes halblange honigblonde Haare locken sich über der Kapuze seines Hoodies leicht. Und seine breiten Schultern …

Oh, shit! Wie peinlich. Schlagartig wird mir bewusst, dass ich Luke die ganze Zeit anstarre. Fehlt nur noch, dass ich zu sabbern beginne.

Auffälliger geht es ja wohl kaum.

Schluss jetzt!

Unter Aufbietung all meiner Willenskraft zwinge ich mich, ihm wieder den Rücken zuzudrehen. Nele hat die Neuankömmlinge natürlich auch längst entdeckt. Ihre Miene, die seit Chiaras Auftauchen mürrisch und abweisend gewesen ist, hat sich aufgehellt, und ihre Wangen sind leicht gerötet. Kein Wunder, denn unter den Jungs befindet sich auch Kuki. Was dank seines dröhnenden Gelächters nun wirklich nicht zu überhören ist.

Nele winkt und macht ihrem Freund Zeichen, zu uns an den Tisch zu kommen.

»Kuki und Noah sind im Anmarsch«, teilt sie mir kurz darauf so aufgekratzt mit, als hätte Ed Sheeran ihr ein Privatkonzert versprochen.

»Okaaaay«, antworte ich gedehnt und weit weniger euphorisch als Nele. Nichts gegen Kuki und Noah – Noah ist sogar einer meiner engsten Freunde, gleich nach Nele –, aber eine andere Person wäre mir grade um einiges lieber. Zumindest habe ich nun einen triftigen Grund, mich erneut umzudrehen. Auch wenn ich Luke dieses Mal nur von hinten zu sehen bekomme, reagiert mein Herz direkt mit einem wilden Trommelwirbel. Und zieht sich gleich darauf schmerzhaft zusammen, denn das ist womöglich der letzte Blick, den ich heute auf ihn erhaschen werde … wenn ich mir nicht ganz schnell was einfallen lasse.

Leicht panisch wende ich mich an Chiara. »Ist das dahinten nicht dein Bruder?«, frage ich so beiläufig wie möglich und deute mit dem Kinn Richtung Essensausgabe.

Doch Chiara blickt nicht mal auf und zuckt nur gleichgültig mit den Schultern. »Kann schon sein.«

Hey, ein bisschen mehr Begeisterung, wenn ich bitten darf. Wie kann einem der eigene Bruder bloß so egal sein? Also, wenn meine Schwester dahinten stehen würde … dann würde mich das auch nicht jucken.

Keine Ahnung, was ich mir von Chiara erhofft habe. Vielleicht, dass sie Luke ebenfalls herbeiwinkt. Aber mit der Geschwisterliebe ist das halt so eine Sache …

»Bin mal gespannt, ob es sich mittlerweile bis zu Kuki rumgesprochen hat, dass er gleich einen Test schreibt«, unterbricht Nele mein Gedankenkarussell.

Eigentlich interessiert mich das im Augenblick herzlich wenig, aber ich bin froh, dass Nele wieder die Alte ist.

»Hi.« Noah erreicht als Erster unseren Tisch, dicht gefolgt von Kuki, der hinter dem Rücken seines Freundes bescheuerte Grimassen schneidet. Während Noah Chiaras Anwesenheit mit einem irritierten Seitenblick zur Kenntnis nimmt, scheint Kuki an der Situation nichts ungewöhnlich zu finden. Nach einem fröhlichen »Hallo!« beugt er sich zu Nele runter und drückt ihr einen fetten Kuss auf die Lippen.

»Ich bin vor Sehnsucht nach dir fast gestorben.« In der

rechten Hand balanciert er einen Pappteller mit einer Frikadelle, mit der linken fasst er sich theatralisch an die Brust.

»Du Armer«, bemitleidet ihn Nele. »Dafür siehst du aber noch ziemlich lebendig aus.«

»Glaub mir, das täuscht.« Von einer Sekunde auf die nächste scheint alle Energie aus seinem Körper zu entweichen, und er wankt leicht hin und her, so als könne er sich kaum noch auf den Beinen halten. »Wohl noch nie was von inneren Blutungen gehört, was?« Mit einem teuflischen Grinsen schleckt er einen Tropfen Ketchup von seinem Finger.

»Iiii, du bist ja eklig«, quietscht Nele und wendet angewidert den Blick ab.

»Kuslowski, heb dir die Vorstellung lieber für die Geschichtsstunde auf.« Luke, der wie aus dem Nichts hinter Kuki aufgetaucht ist, schlägt ihm lachend auf die Schulter.

O. Mein. Gott! Mir wird abwechselnd heiß und kalt. Das kann er doch nicht bringen, ohne Vorwarnung hier einfach so aufzukreuzen!

»Luke hat recht«, sagt Noah. »Vielleicht kannst du dich ja vor dem Test drücken.«

»Gute Idee. Aber an der Performance muss ich vorher noch arbeiten.« Kuki wendet sich an sein Publikum. »Ein bisschen Schaum vor dem Mund käme nicht schlecht, oder was meint ihr?«

»Dass du Tollwut hast, glaubt man dir jedenfalls sofort«, sagt Noah grinsend, »auch ohne Schaum.«

Obwohl sie in die gleiche Klasse gehen, haben Kuki und Noah normalerweise kaum etwas mit Luke zu tun. Bestimmt liegt es an Chiara, dass Luke an unseren Tisch gekommen ist. Oder der liebe Gott hatte heute endlich mal Zeit, all meine unerhörten Gebete abzuarbeiten.

Auf jeden Fall kann ich mein Glück kaum fassen!

Und im Gegensatz zu Kuki muss ich die Schwäche, die mich in Lukes Gegenwart erfasst, nicht einmal schauspielern. Gut, dass ich sitze, denn dieser Typ ist einfach Wahnsinn! Im Vergleich zu vielen anderen Neuntklässlern, die wie zu groß geratene Kinder aussehen, die noch heimlich zu Hause mit Lego spielen, wirkt er bereits total erwachsen und männlich. Immerhin ist er ja auch schon fast sechzehn. Versonnen betrachte ich seine breiten Schultern, die völlig unverhofft auf einmal zum Greifen nah sind. Wie es sich wohl anfühlt, den Kopf in diese einladende Kuhle an seiner Halsbeuge zu schmiegen?

Ich bin viel zu abgelenkt, um das kleine Wortgeplänkel zwischen den Jungs weiter zu verfolgen.

Erst als Chiara plötzlich »Setzt euch doch zu uns« sagt, bin ich mit einem Schlag wieder hellwach. Keine Ahnung, warum sie auf einmal so komplett anders drauf ist, aber wen juckt das schon? Jetzt zählt nur Lukes Antwort, und ich kann meinen Blick nicht von seinen Lippen lösen.

»Nee, geht nicht.« Luke schüttelt den Kopf.

Ob man mir meine Enttäuschung ansieht?

Pokern wäre echt nicht mein Ding. Ich versuche, mich zusammenzureißen und einen möglichst neutralen Gesichtsausdruck aufzusetzen. Was verdammt schwer ist, wenn man bedenkt, dass ich ganz knapp davor gewesen bin, die restliche Mittagspause mit dem tollsten, coolsten und süßesten Jungen der Schule zu verbringen. Na ja, wenigstens hab ich genug Zeit, ihn in aller Ruhe aus der Nähe zu betrachten.

Eine Haarsträhne ist ihm in die Stirn gefallen. Am liebsten würde ich aufspringen und sie zur Seite streichen. Als ich mich bei diesem Gedanken ertappe, spüre ich, wie mir die Hitze ins Gesicht steigt. Oh nein, bestimmt leuchtet mein Kopf wie eine Warnlampe! Und je mehr ich dagegen ankämpfe, desto mehr glühen meine Wangen. Ein Teufelskreis. Ich versuche nicht weiter über meine Gesichtsfarbe nachzudenken und mich stattdessen voll und ganz auf Luke zu konzentrieren. Was die Sache nicht wirklich besser macht. Im Gegenteil … Auf seiner Wange zeigt sich gerade wieder dieses wahnsinnig süße Grübchen, das ich vorhin auch bei Chiara entdeckt habe.

»Wir müssen uns noch auf den Geschichtstest vorbereiten.« Grinsend schiebt er den linken Ärmel seines Sweatshirts hoch. Der Arm, der darunter zum Vorschein kommt, sieht aus, als wäre er tätowiert. Mit Kugelschreiber hat Luke dort jede Menge Jahreszahlen und stichwortartige Notizen hingekritzelt. *Darum* also der Hoodie trotz der Bullenhitze!

Ich durchforste mein Hirn nach einer witzigen Bemerkung oder einem schlagfertigen Kommentar, mit dem ich bei Luke Eindruck hinterlassen kann. Aber da ist nichts. Nur gähnende Leere. Irgendetwas MUSS mir doch einfallen. JETZT. SOFORT. Denn wer weiß, wie lange es dauern wird, bis ich wieder die Chance bekomme, mit ihm zu reden. Wochen? Monate? Oder gar Jahre?

Los, Charly, trau dich endlich!

Jetzt oder nie.

»Meinst du …«, beginne ich, obwohl ich immer noch keinen blassen Schimmer habe, was ich sagen soll. Wie wäre es mit: *Meinst du, du könntest dich in mich verlieben?*

Oder: *Meinst du, unsere Kinder erben deine wunderschönen Augen?* Am passendsten wäre aber vermutlich: *Meinst du, mir wird vor dem Abi noch ein halbwegs vernünftiges Ende für diesen Satz einfallen?*

Luke dreht den Kopf ein wenig zur Seite und sieht mich nun zum ersten Mal direkt an.

Diese Augen! Wahnsinn! Sie leuchten türkisblau – wie das Meer in der Karibik. Ich komme mir vor wie ein Stück Treibgut, das von den Wellen hin und her geschleudert wird. Kein Wunder, dass mir plötzlich ganz schwindelig ist.

»Meinst du …« Ich huste, um den Frosch in meinem Hals loszuwerden und um Zeit zu schinden. »Meinst du, das fällt nicht auf? Wenn der Bieler dich erwischt, gibt er dir bestimmt 'ne Sechs«, presse ich schließlich etwas heiser hervor.

Aaaahrrgh! Am liebsten würde ich mir die Zunge abbeißen. Wenn ich ihn jetzt noch daran erinnere, nach dem Essen Zahnseide zu benutzen, klinge ich fast wie meine Mutter. Bestenfalls hält Luke mich nun für eine brave Streberin. Schlimmstenfalls für eine gehirnamputierte, brave Streberin. Da habe ich endlich mal die Gelegenheit, ihn auf mich aufmerksam zu machen, und vergeige es dermaßen.

»Na und?« Luke zuckt gleichgültig mit den Schultern. »Mehr als 'ne Sechs wäre sowieso nicht drin gewesen. Außerdem ist der Bieler doch selbst ein Fossil. Dem würde es nicht einmal auffallen, wenn ich das aufgeschlagene Geschichtsbuch vor mir auf den Tisch lege.«

»Na wenn das so ist, würde ich mir an deiner Stelle die Mühe mit dem Spickzettel sparen«, brummt Noah und malt bei dem Wort Spickzettel imaginäre Anführungszeichen in die Luft.

»Wie gut, dass du zwei Arme hast«, sage ich in dem verzweifelten und wohl auch ziemlich armseligen Versuch, witzig zu sein. Doch das bekommt Luke zum Glück schon gar nicht mehr mit. Er hat seine gesamte Aufmerksamkeit auf das Schnitzelbrötchen in seiner Hand gerichtet.

Fasziniert beobachte ich, wie er herzhaft zubeißt. Mehr aus Reflex als aus Hunger öffne ich ebenfalls den Mund und nehme einen Bissen von meinem Burger.

Igitt.

Selbst im warmen Zustand ist das labberige Brötchen mit den schlappen Salatblättern und der ungewürzten Frikadelle bestimmt kein kulinarisches Highlight gewesen, aber kalt ist es das reinste Brechmittel. Am liebsten würde ich das ekelhafte Zeug sofort wieder ausspucken, würge den Bissen dann aber doch irgendwie runter. Die Hoffnung, dass Luke noch mal zu mir rüberschaut, ist nämlich noch da.

Auch wenn es so aussieht, als hätte er längst das Interesse an mir verloren. Was ich verdammt gut verstehen kann.

Während ich vergeblich versuche, den fiesen Geschmack des Burgers mit einem Schluck Wasser hinunterzuspülen, merke ich, dass mit Nele irgendwas nicht stimmt. Sie mustert mich durchdringend und reibt dabei mit dem rechten Zeigefinger immer wieder über ihre Nasenspitze.

Wie lautet noch mal dieses blöde Sprichwort, das meine Oma früher immer benutzt hat? Wenn die Nase juckt, gibt's Geld? Oder heißt es Schnee? Da Nele genau wie ich chronisch pleite ist, würde ich ihr die Kohle von Herzen gönnen. Aber da ist die Wahrscheinlichkeit, dass es heute bei dreißig Grad im Schatten zu schneien beginnt, wohl größer …

Nele starrt mich immer noch an, als wollte sie mich hypnotisieren. Von der vielen Reiberei ist ihre Nase schon ganz rot. Wenn sie nicht vorhat, als Rentier *Rudolph* aufzutreten, will sie mir bestimmt irgendwas mitteilen. Die Frage ist bloß, was? Ratlos sehe ich sie an und zucke mit den Schultern. Aber anstatt mir nun einen anderen Hinweis zu geben, reibt sie nur noch heftiger an ihrer Nase herum.

»Meine Damen, es war schön, mit euch zu plaudern.« Kuki lüftet einen unsichtbaren Hut und deutet eine kleine Verbeugung an. »Aber wir müssen euch jetzt leider verlassen.«

»Ciao. Man sieht sich.« Luke hebt lässig die Hand und ist genauso schnell verschwunden, wie er aufgetaucht ist.

Nur mit Mühe kann ich mir einen enttäuschten Seufzer verkneifen. Während Kuki und Nele noch einen innigen Abschiedskuss austauschen, grübele ich darüber nach, wie peinlich mein Verhalten gewesen ist. Auf einer Skala von eins bis zehn, bei der zehn der Gipfel der Peinlichkeit ist, würde ich mir eine Elf geben. Und das auch nur, wenn man meine Nervosität wohlwollend berücksichtigt …

»Charly?« Noah, der sich ebenfalls zum Gehen bereit macht, sieht mich abwartend an. Offenbar erwartet er eine Antwort von mir.

»*Same time, same place?*«, wiederholt Noah netterweise seine Frage, während er nach dem Rucksack angelt, den er zu seinen Füßen abgestellt hat.

»Ja klar«, murmele ich abwesend.

Nachdem die Jungs verschwunden sind, steht Chiara auf und greift nach ihrem Tablett. »So, ich muss auch los.« Ihren Salat hat sie kaum angerührt. Kein Wunder, dass sie so schlank ist, denke ich neidisch. Wenn sie nicht mal das Karnickelfutter anrührt ... Über mein Gewicht kann ich mich zwar – trotz Pommes und Burgern – auch nicht beklagen, aber meine Figur ist mehr so sportlich durchtrainiert, Chiaras hingegen total modelmäßig. Ihre Beine sind mindestens einen Meter länger als meine. Was natürlich nicht stimmen kann, da Chiara höchstens einen Kopf größer ist als ich, aber irgendwie fühlt es sich so an.

»Ich sehe euch dann später in der Klasse.« Obwohl Chiara *euch* sagt, schaut sie dabei nur mich an. Im Gehen dreht sie sich noch mal um. »Du hast da übrigens was an der Nase, Charlotte.«

»Danke«, sage ich und greife hastig nach der weißen Papierserviette, in der das Besteck eingewickelt gewesen ist. Wenn ich die ganze Zeit, während Luke an unserem Tisch gewesen ist, einen ekeligen Popel an der Nase gehabt habe, werde ich diese Schule nie wieder betreten. Nie, nie wieder.

Ich wische mit der Serviette über meine Nase und sehe Rot. Sehr viel Rot, um genau zu sein.

Schlagartig verstehe ich, was Nele mir vorhin klarmachen wollte. Der Menge Ketchup nach zu urteilen, die sich an meiner Serviette befindet, muss ich ausgesehen haben wie ein Clown.

Oh nein! Ich würde am liebsten im Boden versinken. Wie kann ich es nur jedes Mal so vermasseln?

»Vielleicht hat Luke das Ketchup gar nicht bemerkt«, versucht Nele, mich zu trösten.

»Ja … vielleicht«, sage ich und ziehe eine verzweifelte Grimasse, »farblich kann es sich ja kaum von meinem Gesicht abgehoben haben. Mein Kopf ist garantiert so rot gewesen wie eine Tomate.«

»Hm.«

Hm? Bloß hm? Mehr nicht?!?

Hätte sie mir, um mich aufzumuntern, nicht eigentlich widersprechen müssen?

»Das war echt weird«, brummt Nele stattdessen.

»Peinlich trifft es wohl eher.«

»Meinst du, sie hat vielleicht eine Wette verloren?«

»Wer?«

»Na, Chiara natürlich. Warum sollte sie sich sonst mit dem niederen Volk abgeben?« Nachdenklich knabbert Nele an ihrer Unterlippe herum. »In Reli haben wir doch letzte Woche diese Sache mit dem Sozialprojekt besprochen. So von wegen Bedürftigen helfen und so. Womöglich hat Chiara sich vorgenommen, an uns eine gute Tat zu vollbringen, indem sie unser Image etwas aufpoliert.«

»Quatsch.« Ich bin mir nicht sicher, ob Nele das wirklich ernst meint. »So nötig haben wir das nun auch wieder nicht.«

In jeder Klasse gibt es eine Hierarchie. Eine Art ungeschriebene Hackordnung. Wobei mir persönlich die Bezeichnung Nahrungspyramide noch besser gefällt. Fressen oder gefressen werden … Ich finde, das trifft es ganz gut. In unserer Klasse sieht diese Pyramide folgendermaßen aus: Ganz oben an der Spitze steht Chiara, darunter kommen ihre Freundinnen Tessa, Leonie und Anna, und dann kommt lange, lange nichts. Nele und ich gehören zur breiten Mittelschicht. Wir sind weder besonders angesagt, noch gehören wir zu den Nerds. Wenn Chiara also ein gutes Werk tun will, indem sie jemand aus dem sozialen Abseits befreit, gibt es sicher besser geeignete Kandidaten in unserer Klasse.

Nein, ich bleibe dabei: Der Grund für Chiaras merkwürdiges Verhalten ist ganz simpel.

»Ich glaube, sie hat mit den Mädels aus ihrer Clique Beef und brauchte beim Essen einfach nur Gesellschaft«, teile ich Nele das Ergebnis meiner Überlegungen mit.

»Das klingt logisch. Trifft aber nicht zu. Schau mal zum Geschirrwagen.«

Ich folge Neles Anweisung und entdecke neben dem Wagen, auf dem sich die benutzten Tabletts mit dem dreckigen Geschirr türmen, Chiara und ihre Freundinnen.

Obwohl die vier optisch eigentlich sehr unterschiedlich sind – Leonie hat beispielsweise kurze schwarze und Anna lange mittelbraune Haare –, wirken sie trotzdem wie geklont. Vermutlich liegt das an ihrem Klamottenstil: Alles, was sie tragen, sieht wahnsinnig modisch und sexy aus. Tessa, neben Chiara die zweite Blondine im Bund, sprengt heute mit ihrer Oberweite fast ihr weit ausgeschnittenes T-Shirt. In dem Outfit würden meine Eltern mich nicht einmal bis zum Briefkasten an der Ecke, geschweige denn in die Schule gehen lassen!

Die vier stecken gerade die Köpfe zusammen und tuscheln – oder lästern? – über irgendwas. Keine Spur von dicker Luft.

Entweder hat sich Chiara gar nicht mit Tessa, Anna und Leonie gestritten, oder es gab eine Blitzversöhnung.

»Ich sage dir, da ist was faul«, verkündet Nele mit finsterer Miene. »Die hat nicht ohne Grund mit uns zu Mittag gegessen. Jede Wette, da kommt noch was.«

Kapitel 2

Nach der siebten Stunde wartet Noah vor dem Schultor auf mich. Wir haben den gleichen Heimweg, denn wir wohnen gerade mal einen Steinwurf voneinander entfernt.

Als ich drei oder vier gewesen bin, haben die Zanders das Haus auf der gegenüberliegenden Straßenseite gekauft, und seitdem sind Noah und ich praktisch unzertrennlich. In der Grundschule habe ich dann Nele kennengelernt, mit der ich all den *Mädelskram*, wie Noah es nennt, unternehme: shoppen, gemeinsam aufs Klo gehen, über Jungs quatschen und so weiter. Aber der enge Kontakt zu Noah ist nie abgebrochen. Auch wenn wir heute kein Seil mehr quer über die Straße spannen, um in einer Blechdose verschlüsselte Botschaften und Süßigkeiten hin und her zu schicken.

Wobei man der Ehrlichkeit halber sagen muss, dass ich davon mehr profitiert habe als er. Meine Mutter ist Zahnarzthelferin, und Süßigkeiten sind in unserem Haus tabu. Der missionarische Eifer, mit dem sie sich für die Zahngesundheit stark macht, kann einem ganz schön auf den Geist gehen. Als wäre es nicht schon schlimm genug, dass sie an Halloween anstelle von Maoam und Schokoriegeln Obst und Nüsse an die Nachbarskinder verschenkt, hat sie ein Jahr sogar Zahnbürsten statt Süßigkeiten verteilt. Kein Wunder, dass seitdem niemand mehr für Süßes oder Saures an unserer Tür klingelt – und alle unsere Freunde mit meiner Schwester und mir Mitleid haben. Denn irgendwie sind wir permanent unterzuckert.

Das weiß natürlich auch Noah. Als er mich kommen sieht, hält er mir grinsend eine geöffnete Tüte Gummibärchen entgegen, und ich greife gierig hinein. Mindestens die Hälfte des Inhalts hat Noah schon verputzt. Zufrieden registriere ich, dass er mir wie immer meine Lieblingssorten, die Gelben und die Roten, übriggelassen hat.

»Das ist genau das, was ich jetzt brauche«, nuschele ich mit vollen Backen. »Danke.«

»Kein Ding.« Noah stößt sich mit dem Fuß von der Mauer ab, und wir setzen uns in Bewegung.

Eine Weile traben wir in einträchtigem Schweigen nebeneinanderher. Jeder hängt einfach so seinen Gedanken nach. Nur das Rascheln der Gummibärchentüte und unser zufriedenes Schmatzen sind hin und wieder zu hören.

»Wie war der Geschichtstest?«, frage ich, als wir kurz darauf an einer roten Ampel Halt machen müssen.

Die Süßigkeiten haben wir in Rekordzeit vernichtet. Mit einem zielsicheren Wurf befördert Noah die leere Tüte in einen Mülleimer. Treffer, versenkt. Für einen super Handballspieler wie ihn kein Ding.

»Ganz okay, glaube ich. Zumindest gab's keine bösen Überraschungen.« Ohne hinzusehen, zieht er eine Wasserflasche aus der Seitentasche seines Rucksacks und schraubt den Verschluss ab. »Der Bieler ist zwar eine ziemliche Schlaftablette, aber eins muss man ihm lassen: Fair ist er. Im Gegensatz zu vielen anderen Lehrern versucht er nicht, dir bei Tests einen reinzudrücken.«

»Weißt du, wie es bei Luke gelaufen ist?«

Noah verdreht die Augen. Dann nimmt er einen tiefen Schluck aus seiner Wasserflasche, macht sie anschließend wieder zu und verstaut sie in seinem Rucksack. »Warum fragst du ihn das nicht selbst, wenn es dich so brennend interessiert?« Er schlägt sich mit der flachen Hand vor die Stirn. »Ach, sorry, das dürfte schwierig werden. Ihr redet ja gar nicht miteinander.«

»Das stimmt nicht«, protestiere ich halbherzig. »Heute in der Cafeteria haben wir uns unterhalten.«

»So, so, unterhalten nennst du das also«, neckt mich Noah. »Dein Redefluss war ja wirklich kaum zu bremsen. Ich hatte schon Angst, du würdest den armen Kerl ohnmächtig quatschen.«

»Ja, mach dich ruhig über mich lustig. Ich weiß auch nicht, was da los war. Mir ist einfach nichts Brauchbares eingefallen. Totales Blackout.« Wie bei der letzten Deutscharbeit. Verärgert zucke ich mit den Schultern. Die ganze Sache frustriert mich. »Möchtest du vielleicht auch noch eine Bemerkung zu dem Ketchup machen, das ich an der Nase hatte? Na komm schon, immer raus damit. Dann haben wir das hinter uns.«

»Echt jetzt? Das war Ketchup?« Noah zwinkert mir zu. »Und ich hab gedacht, du hättest Nasenbluten.«

Mittlerweile ist die Ampel auf Grün umgesprungen, und wir überqueren die Straße.

Ich seufze tiefer, als ein Pottwal tauchen kann. »Oh Mann, seien wir ehrlich: Das mit Luke habe ich total verkackt.«

»Ich weiß sowieso nicht, was ihr Mädchen an dem so toll findet. Mal abgesehen von seiner Strandmatte natürlich.« Noah streicht sich mit einer affektierten Bewegung durch die Haare. Allerdings gibt es da nicht viel zu streichen, denn seine sind, im Gegensatz zu Lukes, ziemlich kurz. Dank diverser Wirbel sieht Noah immer so aus, als wäre er gerade erst aus dem Bett gekrabbelt. Früher hat er noch versucht, seine Haare zu bändigen. Mittlerweile hat er diesen Strubbellook jedoch mit Hilfe von Gel zu seinem Markenzeichen gemacht.

Noah schirmt seine Augen mit der Hand gegen die Sonne ab und tut, als würde er nach etwas Ausschau halten. »Hat jemand zufällig mein Surfbrett gesehen?«

Ach du Scheiße! Habe ich ihm etwa erzählt, dass ich neulich davon geträumt habe, wie Luke und ich uns am Strand begegnen? Und, ja, in diesem Traum hatte er tatsächlich ein Surfbrett unter dem Arm. Na und?

Aber auch wenn wir uns viel anvertrauen, *das* habe ich Noah garantiert nicht erzählt!

»Hör auf, du Blödmann!« Lachend boxe ich gegen seinen Oberarm.

»Aua!« Er tut, als hätte ich ihm wehgetan, obwohl ich genau weiß, dass mein Hieb für ihn kaum mehr als ein leichter Stups gewesen ist. Aber immerhin beendet er nun seine Baywatch-Parodie.

»Wie kommt es eigentlich, dass ihr heute zusammen mit Queen Chiara Mittag gegessen habt?«, will Noah wissen.

Ich zucke ratlos mit den Schultern. »Das wüsste ich auch gerne. Sie hat sich einfach zu uns gesetzt. Ich dachte, sie hätte sich vielleicht mit ihren Mädels gezofft, aber nach der Mittagspause waren sie wieder best friends.«

»Versteh mal einer die Weiber …«, sagt Noah grinsend.

»Ach, und später, in der Mathestunde, hat Chiara sich während der Freiarbeit meinen Taschenrechner geliehen. Schon irgendwie merkwürdig.«

»Was ist merkwürdig daran, dass sie ihren Taschenrechner vergessen hat? Mir passiert das ständig.«

»Ja, schon. Aber sie hätte sich genauso gut Tessas Taschenrechner leihen können. Oder Leonies. Oder Annas, die hat wahrscheinlich nicht nur immer eine Batterie zum Wechseln, sondern sogar einen nagelneuen Ersatztaschenrechner dabei. Und dann hat Chiara während dieser ganzen Leihaktion auch noch so lange mit mir gequatscht, dass wir einen Anschiss kassiert haben.«

»Stimmt, wenn sich jemand freiwillig so lange mit dir unterhält, ist das schon merkwürdig«, sagt Noah und knufft mich freundschaftlich in die Seite.

»Ach, was soll's, ist ja auch egal«, erwidere ich, als wir gerade in unsere Straße einbiegen.

Im Gegensatz zu den meisten anderen Kindern habe ich schon im Sandkasten-Alter unsere Adresse auswendig gekannt. Sogar noch vor meinem Geburtsdatum. Einfach weil ich sie so schön fand. *Habakukweg 3* – das klang für mich als kleines Kind wunderbar, noch bevor ich etwas von Urmel und Professor Habakuk Tibatong gehört hatte. Und auch heute noch wohne ich nicht nur wegen des fantasievollen Straßennamens wirklich gerne hier. Obwohl alle Häuser der Straße im gleichen Jahr gebaut worden sind, sehen sie total unterschiedlich aus. Es gibt Häuser im Bungalowstil, zweigeschossige Mehrfamilienhäuser, Reihenhäuser, Häuser mit großem Garten und uralten Bäumen, Häuser mit Garage und welche ohne. Manche sind mit Schiefer verkleidet, andere verklinkert oder bunt gestrichen – so unterschiedlich wie die Menschen, die darin wohnen. Mein Vater hat mal aus Spaß gesagt, dass alle so verschieden aussehen, damit man nicht aus Versehen im falschen Haus landet. Unseres ist in einem sonnigen Gelb gestrichen, und irgendwie habe ich immer ein ganz warmes, heimisches Gefühl im Bauch, wenn ich es, wie jetzt, aus der Ferne leuchten sehe. Noahs Haus ist weiß, aber davon sieht man eigentlich kaum noch was, denn es ist fast vollständig mit wildem Wein bewachsen, was wunderschön aussieht. Daran kann es also nicht liegen, dass Noah heute offenbar gar keine Lust hat, nach Hause zu gehen. Mit jedem Schritt scheint er langsamer zu werden. Obwohl ich mein Tempo ebenfalls ein wenig gedrosselt habe, bin ich schon bald zwei Meter vor ihm.

Lachend drehe ich mich um. »Hey, was ist los mit dir, du lahme Schnecke? Du solltest dringend an deiner Kondition arbeiten. Kein Wunder, dass das mit dem Aufstieg nichts geworden ist«, bohre ich zielsicher in seiner offenen Wunde herum.

Noah ist ein verdammt guter Handballspieler, sein Sprungwurf ist der Hammer, und ohne ihn sähe seine Mannschaft ganz schön alt aus. Vergangene Saison wären die Jungs um ein Haar in die Oberliga aufgestiegen, aber im entscheidenden Spiel ist das Glück – oder besser gesagt: der Schiedsrichter – nicht auf ihrer Seite gewesen. Normalerweise regt Noah sich bei diesem Thema immer so schön über die Fehlentscheidungen des Schiris, die seinem Team den Sieg gekostet haben, auf. Aber heute springt er komischerweise nicht darauf an.

Noah bleibt nun komplett stehen, vergräbt die Hände tief in den Hosentaschen und kickt mit dem Fuß einen kleinen Kieselstein vom Gehweg. Mit hoch konzentrierter Miene beobachtet er, wie der Stein über die Straße hüpft und schließlich neben einem Autoreifen liegen bleibt. »Hmm, ich hab's nicht besonders eilig, nach Hause zu kommen.«

»Wieso? Musst du dein Zimmer aufräumen? Oder haben dich deine Eltern mal wieder zum Rasenmähen verdonnert?«

»Nee, weder noch«, antwortet Noah gedehnt, »aber bei uns herrscht gerade ziemlich dicke Luft.«

»Hast du was angestellt?«

Noah schüttelt den Kopf. »Ich nicht, aber mein Vater. Oder zumindest glaubt das meine Mutter …«

Ist doch ganz angenehm, wenn zur Abwechslung mal die Erzeuger Mist bauen. Erwachsene sind eben auch nicht perfekt, obwohl sie immer so tun, als ob. Mir liegt schon ein entsprechender Kommentar auf der Zunge, den ich jedoch runterschlucke, als ich Noahs bedrückten Gesichtsausdruck sehe. Die Sache scheint ernst zu sein.

»Willst du darüber reden?« Ich deute auf meine Ohren. »Die beiden sind nicht nur ein prima Sonnenbrillenhalter. Also, wenn dir danach ist, leg los«, ermuntere ich Noah.

»Eigentlich gibt's da gar nicht so viel zu erzählen. Meine Mutter glaubt, dass mein Dad sie betrügt.«

Wie bitte? Für einen Moment bin ich sprachlos. Das muss ein Irrtum sein. Ich kenne Noahs Eltern schon seit einer halben Ewigkeit, und für mich sind sie der Inbegriff eines glücklichen, harmonischen Ehepaares. Während meine Eltern öfter Meinungsverschiedenheiten haben, die sie dann auch immer lautstark und in aller Öffentlichkeit austragen, habe ich bei den Zanders in all den Jahren noch nie mitbekommen, dass der Haussegen schief hing. Aber das allein muss natürlich noch nichts heißen.

»Wie …« Ich räuspere mich unbehaglich. »Wie kommt deine Mutter denn darauf, dass dein Vater eine Affäre hat?«

»Na, so das Übliche, nehme ich an. Mein Dad ist fast nur noch auf Geschäftsreise, kauft sich ständig neue Klamotten, und neulich hat er sich sogar die Haare färben lassen.«

»Was ist verkehrt an neuen Klamotten?«, frage ich und runzele die Stirn. »Meine Mutter und ich predigen meinem Vater ständig, er soll sich mal wieder was Neues kaufen. Mama sagt, manche seiner Hosen hat er noch in D-Mark bezahlt.« Und nach einer kurzen Pause füge ich hinzu: »Außerdem kenne ich viele Männer, die sich die Haare färben.«

»Ach ja? Blonde Strähnen zählen nicht«, versucht mich Noah mit einem schiefen Grinsen zu necken.

Natürlich färbt Luke sich *nicht* die Haare, wie Noah immer steif und fest behauptet. Da spricht der blanke Neid aus ihm. Ich bin sicher, dass Luke die wunderbaren Reflexe in seinen Haaren einzig und allein der Sonne verdankt. Und sollte es anders sein, will ich es gar nicht wissen. Basta. Aber hier geht es nicht um Luke, sondern um Noahs Vater. Also ignoriere ich die Bemerkung einfach.

»Gibt es denn noch mehr Hinweise für seine Untreue?«

»Da waren noch diese Anrufe. Immer wenn meine Mutter ans Telefon gegangen ist, wurde aufgelegt.«

Ich runzele die Stirn. »Das ergibt keinen Sinn. Warum sollte die Geliebte deines Vaters – sofern er überhaupt eine hat – bei euch zu Hause anrufen? Dein Vater hat doch bestimmt ein Handy.«

»Ja klar. Aber vielleicht möchte die andere Frau ja sogar, dass meine Mutter Wind von der Affäre bekommt, damit sie ihn verlässt. Wer weiß.«

»Was sagt dein Vater denn überhaupt zu den Vorwürfen?«, frage ich.

»Er streitet alles ab. Und ist stinksauer auf meine Mutter.«

»Auf deine Mutter?« Irritiert kratze ich mich am Kopf.

»Ja. Weil sie kein Vertrauen hat und ihm unterstellt fremdzugehen.«

»Ganz schön blöde Situation.« Ich wechsele meinen Rucksack, der langsam echt schwer wird, von der rechten auf die linke Schulter.

»Meinst du, ich soll mit meinen Eltern darüber reden und versuchen zu vermitteln?«, will Noah von mir wissen.

Nachdenklich kaue ich auf meiner Unterlippe herum. Was würde ich machen, wenn meine Mutter denken würde, mein Vater hätte eine Affäre?

»Das ist sicher gut gemeint«, beginne ich vorsichtig, »aber ich glaube nicht, dass du der Richtige dafür bist. Stell dir vor, dein Vater geht wirklich fremd, dann wärst du bestimmt der Letzte, dem dein Dad sich anvertrauen würde. Mal ganz davon abgesehen, dass du wahrscheinlich gezwungen wärst, dich auf eine Seite zu schlagen.«

»Stimmt, du hast recht.«

»Natürlich habe ich recht. Langsam solltest du dich daran gewöhnt haben.«

Noahs Augen blitzen amüsiert auf. Zwar nur ganz kurz, aber immerhin. Dann setzen wir uns wieder in Bewegung und stehen kurz darauf vor unserem Gartentor.

»Danke fürs Zuhören«, sagt Noah.

»Kein Ding. Ist doch selbstverständlich.«

Ich drückte tröstend seine Hand, dann umarmen wir uns zum Abschied. Als ich mein Gesicht an Noahs T-Shirt drücke – er ist fast anderthalb Köpfe größer als ich –, steigt mir sein vertrauter Duft in die Nase. Schon als Kind hat Noah immer nach frischer Luft und Sonne gerochen. Aber dieses Mal ist da noch etwas anderes.

Nicht Seife, nicht Parfüm … Ist das Rasierwasser?! Das Aftershave meines Vaters riecht so ähnlich. Aber seit wann benutzt Noah Rasierwasser? Verwirrt löse ich mich von ihm, taxiere prüfend sein Gesicht und halte nach etwaigen Bartstoppeln Ausschau. Über der Oberlippe befindet sich tatsächlich ein dunkler Schatten – und links eine kleine Narbe, die Noah mir zu verdanken hat. Er behauptet, ich hätte ihn im Kindergarten absichtlich mit einer Schaufel geschlagen, ich bin mir sicher, es war ein Versehen.

Natürlich sind wir längst keine kleinen Kinder mehr, die im Sandkasten spielen, aber dass er sich rasiert, hat er mit keiner Silbe erwähnt. Andererseits habe ich ihm schließlich auch nicht erzählt, als ich zum ersten Mal Tampons benutzt habe.

»Mensch, Charly, was würde ich nur ohne dich machen?«, unterbricht Noah meine tiefschürfenden Gedankengänge.

Obwohl ich vor Stolz über dieses Kompliment platzen

könnte, winke ich ab. »Dann würdest du mit einem anderen Freund über deine Probleme reden.«

»Ja, genau«, antwortet Noah, klingt dabei aber nicht sonderlich überzeugt. »Ich bin sicher, Kuki hat immer ein offenes Ohr für meine Sorgen.«

Wie auf Kommando prusten wir beide los.

»Bestimmt«, gluckse ich. »Und sicher hat er jede Menge brauchbare Ratschläge auf Lager.«

»Hey, Alter, chill mal«, imitiert Noah seinen Freund ziemlich treffend. »Du musst einfach mal wieder richtig einen draufmachen.«

Den Rest des Nachmittags lerne ich für eine Lateinarbeit, die wir bald schreiben. Oder besser gesagt: Ich versuche es, aber anstelle von Deklinationen und Konjugationen spuken mir alle möglichen Sachen im Kopf herum, die mit Latein ungefähr so viel zu tun haben wie Julius Caesar mit dem ersten Flug zum Mond.

Luke, Chiara, der heutige Cafeteriabesuch … aber vor allem beschäftigt mich die Frage, ob ich Noah den richtigen Rat gegeben habe. Was, wenn ich völlig danebenliege? Ich bin nun wirklich kein Experte auf diesem Gebiet. Zwar habe ich schon mit drei Jungs rumgeknutscht – wobei man das eine Mal mit Tobias Wagner beim Wandertag in der siebten Klasse streng genommen nicht mitzählen dürfte, weil es ohne Zunge gewesen ist –, aber einen festen Freund habe ich noch nie gehabt. Mit Beziehungen kenne ich mich also kein Stück aus. Vielleicht war Noahs

Plan, seine Eltern auf die vermeintliche Affäre seines Vaters anzusprechen, doch nicht so falsch?

Ein paar Mal habe ich das Handy schon in der Hand, um mit Noah zu texten, lasse es aber dann lieber bleiben. Trotzdem habe ich irgendwie ein doofes Gefühl im Bauch. Womöglich bin ich am Ende schuld, wenn Noahs Eltern sich trennen, weil ich ihm etwas komplett Falsches geraten habe. Dann wird Noah mich für alle Zeit hassen. Andererseits war es ihm offenbar wichtig, meine Meinung zu hören.

Oh Mann, warum muss das Leben eigentlich immer so unglaublich kompliziert sein?

Als meine kleine Schwester Emma beim Abendessen begeistert von ihrer Film-AG erzählt, höre ich gar nicht richtig zu. Ich bin viel zu sehr mit meinem eigenen Kram beschäftigt.

Wäre es nicht genial, wenn man einfach »Cut« rufen könnte und das Gedankenkarussell würde sofort aufhören, sich zu drehen?

Plötzlich spüre ich unter dem Tisch etwas Kaltes und Feuchtes an meinem nackten Bein. Ich muss nicht hinsehen, um zu wissen, dass es sich dabei um Costas Schnauze handelt. Offenbar will er mich daran erinnern, dass er auch noch da ist. Und dass er gerne etwas Zuwendung hätte. Am liebsten in Form von Fleischwurst. Zum Glück sind meine Eltern gerade so mit Emma beschäftigt, dass ich unbemerkt eine Scheibe von Costas Lieblingswurst unter den Tisch schmuggeln kann.

Costa ist ein Mischlingshund, eine Kreuzung aus einem Dackel und einem Außerirdischen. Zumindest könnte man das auf den ersten Blick meinen. Seine Schlappohren sind fast immer zurückgeklappt und sehen aus wie kleine Trichter, außerdem hat er ein Haarbüschel auf dem Kopf, das wie eine Antenne in die Höhe ragt. Seine Beine sind sogar für einen Dackel extrem kurz, so als hätte er sie mit der Zeit abgelaufen. Zugegeben, Costa ist kein schöner Hund, aber dafür hat er ein Herz aus Gold. Ich habe ihn von meiner Oma geerbt. Seinen Namen verdankt er irgend so einem Schlagerfuzzi, auf den meine Oma früher total abgefahren ist.

»Was ist los, Charly? Du bist so still. Ist in der Schule irgendwas vorgefallen?«, fragt meine Mutter, als ich gerade die nächste Scheibe Fleischwurst für Costa zusammenrolle.

Sorry, mein Süßer, daraus wird wohl nichts! Bilde ich mir das nur ein, oder habe ich unter dem Tisch gerade einen enttäuschten Seufzer gehört?

»Stimmt, das wollte ich dich auch schon fragen. Ein Mädchen aus meiner Parallelklasse hat dich heute in der Cafeteria gesehen.« Meine kleine Schwester, die auf die gleiche Schule geht wie ich, hat eine Schwäche für Klatsch und Tratsch. »Sie behauptet, du hast mit Luke Tiedemann gequatscht.«

Diese kleinen Kröten! Haben die nichts Besseres zu tun, als sich über ältere Schüler das Maul zu zerreißen?! Genervt schüttele ich den Kopf.

Was meine Schwester prompt falsch interpretiert.

»Ich hab ihr gleich gesagt, dass sie sich da verguckt haben muss. Der spielt doch in einer ganz anderen Liga als du.« Damit ist für Emma die Sache erledigt, und sie beißt herzhaft in ihr Schinkenbrot.

Obwohl meine Schwester mit dem, was sie gesagt hat, natürlich nicht ganz unrecht hat, kränkt mich ihre Bemerkung. Aber ich versuche, mir das nicht anmerken zu lassen.

»In der Schule ist alles in Ordnung«, versichere ich meinen Eltern. Was auch nicht so ganz der Wahrheit entspricht. Nach der Mathestunde hat Herr Schäfer mich zu sich gerufen, um über meine sonstige Mitarbeit zu motzen. Die Quatscherei mit Chiara hat wohl irgendwie das Fass zum Überlaufen gebracht. Als hätte ich nicht schon genug Baustellen … Aber im Gegensatz zu der Sache mit Noahs Eltern ist das natürlich harmlos.

»Und sonst?«, bohrt meine Mutter, die eine feine Antenne dafür hat, wenn mit einer ihrer Töchter etwas nicht stimmt, weiter nach.

»Es geht gar nicht um mich«, erkläre ich schnell, bevor Mama die Folterinstrumente hervorholen kann, um an die gewünschten Informationen zu kommen.

»Die Sache ist die«, druckse ich herum und weiß nicht so recht, wie ich beginnen soll. So geht mir das bei Aufsätzen auch immer. »Also, was ich euch fragen möchte …«

»Du willst mehr Taschengeld«, rät meine Mutter, der meine verbalen Aufwärmübungen offenbar zu lange dauern. Während ich mich unter ihrem fragenden Blick winde, greift mein Vater in aller Seelenruhe nach der Butter. Er kann warten.

»Nein, also das heißt, mehr Taschengeld hätte ich natürlich schon gerne, aber das war es eigentlich nicht, was ich fragen wollte.« Ich rolle die Scheibe Fleischwurst, die immer noch auf meinem Teller liegt, auseinander und dann wieder zusammen.

»Du möchtest in den Ferien nicht mit uns, sondern mit Nele verreisen. Aber dieses Thema haben wir doch nun wirklich schon ausgiebig diskutiert«, seufzt meine Mutter. »Es bleibt dabei: Du fährst mit uns. Nächstes Jahr sehen wir dann weiter.«

»Das weiß ich.« Och nö, hätte ich mal bloß die Klappe gehalten.

»Okay, aber was ist es dann?« Meine Mutter fuchtelt wild mit einer Tomate in der Luft herum. »Also, Charly, jetzt mach es doch bitte nicht so spannend.«

Na, die ist gut! Wer lässt mich denn hier die ganze Zeit nicht zu Wort kommen?

»Stell dir mal vor, du würdest herausfinden, dass Papa dich betrügt«, beginne ich endlich. »Was würdest du tun?«

Mamas Gesicht ist plötzlich aschfahl, und ihre Augen sind vor Schreck geweitet.

Oh nein, was habe ich da bloß angerichtet?! Jetzt denkt sie, dass mein Vater sie betrügt.

»Also rein hypothetisch«, versuche ich die Sache schnell wieder geradezubiegen.

Die Augen meiner Mutter verengen sich zu schmalen Schlitzen. Wie gut, dass Blicke nicht töten können … Sicherheitshalber greife ich schnell nach dem Brotmesser, um es aus Mamas Reichweite zu entfernen.

»Du willst wissen, was ich tun würde, wenn dein Vater eine Affäre hätte?«, fragt sie, ohne mich dabei anzusehen. Sie lässt meinen Vater, der, ohne mit der Wimper zu zucken, weiterkaut, keine Sekunde aus den Augen und bombardiert ihn mit drohenden Blicken. »Das kann ich dir sagen. Ich würde ihm einen Tritt in den Hintern geben und ihn zum Teufel jagen. Und zwar ganz und gar nicht hypothetisch.«

»Jetzt reg dich mal nicht so auf«, versucht mein Vater,

immer noch ganz ruhig und gelassen, sie zu beschwichtigen. »Ich gehe schließlich nicht fremd.« Dann wendet er sich an mich: »Aber es gibt doch sicher einen Grund, warum du das fragst, Charly.«

»Ja, äh, der Vater einer Klassenkameradin hat möglicherweise eine Affäre. Also zumindest denkt das ihre Mutter.«

Mama und Papa sind mit Zanders befreundet. Wenn Noahs Eltern möchten, dass sie über ihre Probleme Bescheid wissen, werden sie ihnen schon selbst davon erzählen.

»Welche Klassenkameradin meinst du denn?«, fragt Emma, die neuen Klatsch und Tratsch wittert.

»Das geht dich nichts an«, antworte ich etwas zu heftig.

Dann wende ich mich wieder an meine Eltern: »Würdet ihr mit mir darüber reden wollen, oder nicht?«

Mama und Papa denken einen Moment nach.

»Ich finde, die Eltern sollten die Situation erst einmal unter sich klären«, sagt mein Vater bedächtig, und meine Mutter, deren Gesichtsfarbe sich langsam wieder normalisiert, stimmt ihm zu.

»Das habe ich auch gesagt«, seufze ich erleichtert und fühle mich gleich etwas besser.

Ich liege schon mit einem warmen Kirschkernkissen auf dem Bauch im Bett, als Mama in mein Zimmer kommt, um mir Gute Nacht zu sagen. Ich hasse es, wenn ich meine Tage bekomme. Total überflüssig – und zwar im wahrsten Sinne des Wortes. Daran werde ich mich wohl nie gewöhnen.

Anstatt mir einen Kuss zu geben und dann zu verschwinden, setzt meine Mutter sich auf meine Bettkante. Ein sicheres Zeichen, dass sie reden will.

Sie mustert mich durchdringend und streicht mir eine Haarsträhne hinters Ohr. »Ist abgesehen von der Sache mit deiner Klassenkameradin sonst wirklich alles in Ordnung bei dir? Du hast beim Abendessen so bedrückt gewirkt.«

Kurz überlege ich, ob ich Mama von der Begegnung mit Luke erzählen soll, entscheide mich dann aber dagegen. Eigentlich würde ich schon ganz gerne mit ihr darüber reden, aber am Ende verquatscht sie sich noch bei Emma, und dann weiß gleich die ganze Schule, dass ich in Luke verliebt bin. Das ist nun wirklich das Letzte, was ich jetzt brauchen kann.

»Alles gut so weit«, versuche ich Mama zu beruhigen. »Es ist nichts Bestimmtes. Irgendwie läuft es gerade nur nicht so rund.«

»Solche Phasen kenne ich auch«, sagt sie und streicht meine Bettdecke glatt. »Die hat jeder mal. Oft hilft es da schon, wenn man sich die Dinge vor Augen hält, die einem Freude bereiten oder Spaß machen.«

Och nö, bitte jetzt kein Vortrag zum Thema positives Denken! Auch wenn man es ihr zum Glück nicht sofort anmerkt, ist meine Mutter eine richtige Psychotante. Auf Yoga, Atemmeditation und diesen ganzen Kram fährt sie total ab. Seit ein paar Wochen ist Achtsamkeitstraining voll Mamas Ding. *Mehr im Hier und Jetzt leben, die Welt bewusster wahrnehmen, auch die kleinen alltäglichen Dinge des Lebens*, das ist laut Mama die Message dahinter. Eigentlich gar nicht so blöd, aber hin und wieder kann es auch ganz schön nerven. Vor allem, wenn Mama mal wieder das Bedürfnis hat, ihre Umgebung – also meinen Vater, meine Schwester und mich – an ihren Erfahrungen teilhaben zu lassen. So wie neulich bei der Sache mit der Rosine.

Vor dem Abendessen hat Mama jedem von uns so ein kleines runzliges, schrumpeliges Ding in die Hand gedrückt. Aber anstatt die Rosine zu zerkauen und runterzuschlucken, wie jeder normale Mensch das tun würde, sollten wir sie mit geschlossenen Augen zehn Minuten lang mit der Zunge befühlen, im Mund rumschieben und ihre Süße schmecken. *Zehn Minuten!* Echt nicht lustig, wenn man kurz vorm Verhungern ist … Aber was mich daran wirklich aufgeregt hat: Nachdem wir die Rosine endlich schlucken durften, hat Mama zugegeben, dass man die gleiche Achtsamkeitsübung auch mit einem Gummibärchen machen kann. Ernsthaft?!? Anstelle von leckeren Süßigkeiten speist sie uns mit vergammelten Weintrauben ab? Ich finde, das grenzt schon fast an seelischer Grausamkeit.

Meine Mutter sieht das natürlich ganz anders.

Das Glas ist halb voll oder das Glas ist halb leer. Alles eine Frage der Perspektive, meint Mama. Ich finde, es ist eine Frage des Inhalts. Befindet sich Milch in dem Glas, würde ich sagen, dass das Glas (leider noch) halb voll ist. Ist hingegen Cola drin, würde ich sagen, dass es (leider schon) halb leer ist. Aber das ist wohl meine ganz persönliche Auslegung, die ich lieber nicht mit meiner Mutter diskutieren möchte.

»Weißt du, ich habe da neulich in einem Ratgeber von einer ganz interessanten Technik gelesen«, erzählt Mama mit leuchtenden Augen. Sie ist nun voll in ihrem Element. »Man steckt sich am Morgen ein paar – sagen wir mal fünf – Bohnen in die linke Jacken- oder Hosentasche, und immer, wenn einem etwas Schönes passiert, nimmt man eine Bohne aus der linken Tasche und steckt sie in die rechte. Es kann sich dabei um ganz kleine, alltägliche Dinge handeln, die Freude bereiten. Zum Beispiel wenn einem an der Supermarktkasse jemand freundlich zulächelt oder man im Bus zufällig einen alten Bekannten wiedertrifft.«

Spontan muss ich an Luke denken. Ein Grübchenlächeln von ihm wäre es absolut wert, eine Bohne von links nach rechts wandern zu lassen. Obwohl ich eine einzelne Bohne dafür fast schon ein bisschen dürftig finde.

»Können es auch mehrere Bohnen auf einmal sein?«, will ich wissen.

Mama, die sich nach dem Flop mit der Rosine sichtlich über mein Interesse freut, lächelt. »Klar. Es können auch mal zwei oder drei auf einmal sein. Und abends zählt man dann die Bohnen aus der rechten Tasche und erinnert sich noch mal an die schönen Dinge, die man tagsüber erlebt hat. So schläft man glücklich und zufrieden ein.«

»Hm, klingt gar nicht so übel.«

»Probier's aus.« Mama nickt nachdrücklich. »Du wirst sehen: Es funktioniert. Und zwar noch viel besser, als du dir im Moment vorstellen kannst. Denn wer eine positive Grundeinstellung hat, der zieht wie ein Glücksmagnet automatisch noch mehr Gutes und Positives an.«

»Du meinst, so wie reiche Menschen immer noch mehr Kohle bekommen?«

Meine Mutter lacht. »Na ja, so ungefähr.« Sie gibt mir einen Kuss auf die Wange. »Und jetzt träum was Schönes, mein Schatz.«

Vielleicht sollte ich das mit den Glücksbohnen tatsächlich mal ausprobieren. Ich hätte jedenfalls nichts dagegen, wenn mich das Glück zur Abwechslung mal ein bisschen verfolgen würde. Dafür versuche ich auch gerne, etwas positiver zu denken.

Verrückterweise zeigt die Methode schon Wirkung, wenn man noch gar nicht damit angefangen hat. Denn kaum hat Mama mein Zimmer verlassen, schlafe ich mit einem richtig guten Gefühl ein.

Kapitel 3

Am nächsten Morgen bin ich bereits vor dem ersten Weckerklingeln wach. Das passiert mir sonst nie. Es sei denn, Costa geht mal wieder im Traum auf Großwildjagd und schnappt nach meinen Zehen. Aber heute liegt er ganz ruhig an meinem Fußende und schnarcht leise vor sich hin. Weil ich am Vorabend vergessen habe, die Vorhänge zuzuziehen, kann ich von meinem Bett aus sehen, dass die Sonne am strahlend blauen Himmel steht.

Ich springe auf und schaffe es, meine Schwester beim morgendlichen Wettrennen zum Badezimmer auf dem letzten Meter abzuhängen. *Yes!*

Und als Krönung eines perfekten Morgens gibt es anstelle des üblichen Vollkornbrots sogar Toast zum Frühstück.

»Sorry, ich habe es gestern nicht mehr zum Bäcker geschafft. Tut mir echt leid«, entschuldigt sich Mama.

Kein Problem. Entschuldigung angenommen. Von mir aus dürfte ihr das gerne öfter passieren.

Nach diesem perfekten Start in den Tag bin ich durch und durch optimistisch gestimmt. Von wegen, das Glas ist halb leer! Es ist auch nicht halb voll. Es läuft schon fast über. Alles wird gut. Ganz sicher! Plötzlich kann ich gar nicht mehr verstehen, warum ich mir gestern so einen Kopf gemacht habe.

Weil ich vor Emma im Bad gewesen bin, habe ich sogar ausnahmsweise vor der Schule noch etwas Zeit. Perfekt! Ich setze meine Kopfhörer auf, starte auf meinem Handy meine Gute-Laune-Playlist und summe leise vor mich hin.

Bestimmt lösen sich Noahs Probleme schon bald in Luft auf. Sein Vater ist garantiert nicht der Erste, dessen angebliche Affäre sich als Hirngespinst seiner Ehefrau entpuppt. Manche Menschen haben nun mal eine blühende Fantasie. Niemand weiß das besser als ich selbst.

Und was Luke betrifft: Ich habe den Vorfall in der Cafeteria einfach viel zu wichtig genommen. Jede Wette, dass Luke unsere Begegnung längst vergessen hat. Und falls nicht: Sooo peinlich habe ich mich nun auch wieder nicht benommen. Wenn ich vor seinen Augen mit meinem Tablett gestolpert und der Länge nach hingefallen wäre, das wäre peinlich gewesen, aber so ein bisschen Ketchup an der Nase ist doch irgendwie … ganz niedlich. Na ja, niedlich vielleicht nicht gerade, aber zumindest menschlich.

Neuer Tag, neues Glück. Plötzlich fühle ich mich ganz aufgekratzt. Dieser Morgen ist genau der richtige Zeitpunkt, um mit der Glücksbohnen-Methode anzufangen! Ich lege mein Handy und meine Kopfhörer zur Seite und durchforste den Vorratsschrank nach Bohnen. Aber ich finde nur eine Dose Kidneybohnen, die Mama, wenn sie gerade nichts anderes Frisches zur Hand hat, in den Salat tut. Wenn ich mich recht entsinne, schwimmen die Bohnen in so einer komischen glibberigen Suppe herum und eignen sich nicht besonders gut für die Hosentasche. Das würde eine schöne Sauerei geben.

Während ich noch überlege, ob ich das Projekt vertagen soll, fällt mein Blick auf die Hundeleckerlis im Regal neben der Spüle.

Warum eigentlich nicht? Es müssen ja nicht unbedingt Bohnen sein. Als ich die Verpackung aus dem Regal nehme und fünf Hundekekse herausfische, kommt Costa, der das Rascheln sofort erkannt hat, erwartungsvoll angetrabt. Kluger Hund! Er schaut mich mit großen bittenden Augen und wedelndem Schwanz an. Ich bringe es nicht übers Herz, ihn zu enttäuschen. Aber er muss sich die Belohnung zumindest verdienen.

»Costa, sitz«, sage ich und halte den Zeigefinger in die Höhe. Das habe ich so mal in einem YouTube-Video über Hundeerziehung gesehen.

Wie es sich für einen gut erzogenen Hund gehört, reagiert Costa prompt … und schmeißt sich wie tot auf den Boden.

»Nein, Costa, falsch«, stöhne ich und raufe mir die Haare. Dabei haben wir so viel trainiert! Wenn Costa nur nicht immer alle Übungen durcheinanderbringen würde. Vielleicht hat er ja eine Lernschwäche. Bei Lena hat man in der dritten Klasse Legasthenie, also eine Lese- und Rechtschreibschwäche, diagnostiziert, und seitdem darf sie sich alles erlauben. Also zumindest in Sachen Rechtschreibung.

Da ich nicht strenger sein will als die alte Rosenstolz – auch wenn Lena »nämlich« mit h schreibt, bekommt sie für ihre Aufsätze gute Noten –, sage ich »okay« und stecke Costa sein Leckerli zu. Motivation ist schließlich alles.

Auf dem Weg zur Haustür lasse ich rasch mal zwei Leckerlis von der linken in die rechte Hosentasche wandern. Eins für meinen grandiosen Sieg beim Run auf das Badezimmer und eins für das leckere Frühstück. Wie hat Mama noch gleich gesagt? *Oft sind es die kleinen, alltäglichen Dinge, die uns glücklich machen.* Und bei mir ist das halt nun mal Toastbrot mit Nutella. Allerdings wüsste ich da etwas, was mich noch glücklicher machen würde. Oder besser gesagt: jemanden …

Vielleicht kommt es wirklich bloß auf die richtige Einstellung an, denn heute scheint das Glück tatsächlich auf meiner Seite zu sein: Ich bin gerade auf dem Weg zum Bioraum, als mir Luke inmitten einer Horde Schüler auf dem Gang entgegenkommt.

Prompt spüre ich die üblichen Symptome, die sich jedes Mal bemerkbar machen, wenn ich Luke in einem Radius von hundert Metern orte. Schweißausbrüche, weiche Knie, Herzrasen … Mit zittrigen Händen drücke ich das Biobuch fest gegen meine Brust, so als könnte ich mein heftig pochendes Herz auf diese Weise dazu bringen, etwas langsamer zu schlagen. Das leichte Schwindelgefühl ist mir leider auch nur allzu vertraut. Sauerstoffmangel, weiter nichts. Sobald ich wieder zu atmen beginne, wird es verschwinden. Mehr Sorgen bereiten mir die fiesen Stiche in der Herzgegend. Eindeutig Eifersucht.

Luke unterhält sich nämlich gerade angeregt mit einem superhübschen Mädchen aus seiner Jahrgangsstufe, das dabei immer wieder wie zufällig seine Hand auf Lukes Arm legt. Noch plumper geht es ja wohl kaum! Die Rothaarige, die ich schon öfter mit Luke zusammen gesehen habe, klebt förmlich an seinen Lippen. Wie ein lästiges Herpesbläschen.

Sie kommen näher und näher. Gleich … gleich ist Luke mit mir auf einer Höhe. *Komm, nun mach schon, dreh den Kopf und sieh mich an, nur ganz kurz*, bete ich im Stillen und versuche, Luke mit meinen Blicken zu hypnotisieren.

Unglaublich – es funktioniert! Kurz darauf sieht Luke nicht nur lächelnd in meine Richtung, sondern hebt sogar grüßend die Hand.

Die Freude durchzuckt mich wie ein heißer Blitz. Das ist noch tausendmal besser als Toast mit Nutella zum Frühstück! Das ist mindestens drei Bohnen oder, besser gesagt, Hundeleckerlis wert. Obwohl mein Gehirn völlig lahmgelegt ist, weiß mein Körper zum Glück auch ohne Anweisungen aus der Schaltzentrale, was zu tun ist. Ich lächele und hebe wie eine Marionette automatisch die Hand, um zurückzuwinken.

»Hi Bruderherz!«, höre ich in diesem Moment ganz dicht hinter mir Chiaras Stimme.

In meinem Kopf herrscht ein heilloses Chaos. Zuerst denke ich: Scheiße. Und dann: Scheiße, Scheiße, Scheiße. Und zwar genau in der Reihenfolge.

Schnell fasse ich mir mit der rechten Hand, die sich bereits auf Kopfhöhe befindet, in die Haare und tue so, als hätte sich mein Zopfgummi gelöst.

Luke hat überhaupt nicht mich gemeint, sondern seine Schwester!

Boah, wie bescheuert bist du eigentlich, beschimpfe ich mich selbst im Stillen, während ich mir, das Biobuch unters Kinn geklemmt, mit zittrigen Fingern den Pferdeschwanz neu binde. Wie bin ich bloß auf die Idee gekommen, dass Luke *mich* grüßen würde?! Hoffentlich hat niemand – und vor allem nicht er selbst – gesehen, wie ich mich gerade zum Affen gemacht habe. So was verbreitet sich wie ein Lauffeuer. Ein gefundenes Fressen – nicht nur für Emma und die anderen Fünftklässlerinnen … Ich bin so von der Rolle, dass ich drei Anläufe brauche, um meine Haare zu etwas halbwegs Zopfähnlichem zusammenzubinden und dabei gleichzeitig mein Biobuch festzuhalten. Und dann segelt es doch noch durch die Luft und landet mit einem lauten Knall auf dem Boden.

Na super.

Ich hole schon Luft, um den rücksichtslosen Blödmann, der mich von der Seite angerempelt hat, so richtig zusammenzustauchen, als ich sehe, dass es Noah ist, der grinsend mit den Fingern das Peace-Zeichen formt.

»Hey, Charly. Ich wollte dir nur Bescheid sagen, dass ich heute 'ne Stunde früher frei habe.« Er bückt sich im Gehen nach meinem Buch. »Du brauchst also nach der Schule nicht auf mich zu warten. Die Kellermann ist krank.«

»Und das bei dem Bombenwetter. Hast du ein Glück«, seufze ich und fächere mir mit der Hand Luft zu. Allerdings bezweifele ich, dass die Schweißperlen auf meiner Stirn wirklich was mit der Temperatur zu tun haben. »Vielleicht haben wir ja Glück, und es gibt für alle Hitzefrei«, füge ich noch hoffnungsvoll hinzu, ohne wirklich daran zu glauben. Nach der peinlichen Aktion eben könnte ich etwas Aufmunterung gut brauchen. »Aber unter siebenundzwanzig Grad Raumtemperatur passiert ja sowieso nichts.«

»Und in welchem Raum gemessen wird, ist doch wohl logisch.« Noah wirft mein Buch in die Luft und fängt es geschickt wieder auf. »Der Obermacker hat die Klimaanlage in seinem Büro bestimmt voll aufgedreht und sitzt jetzt mit einer dicken Strickjacke, einem Schal und einer Pudelmütze vor dem schockgefrosteten Thermometer.«

»Und freut sich ein Loch in den Bauch, dass wir Schüler beim Lernen endlich mal ins Schwitzen kommen«, stimme ich Noah lachend zu, obwohl mir eigentlich zum Heulen ist. Ich muss Mama noch mal fragen, ob es für besonders schlimme Momente Minus-Bohnen gibt.

»Wir sehen uns dann vor dem Training.« Noah drückt mir mein Buch in die Hand und dreht Richtung Chemieraum ab.

»Alles klar, bis später«, rufe ich ihm nach.

»Bis später? So so …« Chiara, die eben noch hinter mir gewesen ist, hat aufgeschlossen und mustert mich nun neugierig von der Seite. »Läuft da was zwischen dir und Noah?«

»Wie bitte?« Verdutzt sehe ich Chiara an. Wie kommt sie denn auf diese absurde Idee? Nicht dass ihr Bruder womöglich auch denkt, Noah und ich wären ein Paar.

»Nein, natürlich nicht«, stelle ich unser Verhältnis schnell richtig. »Wir sind bloß Freunde.«

»Ach, ich dachte ja nur, weil ihr so vertraut miteinander

seid.« Chiara weicht einigen Rucksäcken aus, die auf dem Boden rumliegen.

»Wie gesagt, bloß Freunde«, erkläre ich nachdrücklich, als sie wieder neben mir ist. »Sehr gute Freunde«, füge ich noch hinzu, weil »bloß Freunde« irgendwie ein bisschen abwertend klingt.

»Ihr spielt zusammen Handball, oder?«

Ich nicke und bin plötzlich ziemlich geplättet. Bisher habe ich angenommen, dass es nur eine Person gibt, für die Chiara sich interessiert – und das ist sie selbst. Umso mehr überrascht es mich, dass sie weiß, dass ich Handball spiele.

»Machst du auch irgendeine Sportart?«, frage ich, um mich für ihr Interesse zu revanchieren, und versuche dabei, nicht nach rechts zu sehen. Dort steht auf der Seite des Ganges eine Vitrine mit einem echten Skelett, dessen Anblick ich irgendwie gruselig finde. Chiara hingegen winkt Theo, wie wir das Schulskelett getauft haben, im Vorbeigehen fröhlich zu.

»Eigentlich mache ich Modern Dance.« Sie vollführt mitten auf dem Gang ein paar Tanzschritte, so als wollte sie für Theo eine kleine Vorstellung geben, bevor sie wieder normal weiterläuft. »Aber unsere Trainerin pausiert zurzeit, weil sie schwanger ist.«

»Wie schön«, antworte ich, weil ich nicht weiß, was ich sonst darauf erwidern soll. Mit Tanzen kenne ich mich nicht aus, zumindest nicht als Sportart. Schon als kleines Mädchen habe ich mich immer mehr für Ballsportarten interessiert.

»Schön? Ich weiß nicht, ob unsere Trainerin das im Moment genauso sieht. Die Arme hat sich innerhalb von ein paar Wochen von einer schlanken Gazelle in eine trampelige Elefantenkuh verwandelt.« Chiara deutet mit den Händen einen Bauchumfang an, der tatsächlich auf ein Elefantenbaby oder zumindest auf Drillinge schließen lässt.

»Eigentlich meinte ich, dass es schön ist, dass du zum Modern Dance gehst. Tja, aber das mit der Elefantenkuh muss man wohl in Kauf nehmen, wenn man Kinder haben möchte.«

»Willst du später mal Kinder?«, fragt Chiara und mustert mich interessiert.

»Na klar. Zwei oder drei mindestens«, antworte ich, ohne lange überlegen zu müssen. »Eine ganze Handballmannschaft wäre auch okay. Und wie sieht's bei dir aus?«

»Ach, mal sehen.« Chiara wiegt unentschlossen den Kopf hin und her. »Ist ja zum Glück noch was Zeit. Ich glaube, Kinder machen wahnsinnig viel Arbeit. Und Ärger.«

»Stimmt. Aber sie geben einem auch so viel zurück«, zitiere ich meine Mutter grinsend.

»Wenn du damit Widerworte und dreckige Wäsche meinst, hast du bestimmt recht.«

Chiara haut das so trocken raus, dass ich lauthals lachen muss. Sie stimmt mit ein, und als wir schließlich den Bioraum erreichen, haben wir uns in einen richtigen Lachflash hineingesteigert.

»Na, ihr hattet ja vorhin jede Menge Spaß. Das war nicht

zu übersehen. Was wollte Chiara denn von dir?«, nimmt Nele mich nach der Biostunde auf dem Gang ins Kreuzverhör.

»Och, nichts Besonderes«, antworte ich im Gehen. Wir kommen an Theos Vitrine vorbei, und ich muss unwillkürlich an Chiaras spontane Tanzeinlage denken. »Sie hat gefragt, ob ich später mal Kinder haben will.«

Ein halboffener Mund lässt nur die wenigsten Menschen intelligent aussehen. Nele gehört nicht dazu. Als sie merkt, dass sie mich immer noch fassungslos anstarrt, schließt sie schnell den Mund, nur um ihn sofort wieder für einen kleinen spitzen Schrei aufzureißen. »Wiiie? Und das nennst du nichts Besonderes? Nach deiner Blutgruppe und deinem Kontostand hat sie aber nicht gefragt?«

»Das nicht. Aber stell dir vor, sie wollte wissen, ob zwischen Noah und mir was läuft. Echt witzig, oder?«

»Ja, die hat sie echt nicht mehr alle beisammen.« Nele verzieht geringschätzig das Gesicht. »Außerdem geht sie das ja wohl 'nen feuchten Dreck an, mit wem du zusammen bist.«

»Ach, sie wollte bestimmt nur nett sein.« Ich suche in meiner Hosentasche nach einem Kaugummi, finde dort aber nur Costas Hundeleckerlis.

»Aber was verspricht sie sich davon? Ich sag dir, die ist so was von berechnend. Die sagt einem nicht mal Hallo, wenn sie sich davon keinen Vorteil verspricht.«

»Vielleicht schätzt du sie ja auch total falsch ein.«

»Wollte sie sonst noch was wissen?«, fragt Nele, ohne auf meinen Einwand einzugehen.

»Ne«, ich überlege kurz, »das heißt, doch. Sie hat gefragt, ob Noah und ich zusammen Handball spielen.«

»Handball … du und Noah«, murmelt Nele halblaut vor sich hin, so als würde sie gerade eine komplizierte Gleichung lösen. »Noah und du. Du und Noah.« Sie bleibt so plötzlich stehen, dass zwei Jungs, die hinter uns gehen, geradewegs in sie hineinrennen.

»Könnt ihr nicht aufpassen?«, zischt Nele sie ärgerlich an. Die beiden Sechstklässler ziehen verschreckt die Köpfe ein. Dann überholen sie uns mit einem riesengroßen Sicherheitsabstand.

»Noah! Natürlich! Jetzt hab ich's! Dass ich da nicht gleich draufgekommen bin!« Nele schlägt sich mit der flachen Hand vor die Stirn. »Die Sache ist doch ganz klar: Chiara versucht über dich an Noah ranzukommen.«

Was redete sie da bloß? Vielleicht liegt es an der Hitze, dass ich ihr nicht folgen kann.

»Noah? Du meinst unseren Noah?«, frage ich ungläubig.

»Ganz genau.«

Ich zeige ihr einen Vogel. »Warum sollte Chiara das tun? Wenn sie scharf auf Noah ist, wird sie ihn sich einfach angeln. Meine Hilfe hat sie dabei ganz bestimmt nicht nötig. Alle Jungs stehen auf sie.«

»Wenn du dich da mal nicht täuschst. Noah und Kuki ganz bestimmt nicht.«

»Darauf würde ich an deiner Stelle nicht wetten.«

Nele streckt mir die Hand entgegen. »Doch, genau das tue ich. Die Wette gilt. Wenn du recht hast und die beiden Jungs sie tatsächlich toll finden, bekommst du meine Sonnenbrille. Wenn ich richtigliege, bekomme ich dein blaues Halstuch mit den weißen Sternen.«

»Die neue Brille?«, frage ich sicherheitshalber noch mal

nach, bevor ich nach einem knappen Nicken von Nele einschlage.

★*

Da unserem Verein nicht genügend Hallenzeiten zur Verfügung stehen, teilen wir uns einmal in der Woche mit den Jungs der B-Jugend die Halle. Ich finde das eigentlich ganz schön, denn dann kann ich mit Noah zusammen zum Training gehen, und meistens nutzen wir die Gelegenheit, um vorher und nachher mit Kuki und Nele noch etwas abzuhängen und zu quatschen.

Heute sind wir besonders früh dran. Außer Noah, Kuki, Nele und mir ist noch niemand in der Halle. Kuki, der mal wieder einen Energieschub hat, schnappt sich sofort einen Handball und will mit dem Aufwärmen beginnen. Doch Nele stellt sich ihm in den Weg und entwindet ihm geschickt den Ball.

»Jetzt mach mal nicht so einen Stress, Kuki. Warum hast du es so eilig? Es ist ohnehin viel zu stickig in der Halle. Glaub mir, wir kommen noch früh genug ins Schwitzen. Lass uns doch lieber noch ein bisschen quatschen.«

»Von mir aus.« Kuki klingt so begeistert, als hätte Nele ihn dazu verdonnert, nach dem Training den Hallenboden zu wischen. Aber mittlerweile weiß er, wann er bei seiner Freundin besser die Klappe hält.

Nele wirft mir hinter dem Rücken der Jungs einen verschwörerischen Blick zu. Richtig, da war doch noch was …

»Hat Charly euch eigentlich schon erzählt, dass sie eine neue Freundin hat?«, beginnt Nele im Plauderton.

»Ach, Quatsch«, wiegele ich schnell ab. »Chiara und ich haben uns ein paarmal unterhalten, mehr nicht.«

»Aber was nicht ist, kann ja noch werden. Die Queen würde dich bestimmt gerne in ihren Hofstaat aufnehmen«, versucht Nele mich hopszunehmen, aber ihr Lachen wirkt dabei irgendwie gekünstelt.

Langsam bereue ich es schon, dass ich mich auf diese saublöde Wette eingelassen habe. Können wir nicht einfach Handball spielen?

»Was haltet *ihr* eigentlich von Chiara, Jungs?« Nele tut, als würde sie etwas in ihrer Sporttasche suchen, doch in Wirklichkeit lässt sie Kuki nicht aus den Augen.

Dem ist offenbar nicht bewusst, in welcher Gefahr er schwebt, und so tappt er geradewegs in die Falle.

»Geil.« Er gibt ein anerkennendes Schnalzen von sich. »'ne Neun von zehn würde ich sagen.«

Nele zieht scharf die Luft ein.

Ha, wusste ich es doch! 1:0 für mich. Auch wenn Nele ihr Äußeres wirklich nicht verstecken muss und Kuki total in seine Freundin verschossen ist, bedeutet das noch lange nicht, dass er bei anderen Mädchen plötzlich blind ist. Nur mit Mühe kann ich mir ein triumphierendes Grinsen verkneifen.

»Ich meinte nicht ihr Aussehen«, sagt Nele und zieht ein Gesicht, als hätte sie in eine saure Zitrone gebissen. Ich frage mich, was sie mehr trifft. Dass Kuki Chiara als *geil* bezeichnet hat oder dass sie drauf und dran ist, unsere Wette zu verlieren.

»Nicht?«, fragt Kuki. »Ach so, dann geht es wohl um

ihr *Inneres.* Warum hast du das nicht gleich gesagt? Du meinst Herz, Nieren, Leber und all das unappetitliche Zeug.«

»Idiot«, zischt Nele, aber ihre Mundwinkel zucken verräterisch. Irgendwie schafft Kuki es immer wieder, dass Nele ihm nicht lange böse sein kann.

»Natürlich ist sie längst nicht so nett und so intelligent und so humorvoll wie du …« Er wirft Nele einen treuherzigen Dackelblick zu.

»Ach, sei still, du Schleimer.« Nele windet sich aus dem Arm, den Kuki ihr um die Schulter gelegt hat. »Ich glaub dir kein Wort mehr.«

»Und was ist mit dir?«, fragt Nele nun an Noah gewandt. »Wie findest du Chiara?«

Noah, der sich ebenfalls einen Handball geschnappt hat und diesen auf den Boden prellt, zuckt mit den Schultern. »Keine Ahnung. Ich kenne sie doch kaum.«

»Aber irgendeinen Eindruck musst du doch von ihr haben«, lässt Nele nicht locker.

»Muss ich?«, fragt Noah und rauft sich mit der freien Hand die Haare, die danach noch wilder als sonst von seinem Kopf abstehen.

Nele wirft mir einen hilfesuchenden Blick zu.

»Na ja, alle Jungs stehen auf sie«, schalte ich mich ein, auch wenn das sicher nicht das ist, was Nele von mir hören will.

»Wenn du das sagst …« Noah prellt unbeeindruckt weiter.

»Aber dass sie verdammt gut aussieht, ist vermutlich auch dir schon aufgefallen, oder?«, hake ich noch einmal nach.

»Einspruch, euer Ehren, Zeugenbeeinflussung«, ruft Kuki, und Nele nickt zustimmend. »Außerdem geht es hier doch angeblich um die inneren Werte.«

»Jo, ich glaube, sie sieht gar nicht mal so übel aus«, beantwortet Noah trotzdem meine Frage.

Nicht so übel? Hat der Kerl eigentlich Handbälle auf den Augen? Wenn Chiara »gar nicht mal so übel« aussieht, sollte ich mich in Zukunft lieber nur noch mit einer Papiertüte über dem Kopf aus dem Haus trauen.

»Aber ich finde, sie hat so etwas Arrogantes, Zickiges an sich«, fügt Noah, der mein Schweigen offenbar falsch interpretiert hat, noch hinzu. »Queen Chiara eben.«

»Sehr gut beobachtet«, lobt ihn Nele und wirft mir einen triumphierenden Seitenblick zu.

Okay, ich würde sagen, das war ein Unentschieden.

»Zum Glück hat wenigstens einer von euch 'ne brauchbare Menschenkenntnis«, stichelt Nele weiter.

»Ihr kennt sie einfach nicht gut genug«, protestiere ich, nachdem ich einen tiefen Schluck aus meiner Wasserflasche genommen habe. Die stickige, aufgeheizte Luft in der Halle ist kaum zu ertragen. Daran können auch die geöffneten Türen, die ins Freie führen, nichts ändern.

»Ach, aber du?«, fragt Nele spitz. »Du kennst sie richtig? Nur weil ihr euch einmal übers Kinderkriegen unterhalten habt, glaubst du wohl, dass ihr jetzt best friends seid.«

So biestig kenne ich meine Freundin gar nicht. Dass sie lautstark ihre Meinung vertritt, ist nichts Neues. Aber normalerweise gibt sie allen eine faire Chance. Warum sie ausgerechnet auf Chiara so allergisch reagiert, kann ich mir echt nicht erklären. Oder ist sie womöglich eifersüchtig, weil Chiara plötzlich mit mir redet?

»Quatsch, wir sind nicht best friends«, versuche ich sie zu beruhigen. »Und ihr habt ja auch recht. Auf den ersten Blick wirkt Chiara wirklich etwas zickig und arrogant.«

»Etwas ist gut«, schnaubt Nele. Bestimmt kommen gleich kleine Rauchwölkchen aus ihren Nasenlöchern.

»Okay, einigen wir uns auf ziemlich arrogant«, lenke ich erneut ein. »Aber wenn man sich mit ihr unterhält, ist sie echt nett«, nehme ich Chiara der Fairness halber in Schutz.

Noah zuckt mit den Schultern. »Kann schon sein.« Er mustert mich durchdringend. »Aber du bist sowieso nicht objektiv. Oder fändest du sie genauso nett, wenn Strandmatte nicht ihr Bruder wäre?«

»Keine Ahnung«, antworte ich ehrlich. »Und nenn Luke nicht immer -«

Ich komme nicht dazu, den Satz zu beenden, denn Noah wirft mir ohne Vorwarnung seinen Handball zu.

»Wenigstens auf deine Reflexe ist Verlass«, stichelt Nele, als ich diesen ganz easy fange.

»Sei nicht sauer. Du kannst dir mein Sternchentuch ja mal ausleihen«, kontere ich grinsend.

Nach dem Handballspielen fühle ich mich immer besser, richtig schön ausgepowert, und alle Probleme sind – zumindest vorübergehend – verschwunden. Doch schon auf dem Heimweg merke ich, dass die Wirkung dieses Mal viel zu schnell verpufft.

Als ich nach Hause komme und meine Zimmertür öffne, trifft mich dann fast der Schlag.

Was ist denn hier passiert?!

Mein Zimmer sieht aus, als wäre es von Einbrechern auf den Kopf gestellt worden. Alle Klamotten, die ich im Laufe der letzten ein bis zwei Wochen nachlässig über meinen kleinen Sessel in der Zimmerecke geworfen habe, sind auf dem Fußboden verteilt. T-Shirts, Jeans, Pullover, Halstücher, Sportsachen – das totale Chaos. Während ich noch überlege, ob meine Mutter dahintersteckt – sie hasst es, wenn ich meine Anziehsachen nicht sofort in die Wäschetonne im Badezimmer schmeiße oder in den Schrank zurückräume –, sehe ich plötzlich, dass sich zwischen den Klamotten etwas bewegt. Haben wir Mäuse? Oder sogar Ratten?!? Ich will schon loskreischen, als ich neben einem Berg T-Shirts zwei wild zuckende Schlappohren und ein Paar blitzende Augen entdecke, die mir ziemlich bekannt vorkommen.

Costa!

Seine Schnauze ist nicht zu sehen, weil sie bis zum Anschlag in der Hosentasche meiner Jeans steckt. Ein lautes Schmatzen verrät, dass Costa dort fündig geworden ist. Oh nein, meine Glücksleckerlis!

»Costaaaa!«, rufe ich entsetzt.

Immerhin besitzt der Übeltäter so viel Anstand, seine Schnauze umgehend aus den Tiefen meiner Hosentasche herauszuwinden. Er zieht den Schwanz ein und kommt mit schuldbewusst gesenktem Kopf zu mir geschlichen. Das schlechte Gewissen steht ihm ins Gesicht geschrieben. Und sofort tut es mir leid, dass ich ihn so angebrüllt habe. Ich kauere mich zu ihm auf den Fußboden und schmiege mein Gesicht an seinen warmen Hals, was sich irgendwie tröstlich anfühlt.

»Ach, Süßer, eigentlich sollte ich dir dankbar sein, dass du meine Tagesbilanz vernichtet hast. Dabei hat heute Morgen alles so gut angefangen. Aber danach … einfach nur Horror.«

Und weil Costa mich mit schräg gelegtem Kopf erwartungsvoll ansieht, erzähle ich ihm von der Begegnung mit Luke auf dem Schulflur. Dabei durchlebe ich noch mal in Zeitlupe jede peinliche Sekunde. Grauenvoll! Am liebsten würde ich mich unter dem Klamottenberg verkriechen und für immer dort bleiben. Wie zur Hölle bin ich bloß auf die Idee gekommen, dass Luke *mir* zuwinken könnte? Weil ich angenommen habe, dass er auf ein total verpeiltes Mädchen mit Ketchup an der Nase steht? Aaaaah! Aber schlimmer geht immer, versuche ich mich zu trösten. Bloß gut, dass Luke seiner Schwester keine Kusshand zugeworfen hat …

Nachdem ich mir alles von der Seele geredet habe, fühle ich mich zum Glück ein bisschen besser. Costa ist aber auch wirklich ein guter Zuhörer. Er unterbricht mich nicht und gibt keine blöden Kommentare. Stattdessen schleckt er einfach nur tröstend meine Hand ab.

Als ich später im Badezimmer den Hundesabber abwasche, komme ich zu dem Schluss, dass die Glücksleckerlis wohl doch keine so geniale Idee waren. Nicht dass die Methode an sich nichts taugt – aber der Teufel steckt, wie Frau Rosenstolz immer sagt, im Detail. Und: Rom wurde auch nicht an einem Tag erbaut. Noch so eine Rosenstolz-

Weisheit. Vielleicht hat die blöde Ziege mit dem einen oder anderen, was sie so von sich gibt, ja doch recht. Bevor ich an diesem Abend ins Bett gehe, fasse ich darum einen Entschluss: Ich werde mir einen anderen Glücksbohnen-Ersatz suchen. Und dieses Mal wird es klappen.

Kapitel 4

Nachdem wir den ganzen Vormittag vergeblich gewartet haben und sogar noch die blöde Lateinarbeit schreiben mussten, kommt nach der fünften Stunde endlich die, im wahrsten Sinne des Wortes, heiß ersehnte Durchsage: Hitzefrei! Yeah! Auch wenn es nichts mit Luke zu tun hat, definitiv ein Glücksmoment. Schnell lasse ich eines der Cent-Stücke, die ich am Morgen als meine neuen Glücksbohnen auserkoren habe, von der linken in die rechte Hosentasche wandern.

»Na, ihr beiden«, Kuki hakt sich auf dem Weg zum Schultor bei Nele und mir unter, »was fangen wir denn mit diesem geschenkten Nachmittag an?«

»Blöde Frage!«, ruft Noah hinter uns aufgekratzt. »Zum Baggersee fahren, was sonst.«

**

Oh Wunder, wir sind nicht die Einzigen, die bei diesem tollen Wetter schwimmen wollen. Am See angekommen, müssen wir unsere Fahrräder an einem morschen Holzzaun anschließen, weil alle Fahrradständer besetzt sind. Kein gutes Zeichen …

Als wir endlich bezahlt haben und den Eingang passieren, stehen wir erst einmal planlos auf der überfüllten Liegewiese herum. Rings um uns herum herrscht ein Gewimmel und Gewusel wie auf einem Ameisenhaufen.

»Haben die alle kein Zuhause?!« Kuki reißt entsetzt die Augen auf.

Außer den vielen Jugendlichen, die wie wir wahrscheinlich Hitzefrei bekommen haben, sind unzählige Familien am Start, die neben Oma und Opa und einem Dutzend Kinder anscheinend den halben Hausstand angekarrt haben: Campingstühle, Sonnenliegen und Kühltaschen, die es von der Größe her locker mit jeder Gefriertruhe aufnehmen können. Der Menge des Proviants nach zu urteilen, wollen sie hier nicht nur einen Tag, sondern den ganzen Sommer verbringen. Mark Forster, Katy Perry und Sido sind auch da und liefern sich aus den mitgebrachten Boxen lautstark ein Gesangsbattle. Ein bisschen wie Kirmes, aber ich find's gut. Und über allem liegt der Duft von Sonnenmilch und gegrillten Würstchen.

»Ich komme mir vor wie ein Brathähnchen«, stöhnt Nele und betrachtet sorgenvoll die Haut an ihren Armen, die bereits einen leichten Rotstich aufweist.

Oje, vielleicht kommt der Geruch ja doch nicht von den Bratwürstchen …

»Am besten suchen wir uns einen Platz im Schatten«, erklärt Nele bestimmt.

Nichts gegen ihren Optimismus, aber allzu viele Bäume gibt es hier leider nicht. Und die paar Sonnenschirme, die aufgespannt sind, dienen eigentlich nur zu Werbezwecken und sind natürlich längst von anderen Badegästen in Beschlag genommen worden.

Kuki schlingt von hinten einen Arm um Neles Taille, schiebt ihre Haare zur Seite und gibt ihr einen Kuss auf den Nacken. »Vielleicht wird ja unter einem Baum jemand von einem herabstürzenden Ast getroffen. Dann könnte ein Platz im Schatten frei werden. Ansonsten haben wir wohl Pech.«

Noah wischt sich eine Schweißperle von der Stirn. »Ich schätze, wir können froh sein, wenn wir einen Stehplatz im Wasser bekommen.«

»Haaaallooo, Charlotte!«, höre ich plötzlich jemanden rufen. Als ich mich umsehe, entdecke ich Chiara, die mir wie wild zuwinkt.

»Oh nein, bitte nicht«, stöhnt Nele und rollt genervt mit den Augen, »die hat mir gerade noch gefehlt.«

»Ach komm, gib Chiara eine Chance«, versuche ich, sie zu beruhigen. »Was ist denn so schlimm an ihr?«

»Sie atmet«, knurrt Nele.

Im nächsten Moment steht Chiara auch schon neben uns.

»Wollt ihr euch nicht zu uns legen?« Sie macht eine einladende Geste und weist mit dem Daumen vage hinter sich. »Luke und ein paar Jungs aus eurer Stufe sind auch da«, sagt sie zu Noah und Kuki. »Wir rücken einfach etwas enger zusammen, dann ist bestimmt noch Platz für euch.«

Als ich in die Richtung sehe, aus der Chiara gekommen ist, entdecke ich jedoch nur Leonie, die einen pinkfarbenen Bikini trägt, und neben ihr Tessa in einem raffiniert geschnittenen schwarzen Badeanzug. Allerdings interessiert mich die neuste Bademode im Moment herzlich wenig. Hat Chiara nicht gesagt, Luke wäre auch hier? Wo steckt er bloß?

Neben mir tritt Noah unruhig von einem Fuß auf den anderen.

»Was meint ihr?« Fragend sehe ich in die Runde. Allein die Erwähnung von Lukes Namen hat gereicht, um mich nervös zu machen. Einerseits wünsche ich mir nichts mehr, als in seiner Nähe zu sein, andererseits versetzt mich der Gedanke, mich halbnackt vor ihm zu zeigen, regelrecht in Panik.

Während Nele deutlich ins Gesicht geschrieben steht, was sie von Chiaras Vorschlag hält – nämlich gar nichts –, scheinen die Jungs irgendwie nicht richtig bei der Sache zu sein. Während Noah nur Augen für den See hat, starrt Kuki wie hypnotisiert auf Chiaras Brüste, die von einem roten Triangel-Oberteil bloß notdürftig bedeckt werden. Leider ist das wohl auch Nele nicht entgangen.

»Ich will aber in den Schatten«, mault sie wie ein trotziges kleines Kind. Fehlt nur noch, dass sie mit dem Fuß aufstampft.

»Dann viel Glück bei der Suche. Macht's gut.« Chiara winkt uns zu, im Gehen dreht sie sich jedoch noch einmal kurz um. »Falls ihr es euch anders überlegt – ihr wisst ja, wo ihr uns findet.«

Keine fünf Minuten später hat selbst Nele eingesehen, dass es aussichtslos ist, einen Liegeplatz im Schatten zu ergattern. Streng genommen gibt es überhaupt kein freies Plätzchen. Zumindest keins, das sich nicht direkt neben den stinkenden Toilettenräumen oder einer von Wespen belagerten Mülltonne befindet.

Falls Chiara Neles Niederlage genießt, lässt sie es sich nicht anmerken.

»Hey, Leute, macht mal etwas Platz«, fordert sie ihre Freundinnen auf, als wir kurze Zeit später bei ihrer Clique ankommen. »Wir kriegen Gesellschaft.«

Im Gegensatz zu Leonie, die unwillig den Mund verzieht und leise etwas vor sich hin brummt, steht Tessa sofort auf und rückt die Handtücher für uns etwas enger zusammen.

»Danke, nett von euch«, sage ich und lächele in Tessas Richtung. Dann halte ich mit klopfendem Herzen nach Luke Ausschau, kann ihn aber nirgendwo entdecken. Allerdings liegen direkt neben unserem Platz vier verwaiste Handtücher. Während ich noch überlege, ob mir einer der Rucksäcke, die nachlässig daraufgeworfen wurden, bekannt vorkommt, tauchen auch schon die Besitzer auf. Und Luke ist tatsächlich unter ihnen. Mein »Hallo« fällt angesichts der unglaublichen Menge Testosteron, die er aus allen Fasern seines Körpers zu versprühen scheint, etwas piepsig aus. Aber das geht zum Glück in der lautstarken Begrüßung der Jungs unter.

Neulich, in meinem Strandtraum, hat Luke auch eine Badehose getragen. In natura sieht er darin allerdings noch um einiges besser aus. Was man von mir in meinem Bikini bestimmt nicht behaupten kann.

Ich packe umständlich mein Handtuch aus und lasse mir jede Menge Zeit damit, es auszubreiten und ordentlich zurechtzuzupfen. Dann hole ich in Zeitlupe meine Sonnencreme und eine Rolle Kekse, die ich unterwegs am Kiosk gekauft habe, aus dem Rucksack. Und nun? Mir fällt beim besten Willen nichts mehr ein, was ich tun könnte, um das Ausziehen meiner Klamotten weiter hinauszuzögern. Vielleicht wäre der Platz neben den Toiletten gar nicht so schlecht gewesen. Und wenn ich es mir recht überlege, sind Wespen doch eigentlich auch ganz nette und noch dazu wahnsinnig nützliche Tierchen.

»Ist was?«, fragt Noah, der sich in null Komma nichts ausgezogen und sein Zeug einfach auf den Boden gepfeffert hat. »Kommst du nicht mit ins Wasser?«

»Später.«

»Sicher?« Noah bleibt neben meinem Handtuch stehen.

Ich nicke. »Ganz sicher.«

Nach einem kurzen Zögern folgt Noah Kuki, der bereits Richtung See verschwunden ist. Luke und seine Freunde rennen zum Glück ebenfalls hinterher. Bleiben aber immer noch – abgesehen von Nele, die mich schon tausendmal nackt unter der Dusche gesehen hat – Chiara, Tessa und Leonie.

Warum ist es eigentlich so verdammt schwer, eine kurze Jeans auszuziehen? Zumindest wenn man dabei nicht wie ein ungelenker Bauerntrampel aussehen will.

Irgendwie schaffe ich es schließlich doch, aus dem blöden Ding rauszukommen, ohne mich in dem Stoff zu verheddern und auf die Nase zu fliegen. Aber das Schlimmste steht mir noch bevor. Am liebsten würde ich mein T-Shirt einfach anbehalten. Ich könnte sagen, dass mir kalt ist.

Dann halten mich die anderen wenigstens nicht für verklemmt … sondern nur für verrückt. Oder ich könnte behaupten, dass ich leicht Sonnenbrand bekomme. Nele würde man das sofort abkaufen, aber meine Haut ist schon ziemlich stark gebräunt. Es hilft ja alles nichts. Mit einem leisen Seufzer ziehe ich den Bauch ein. Wenn das mit den Brüsten bloß auch so einfach wäre.

Als ich mich vorhin auf die Schnelle in meinem Zimmer umgezogen habe, ist mir aufgefallen, dass mein Bikinioberteil eigentlich viel zu klein ist. Seit dem letzten Sommer habe ich obenrum wohl ein bisschen zugelegt. Nicht dass ich das schlimm fände, im Gegenteil, nur sieht so ein knapper Stofffetzen, anders als bei Chiara, an mir vermutlich nicht sexy, sondern armselig aus. So als hätte ich mir den Bikini von meiner kleinen Schwester geliehen. Mittlerweile habe ich das Gefühl, dass alle mich erwartungsvoll anstarren. Sogar Nele! Kein Wunder, bei den langen Vorbereitungen. In der Zeit, die ich zum Ausziehen brauche, stellen andere eine ganze Marsexpedition auf die Beine.

Zum Glück rettet mich Anna, die genau im richtigen Augenblick mit vier Langnese-Eishörnchen in der Hand auftaucht. Ich nutze den unbeobachteten Moment und streife mir hastig das T-Shirt über den Kopf.

Nachdem Anna das Eis unter ihren Freundinnen verteilt hat, hebt sie bedauernd die Hände. »Hätte ich gewusst, dass ihr auch hier seid, hätte ich mehr gekauft.«

»Ich will sowieso kein Eis«, antwortet Nele so frostig, dass ich trotz der Bullenhitze fast eine Gänsehaut bekomme.

Arme Anna. Da will sie nett sein und bekommt zum

Dank auch noch eins drauf. Das hat sie wirklich nicht verdient. Sie ist mit Abstand die Netteste der Clique. Abgesehen von Chiara natürlich. Leider nutzen die anderen Annas Hilfsbereitschaft häufig aus und lassen sie die Drecksarbeit erledigen. Hausaufgaben machen zum Beispiel. Oder eben am Kiosk Eis holen.

»Hmm, das sieht aber lecker aus«, versuche ich Neles unfreundliche Bemerkung mit einem Blick auf die Eishörnchen wiedergutzumachen.

»Hier, Charlotte, du kannst meins haben.« Chiara, die die Verpackung schon aufgerissen hat, drückt mir ihr Eis in die Hand.

Eigentlich mag ich kein Erdbeereis, aber wenn Chiara schon so nett ist, für mich zu verzichten, kann ich wohl schlecht Nein sagen.

Sie scheint mein kurzes Zögern jedoch bemerkt zu haben.

»Nimm ruhig«, ermuntert sie mich. »Ich muss sowieso abnehmen.«

»Ja klar, an den Ohrläppchen.« Na toll, Nele schon wieder. Aber dieses Mal geht der Schuss nach hinten los, denn Chiara fasst die schnippische Bemerkung als Kompliment auf und lächelt geschmeichelt.

Dann herrscht Gott sei Dank erst mal Ruhe. Während Nele mit unbewegter Miene zum See starrt – bestimmt hält sie im Wasser nach Kuki Ausschau –, rekelt Chiara sich genüsslich in der Sonne. Dabei summt sie einen Song von Pharrell Williams: *»Because I'm happy …«* Uns anderen bleibt gar keine Zeit zum Reden, denn das Eis schmilzt in Rekordzeit. Während wir noch im Akkord vor uns hin schlecken, tauchen die Jungs für einen kurzen Boxenstopp auf.

»Das Wasser ist mega.« Kuki schüttelt sich wie ein nasser Hund, sodass die Tropfen nur so durch die Luft fliegen.

Während Nele entsetzt quietscht, springt Chiara von ihrem Handtuch auf, kramt in ihrer Tasche herum und zieht eine Flasche Sonnenmilch daraus hervor.

»Könntest du mir bitte den Rücken eincremen, Charlotte?« Sie will mir die Sonnenmilchflasche reichen, gibt sie dann aber nach einem Blick auf den Rest meines Eishörnchens Noah, der sich direkt neben mir auf sein Handtuch geworfen hat. »Bis Charlotte aufgegessen hat, habe ich längst Sonnenbrand. Es macht dir doch nichts aus, Noah, oder?« Ohne die Antwort abzuwarten, legt sich Chiara bäuchlings auf ihr Handtuch.

»Ist schon okay.« Noah stiefelt über mich hinweg und träufelt eine ordentliche Ladung Sonnenmilch auf Chiaras Rücken. Dann beginnt er wie ein geübter Masseur mit schnellen, festen Handgriffen die weiße Suppe zu verteilen. Chiara schließt die Augen und schnurrt wie ein Kätzchen. Ihrem zufriedenen Gesichtsausdruck nach zu urteilen, scheint Noah seine Sache gut zu machen. Allerdings ist die Freude nur von kurzer Dauer.

»Ein guter Sonnenschutz ist wahnsinnig wichtig, um sich vor Hautkrebs zu schützen«, erklärt Noah, nachdem er den letzten Tropfen Sonnenmilch verrieben hat, mit ernster Miene. »Darum sollte man auch immer prüfen, ob das Zeug wirklich wasserfest ist.«

Er gibt Kuki ein Zeichen, und plötzlich springen die beiden auf, packen Chiara an Händen und Füßen und tragen sie trotz heftiger Gegenwehr zum See. Natürlich will sich keiner von uns die Show entgehen lassen, und so bewegt sich schließlich eine richtige kleine Prozession auf den Steg zu. Kuki und Noah mit der kreischenden und zappelnden Chiara vorneweg, Luke und seine Freunde, Leonie, Tessa, Anna, Nele und ich hinterher.

»Eins … zwei …!« Und ehe Chiara sichs versieht, landet sie auch schon im Wasser.

Wir anderen springen mit lautem Gebrüll und Gekreische hinterher, und sofort ist eine Wasserschlacht in Gange. Ich bin so damit beschäftigt, Kukis Fontänen auszuweichen und Noahs Überraschungsangriffe abzuwehren, dass ich Lukes Anwesenheit total vergesse. Erst als das Kampfgetümmel langsam nachlässt, bemerke ich, dass Luke neben mir steht und mich ansieht. Wassertropfen glitzern in seinen langen Wimpern und auf seiner sonnengebräunten Haut.

Oh Mann, dieser Anblick ist echt mehr, als ich verkrafte! Reflexartig tauche ich unter.

Spitzenmäßige Idee – wenn ich vor lauter Aufregung nicht vergessen hätte, vorher den Mund zu schließen. Das Seewasser schmeckt scheußlich! Und so bleibt mir nichts anderes übrig, als schnell wieder prustend an die Wasseroberfläche zu kommen.

»Geht's?« Luke mustert mich mit schief gelegtem Kopf.

Macht er sich über mich lustig? Aber eigentlich klingt er eher besorgt.

»Alles bestens«, lüge ich hustend und versaue mir damit die Chance auf eine Mund-zu-Mund-Beatmung. Obwohl ich immer noch nach Luft japse, spüre ich das dringende Bedürfnis, sofort wieder abzutauchen.

»Hey, wir kennen uns doch«, quatscht Luke mich erneut an. »Du bist eine Freundin von meiner Schwester, stimmt's?«

»Äh ... so in der Art.«

»Sophie, oder?«

»Nein, ich heiße Charlotte.«

»Na ja, klingt doch so ähnlich.« Luke grinst. »Sorry, Charlotte, ich hab ein ziemlich schlechtes Namensgedächtnis. Aber dafür weiß ich noch genau, wo wir uns begegnet sind.«

Insgeheim bete ich, dass er sich nicht an die peinliche Szene in der Cafeteria erinnert.

Luke streicht mit beiden Händen seine nassen Haare nach hinten, dann erlöst er mich von der Ungewissheit: »In der Turnhalle, stimmt's?«

Vor Freude würde ich ihm am liebsten um den Hals fallen. Er erinnert sich an mich. Also ist die Kletter-AG doch nicht umsonst gewesen!

»Für eine Schulveranstaltung war diese Halloweenparty ziemlich abgefahren«, fügt Luke dann allerdings hinzu.

Erst bist du im siebten Himmel, und dann fällst du aus allen Wolken, denke ich bitter. Lukes letzter Satz hat wie eine kalte Dusche gewirkt. Ich war letzten Oktober auf keiner Halloweenparty, sondern hab mit Fieber und Schüttelfrost im Bett gelegen.

»Tut mir leid, aber ich schätze, da verwechselst du mich mit jemandem.« Ich versuche cool zu bleiben, aber an meiner Stimme hört man, dass ich angepisst bin. Angepisst und richtig hart deprimiert. »Wir sind übrigens ein halbes Jahr lang jeden Dienstagnachmittag zusammen klettern gegangen.«

Na gut, das stimmt nicht so ganz. Er ist klettern gegangen, und ich habe auf dem Klo rumgelungert. Aber Fakt ist: Ich war da. Und er auch.

»Oh. Wirklich?«

»Wirklich«, antworte ich eisig.

»Luke, Charly – was ist mit euch? Wie wäre es mit einer Runde Wasserball?«, unterbricht uns Kuki, der immer Action braucht, in diesem Moment. Zwischen Schwimmer- und Nichtschwimmerbereich ist ein kleines Wasserballfeld mit zwei Toren abgetrennt. »Na Leute, kommt schon, macht ihr alle mit?«

Ich nicke, denn ich habe plötzlich echt keinen Bock mehr auf dieses Gespräch. Chiara und ihre Freundinnen sind von Kukis Idee offenbar wenig begeistert, sie haben es auf einmal furchtbar eilig, aus dem Wasser zu kommen. Zurück bleiben Noah, Kuki, Nele, Luke sowie seine drei Freunde und ich.

Ich kann es kaum erwarten, den Ball in die Finger zu bekommen. Mann, was bin ich sauer! Auf Luke, weil er sich nicht an mich erinnert. Auf mich, weil ich offenbar so unscheinbar bin, dass es gar nicht auffällt, ob ich da bin oder nicht. Und auf das Leben im Allgemeinen, weil es manchmal so verdammt ungerecht ist.

Ich muss mich unbedingt abreagieren. Insgeheim hoffe ich, dass ich nicht mit Luke in einem Team bin.

»Wir vier gegen euch«, schlägt Noah vor und zeigt auf Kuki, Nele, meine Wenigkeit und zum Schluss auf sich selbst.

»Wäre es der Fairness halber nicht besser, die Mädchen aufzuteilen?«, schlägt Luke vor.

»Ach, du denkst wohl, wir sind ein Handicap.« Nele stemmt entrüstet die Hände in die Hüften.

»Stimmt genau. Es macht mehr Spaß, wenn wir zwei gleichstarke Teams haben«, bekommt Luke von einem seiner Freunde Unterstützung.

Noah grinst. »Das lasst mal unsere Sorge sein.«

»Na schön, du musst es ja wissen.« Luke zuckt mit den Achseln.

»Hier, Sophie«, er wirft mir den Ball zu, »ihr dürft anfangen.«

»Charlotte.«

»Wie bitte?«

»Ich heiße Charlotte.«

Meine Güte, es ist doch wirklich nicht zu viel verlangt, sich einen simplen Namen zu merken! Ich nenne ihn doch auch nicht Strandmatte! Gut, es gibt Menschen, bei denen kann man sich nicht entscheiden, ist der Name eine Zumutung oder Gedächtnistraining? Oder möglicherweise sogar beides. So wie Stella-Luna oder Hortensia-Rose. Aber Charlotte? Oder von mir aus auch Charly – das ist doch nun wirklich nicht so schwer zu behalten!

»Was ist denn nun?«, beschwert sich Kuki, der im Wasser auf und ab hüpft. »Wollt ihr spielen oder lieber quatschen?«

»Spielen«, presse ich zwischen zusammengebissenen Zähnen hervor.

Noah klatscht in die Hände. »Los, Leute, zeigen wir es ihnen! Auf geht's!«

Ich bin so wütend! Dienstag für Dienstag habe ich mir vor lauter Angst fast in die Hose gemacht. Und wofür das alles? Nicht einmal jetzt, nachdem ich ihn auf die Kletter-

AG hingewiesen habe, scheint Luke sich an mich zu erinnern.

Die Wut verleiht mir im Wasser Bärenkräfte. Ich kämpfe, als ginge es um mein Leben. Das gönnerhafte Grinsen, mit dem Luke nach meinem ersten Treffer den Ball aus dem Tor fischt, motiviert mich zusätzlich, und für einen Moment fühlt es sich richtig befreiend an, ihn zur Abwechslung mal nicht toll zu finden.

Na warte, Strandmatte, das Grinsen wird dir noch vergehen!

Danach konzentriere ich mich so auf das Spiel, dass ich nur am Rande mitbekomme, wie sich Lukes Miene verändert. Hat er zu Beginn der Partie noch total verdattert und überrascht ausgesehen, meine ich am Ende der ersten Halbzeit eine Mischung aus Fassungslosigkeit und Anerkennung in seinem Gesicht zu erkennen.

Wir gewinnen das Spiel haushoch. Am Ende liegt unsere Mannschaft mit mehr als zehn Toren vorn. Und mindestens die Hälfte unserer Treffer hat mein Team mir zu verdanken.

»Du hast mega gespielt, Charlotte«, sagt Luke anerkennend, als wir uns nach dem Spiel alle abklatschen. »So wie du uns nass gemacht hast, werde ich deinen Namen garantiert nicht mehr so schnell vergessen.«

Unter normalen Umständen würde ich jetzt sagen, dass ich schließlich nicht allein gewonnen habe. So von wegen Teamgedanke und so weiter. Aber was ist an diesem Nachmittag schon normal? Und so halte ich einfach die Klappe und genieße Lukes anerkennende Blicke und die kalte Siegercola, die uns das Verliererteam freiwillig spendiert.

Das liebe ich so am Sport. Wenn man sich richtig verausgabt und Dampf abgelassen hat, sieht die Welt danach ganz anders aus. Plötzlich finde ich es auch gar nicht mehr schlimm, dass Luke sich nicht an mich erinnern konnte. Wie sollte er schließlich auch? Während der Kletter-AG bin ich ja die meiste Zeit unsichtbar gewesen. Und die flüchtige Begegnung in der Cafeteria hat kaum länger gedauert als ’ne Werbeunterbrechung im Fernsehen. Heute hingegen hatte ich endlich die Chance, Eindruck bei Luke zu hinterlassen. Und wie’s aussieht, ist mir das gelungen. Schließlich hat er selbst gesagt, dass er mich nicht so schnell vergessen wird. Na ja, eigentlich meinen Namen, aber das kommt doch irgendwie auf das Gleiche raus. Wahrscheinlich sehe ich aus wie die Grinsekatze aus Alice im Wunderland, weil ich das breite Lächeln gar nicht mehr von meinem Gesicht runterbekomme.

»War nett heute«, sagt Chiara, der meine zufriedene Miene offenbar nicht entgangen ist, als wir gemeinsam zum Kiosk schlendern. Wir haben Stöckchen gezogen, wer die leeren Flaschen zurückbringen muss, und uns hat es erwischt. »Sollten wir öfter machen.«

»Ja, gerne«, sage ich und vergrabe meine Hände in den Taschen meiner Jeans, wo ich meine Glückscents ertaste. Die Geldstücke fühlen sich ganz warm an, denn die Hose hat in der Sonne gelegen. In einem unbeobachteten Moment habe ich bereits alle Cent-Stücke auf einmal in die rechte Hosentasche gesteckt.

Wir stellen die Colaflaschen klirrend auf der Theke des Kiosks ab. Und wo wir schon mal da sind, nehmen wir gleich noch ein bisschen Süßkram mit. An Gummibärchen kann ich einfach nicht vorbeigehen. Zum Glück sind alle Sachen, die wir kaufen, original verpackt und eingeschweißt, denn der Kioskbesitzer sieht ziemlich schmierig aus. Auf seinem ehemals weißen, ausgeleierten Feinrippunterhemd kann man – leider nicht besonders werbewirksam – die Speiskarte des Kiosks bewundern. Gleich unter dem Ausschnitt befindet sich ein orangerötlicher Fleck – eindeutig Spuren von Currywurst. Ein großer Klecks etwas tiefer, rot und weißgelblich, stammt vermutlich von Pommes Rot-Weiß und ein bräunlicher Fleck von der Bratwurst. Zumindest hoffe ich das …

Der Kioskbesitzer tippt die Preise in eine alte Registrierkasse ein, und Chiara schiebt ihm einen Zehneuroschein über die Theke.

»Könnt ihr mir zwei Cent leihen?«, nuschelt der Kioskbesitzer, der es nicht für nötig hält, die Fluppe aus dem Mund zu nehmen, während er mit uns redet.

Immerhin, die Penner am Bahnhof wollen immer gleich einen Euro schnorren, da ist das doch hier ein richtiger Schnapper. Trotzdem finde ich das irgendwie unverschämt. Chiara offenbar auch, denn sie starrt den Mann mit unverhohlenem Abscheu an, ohne etwas zu sagen.

Als keiner von uns antwortet, nimmt der Mann im Zeitlupentempo die Zigarette aus dem Mund und wiederholt – dieses Mal ganz deutlich, dafür aber ziemlich drohend – seine Frage: »Habt ihr vielleicht zwei Cent klein?«

»Ja, natürlich«, antworte ich schnell und nestele aus meiner rechten Hosentasche zwei Cent hervor.

Ob es Unglück bringt, wenn man seine Glückscents ausgibt? Okay, zwei im Sinn, wie bei der schriftlichen Subtraktion. Heute Abend beim »Kassensturz« muss ich unbedingt daran denken, entweder die Geldstücke aufzufüllen oder sie durch etwas anderes zu ersetzen.

Auf dem Rückweg zu unserem Liegeplatz reißt Chiara schon mal die Gummibärchentüte auf. »Hau rein. Muss ja keiner wissen.«

Schuldbewusst ziehe ich meine Hand zurück, die bereits wie ein Raubvogel auf Beutejagd über der Tüte kreist. Wie peinlich ist das denn bitte?!? Hat es sich etwa schon bis zu Chiara rumgesprochen, dass bei meiner Mutter Süßigkeiten ganz oben auf der Liste der verbotenen Substanzen stehen? Gleich nach Marihuana, Koks und Ecstasy …

Chiara grinst verschlagen. »Keiner kann sich beschweren, dass wir nicht fair geteilt haben. Die anderen wissen schließlich nicht, dass wir Gummibärchen gekauft haben.«

Ach, so. *Das* meint sie. Erleichtert atme ich auf. Es ist etwas anderes, wenn Nele oder Noah über die Ticks meiner Familie Bescheid wissen, bei Chiara und Luke wäre mir das peinlich.

»Also sollten wir schnell alle Beweise vernichten«, ermuntert mich Chiara und hält mir erneut die Tüte unter die Nase.

Das lasse ich mir nicht zweimal sagen. Im Gegensatz zu Noah mag Chiara die roten und gelben Gummibärchen genauso gerne wie ich. Macht aber nichts, denn heute schmecken alle Farben gleich himmlisch.

»Gib's zu, du stehst auf meinen Bruder«, sagt Chiara plötzlich wie aus heiterem Himmel. »Hab ich recht?«

O Gott, was soll ich darauf bloß antworten? Die Wahrheit? Auch wenn wir in den letzten Tagen häufiger zusammen gequatscht haben – so gut kennen wir uns nun auch wieder nicht.

Aber Chiara scheint auf ihre Frage überhaupt keine Antwort zu erwarten. »Wenn du Luke etwas besser kennenlernen und mehr Zeit mit ihm verbringen willst, könnte ich dir dabei helfen …«

»Das würdest du tun?« Ich erwidere ihr Lächeln. »Das wäre echt total nett von dir.«

Auf dem Rückweg zu unseren Fahrrädern muss ich mich beherrschen, nicht wie ein Kleinkind im Hopserlauf herumzuhüpfen und laut zu jubeln. Ich kann mein Glück immer noch nicht richtig fassen! Luke hat mich endlich bemerkt! Und Chiara wird dafür sorgen, dass wir uns in Zukunft öfter sehen. Und wenn Luke mich erst mal besser kennengelernt hat … Ich kann es kaum erwarten, Nele die tollen Neuigkeiten zu erzählen.

Während Noah und Kuki vorneweg gehen, lassen wir Mädels uns etwas zurückfallen, um ungestört reden zu können.

»Glaubst du mir jetzt, dass Chiara sich nur an dich rangeschmissen hat, weil sie sich Noah krallen will?«, überfällt Nele mich, sobald die Jungs außer Hörweite sind.

Ob die Arme vielleicht doch etwas zu viel Sonne abbekommen hat? Mit einem Sonnenstich ist nicht zu spaßen.

»Wie kommst du denn darauf?«, frage ich und mustere sie besorgt. Ihre Oberarme und die Beine sind tatsächlich knallrot.

»Na, die Aktion mit der Sonnenmilch.«

»Aber sie hat doch zuerst mich gefragt. Nur weil ich gerade ein Eis gegessen habe …«

»Wie naiv bist du eigentlich?«, unterbricht mich Nele aufgebracht. »Das war doch alles Teil ihres Plans.«

Ich bleibe stehen und schüttele ärgerlich den Kopf. »Mensch, Nele, was ist denn bloß los mit dir? Ist es so unvorstellbar, dass Chiara mich einfach nett findet?«

»Ja«, kommt es wie aus der Pistole geschossen zurück.

Autsch, das hat gesessen. Ich zucke zusammen, als hätte Nele mir eine Ohrfeige verpasst.

»Herzlichen Dank. Schön zu wissen, was du für eine tolle Meinung von mir hast.« Ich sehe stur geradeaus, ohne Noah und Kuki, die ihren Vorsprung ausgebaut haben, richtig wahrzunehmen.

»Ach hör schon auf, du weißt genau, wie ich das gemeint habe. Natürlich ist es nicht unvorstellbar, dass dich jemand nett findet. Im Gegenteil: Mir ist es ein Rätsel, wie man dich nicht mögen kann.« Nele versucht, mich zu umarmen. Anfangs wehre ich mich noch ein bisschen, doch dann gebe ich meinen Widerstand auf und drücke sie ebenfalls an mich.

»Ich will nicht mit dir streiten«, murmele ich in ihre Haare hinein. »Das ist furchtbar.«

»Finde ich auch.«

»Was Chiara angeht, lagst du aber wirklich falsch«, erkläre ich ruhig, nachdem wir genug gekuschelt und uns wieder voneinander gelöst haben. »Von wegen sie braucht meine Unterstützung! *Sie* hat sogar *mir* ihre Hilfe angeboten, um bei ihrem Bruder zu landen.«

»Oh.«

»Oh. Ganz genau.« Im Gehen kicke ich einen Kieselstein, der mitten auf dem Weg liegt, zur Seite. »Damit hast du wohl nicht gerechnet.«

»Dann tut es mir leid. Offenbar habe ich sie tatsächlich falsch eingeschätzt.«

Das ist eine der Eigenschaften, die ich so an Nele liebe. Auch wenn sie manchmal störrisch und bockig wie ein Esel ist, kann sie zugeben, wenn sie sich getäuscht hat.

Einen Moment herrscht einträchtiges Schweigen zwischen uns.

»Andererseits könnte es natürlich sein, dass Chiara ...«, setzt Nele erneut an.

Ich werfe ihr einen drohenden Blick zu.

»Ach nichts. Schon gut.«

★★

Als ich mein Fahrrad gegen den Gartenzaun lehne und mich gerade von Noah verabschieden will, wird das Küchenfenster aufgerissen, und der Kopf meiner Mutter taucht auf.

»Tri tra trullala«, flüstere ich Noah zu. »Ist ein bisschen wie Kasperletheater, oder?«

Als meine Mutter nun auch noch mit einem Salatbesteck wedelt, brechen wir in haltloses Gelächter aus.

»Ich weiß zwar nicht, was so lustig ist, aber schön, dass ihr so gut gelaunt seid. Ihr kommt genau richtig. Hast du Lust, zum Abendessen zu bleiben, Noah?«, fragt meine Mutter. »Wir grillen, auf einen mehr oder weniger kommt es dabei nicht an.«

»Gerne.« Noah strahlt. »Es riecht super. Und ich hab einen Mordshunger.«

»Wem sagst du das.« Erst jetzt merke ich, wie anstrengend das Wasserballspiel gewesen ist. »Ich könnte ein halbes Schwein auf Toast verdrücken.«

»Okay, dann nehme ich die andere Hälfte.«

Wir gehen den gepflasterten Weg entlang, der ums Haus herum in den Garten führt. Der Tisch unter der gelb-weiß-gestreiften Markise ist bereits gedeckt. Mein Vater steht mit einer Bierflasche in der Hand hinter dem Grill und winkt uns fröhlich zu. Nachdem Noah ihn begrüßt hat, wuschelt er meiner Schwester, die wie ein junger Hund um ihn herumspringt, liebevoll durch die Haare.

»Na Zwerg, alles klar bei dir?«

»Du sollst mich nicht immer Zwerg nennen«, schimpft Emma und trommelt auf Noahs Brust herum.

»Hörst du wohl auf, mich zu kitzeln.« Lachend windet er sich unter ihren Fäusten.

Während ich den beiden dabei zusehe, wie sie herumalbern, stibitze ich mir schon mal ein paar Möhrensticks von der Rohkostplatte und knabbere darauf herum. Emma hat wirklich Glück. Dadurch, dass Noah ständig bei uns ist, hat sie nicht nur eine große Schwester, sondern irgendwie auch einen großen Bruder. Wobei sie auf die große Schwester hin und wieder sicher gerne verzichten würde …

Meine Mutter kommt durch die Terrassentür in den Garten, stellt eine Schüssel Salat auf den Tisch und macht es sich in einem Gartenstuhl gemütlich. »Erzählt doch mal. Wie war's denn am See? Hattet ihr Spaß?«

»Und ob«, sage ich grinsend und taste unwillkürlich in

meiner rechten Hosentasche nach den drei verbliebenen Centstücken. Wenn das kein perfekter Nachmittag war, dann weiß ich es auch nicht.

»Charly hat die Jungs aus meiner Jahrgangsstufe beim Wasserball voll abgezogen«, erzählt Noah und legt seine Hand anerkennend auf meine Schulter.

»Das ist mein Mädchen.« Mein Vater, der in seiner Jugend auch Handball gespielt hat, nickt voller Stolz. »Da hast du dir eine Stärkung ja mehr als verdient.« Er lässt ein großes Steak auf meinen Teller gleiten, bevor er auch die anderen mit Grillgut versorgt. Dann setzt er sich zu uns an den Tisch, und nachdem unter lautem Gequatsche Brot, Salat und Soßen herumgereicht wurden, herrscht für eine Weile gefräßige Stille.

»Ehe ich's vergesse, Mama«, ich lege mein Besteck zur Seite und angele mir noch ein Stück Baguette aus dem Brotkorb, »ich brauche dringend einen neuen Bikini.«

Meine Mutter zieht missbilligend die Augenbrauen nach oben. »Schon wieder? Aber wir haben doch neulich erst einen gekauft. Und der hat so eine hübsche Farbe.«

»Stimmt. Aber neulich war vor fast einem Jahr. Und abgesehen davon, dass ich Türkis nicht mehr leiden kann, nützt die *hübsche* Farbe leider gar nichts, wenn das Teil nicht passt.«

Meine Mutter, die offenbar keine Lust hat, schon wieder Geld für einen neuen Bikini springen zu lassen, gibt sich nicht so leicht geschlagen. »Also, so viel bist du in den letzten zwölf Monaten nun auch nicht gewachsen.«

»Gewisse Körperteile aber schon«, beharre ich.

Mist. Für einen Moment habe ich echt vergessen, dass ich mit meiner Mutter nicht allein bin. Aus dem Augenwinkel sehe ich, wie Noah unruhig auf seinem Stuhl herumrutscht. Schon verstanden. Bikinis fallen unter die gleiche Kategorie wie Tampons und seit Neuestem wohl auch Rasierwasser. Tabu.

»Sie meint ihren Busen«, krakeelt meine Schwester, die passenderweise gerade Sexualkunde im Biounterricht hat.

Kann man Geschwister eigentlich zur Adoption freigeben? Ich würde es auf der Stelle tun.

Meine Mutter betrachtet kritisch meine Oberweite.

»Stimmt, obenrum hast du tatsächlich zugelegt.«

Fehlt bloß noch, dass sie ein Zentimetermaß holt, um nachzumessen.

»Noah, du hast Charlys Bikini doch vorhin gesehen«, versucht meine Mutter Noah als neutralen Sachverständigen zu gewinnen. »Geht der noch, oder braucht sie einen neuen?«

»Äh, keine Ahnung«, stammelt Noah.

»*Mama!*«

Warum habe ich dieses blöde Bikini-Thema bloß angesprochen?! Ich merke, wie mein Kopf ganz heiß wird. Bestimmt sieht er aus wie eine Tomate. Am liebsten würde ich mich in Luft auflösen.

»Was denn?«, fragt meine Mutter, die sich offenbar keiner Schuld bewusst ist. »Das braucht euch doch nicht peinlich zu sein. Schließlich habt ihr früher oft zusammen nackt in der Badewanne gesessen.«

Ich werfe meinem Vater einen hilfesuchenden Blick zu. Aber entweder er bemerkt ihn nicht, oder er ignoriert ihn einfach. Ich tippe auf Letzteres, denn ist meine Mutter erst einmal in Fahrt gekommen, lässt sie sich nur schwer wieder bremsen. Einen fahrenden Güterzug mit bloßen Händen zu stoppen ist dagegen ein Kinderspiel.

»Und könnt ihr euch noch daran erinnern, wie Margret euch bei Doktorspielchen im Waschkeller ertappt hat?«, fährt Mama fort.

Nein, daran kann ich mich nicht erinnern – und ehrlich gesagt will ich es auch überhaupt nicht! Und Noah – seinem Gesichtsausdruck nach zu urteilen – auch nicht …

Mit einem verklärten Lächeln lässt sich Mama noch etwas tiefer in das weiche Polster ihres Stuhls sinken und schlägt die Beine übereinander. Oh nein, offenbar ist sie in Erzählstimmung. Ich frage mich, welche peinliche Anekdote sie als Nächstes hervorkramen wird.

Sie öffnet schon den Mund … doch hervor kommt nur ein spitzer Schrei. Fast zeitgleich springt sie von ihrem Stuhl auf und rudert wie wild mit den Armen. »Costa, wirst du das wohl lassen!«

Ich fahre herum und sehe gerade noch, wie Costa mit einer rohen Bratwurst im Maul hinter einem Busch verschwindet. Doof ist er nicht. Als alle abgelenkt gewesen sind, hat er die Gunst der Stunde genutzt, um sich ein Grillwürstchen von dem Tablett zu klauen, das mein Vater auf einem Hocker neben dem Grill abgestellt hat. Was für ein perfektes Timing.

Braver Hund! Wenigstens auf einen in dieser Familie kann man sich verlassen.

Kapitel 5

»Hast du Lust, heute Nachmittag bei mir vorbeizukommen?«, fragt Chiara nach dem Sportunterricht in der Umkleide. »So gegen vier?«

Ich schnappe nach Luft. Was zum einen daran liegt, dass mich die Frage total überrascht, zum anderen geht mir langsam, aber sicher auch der Sauerstoff aus. Während ich meine Sportklamotten ausziehe, versuche ich ganz flach zu atmen, denn in der Umkleide stinkt es wie in einem Pumakäfig. Könnte man die Luft in Behälter abfüllen, wäre das ein gefährlicher biologischer Kampfstoff.

»Tessa, Leonie und Anna kommen auch.« Chiara schlüpft in ihre hautenge Jeans. Ein Wunder, dass sie ohne einen Schuhanzieher oder Gleitgel da überhaupt reinkommt. Aber sie kann es sich leisten. »Wir wollen einfach nur ein bisschen abhängen.«

Chiara und ich sind allein im Raum, denn wir mussten

noch die Kästen und Medizinbälle wegräumen. Alle anderen haben sich schon umgezogen und sind gegangen.

»Klingt gut«, sage ich.

Ich freue mich total, dass Chiara mich dabeihaben will. Von wegen sie benutzt mich, um an Noah ranzukommen! Ihre Einladung beweist eindeutig das Gegenteil. Schließlich hat sie gefragt, ob *ich* Lust habe vorbeizukommen. Von Noah ist keine Rede gewesen. Davon mal abgesehen hat der heute sowieso Handballtraining, ich aber leider Gottes auch.

»Ich würde echt gern kommen, aber ich hab heute Training«, antworte ich bedauernd.

»Dann schwänz doch einfach.«

»So einfach ist das nicht.« Ich greife nach meinem T-Shirt und ziehe es mir mit einer schnellen Bewegung über den Kopf. »Unser Trainer führt eine Anwesenheitsliste. Wer zu oft fehlt, wird beim nächsten Spiel nicht eingesetzt und muss auf der Bank sitzen.«

»Echt jetzt? Was für ein Arsch.« Chiara sieht so entsetzt aus, als würde unser Trainer uns foltern und nicht nur auf der Bank sitzen lassen. Was aber im Prinzip auf das Gleiche rauskommt. Bei einem Spiel der eigenen Mannschaft nur zuzusehen und nicht mitspielen zu dürfen *ist* Folter. Aber das wird Chiara wahrscheinlich nicht verstehen.

»Es ist doch ganz normal, dass man hin und wieder mal krank ist oder sich nicht gut fühlt.« Chiara stopft ihre Turnschuhe in den Sportbeutel. »Hey, manchmal ist es durchaus von Vorteil, einmal im Monat seine Periode zu bekommen. Wenn's sein muss auch öfter. Anders hätte ich den Schwimmunterricht nicht überlebt.«

»Ich hab aber gar nicht meine Tage.«

»Schön für dich.« Chiara lacht. »Aber das muss dein Trainer doch nicht wissen.«

»Ich überleg's mir. Versprochen.«

Und ich habe wirklich viel Zeit zum Überlegen, denn nach der Pause haben wir Bio. Frau Kustode, unsere Biolehrerin, ist eigentlich ganz in Ordnung. Sie kann ja schließlich nichts dafür, dass ich Darwins Evolutionstheorie sterbenslangweilig finde.

Während ich noch darüber nachdenke, ob ich es riskieren soll, das Training heute mal zu schwänzen, stupst mich Lena, meine Sitznachbarin, von der Seite an und schiebt unauffällig ein zusammengefaltetes Zettelchen unter mein Biobuch. Da die Handys während der Stunde im Rucksack bleiben müssen, hat man gar keine andere Wahl, als zu Stift und Papier zu greifen, um untereinander zu kommunizieren. Voll oldschool. Ich will das Briefchen schon weiterschieben, als ich meinen Namen darauf entdecke.

Neugierig falte ich den Zettel auseinander. *Luke und seine Jungs sind heute Nachmittag auch da. See you. Chiara.* Und darunter ist ein etwas missglückter Smiley gemalt.

Den Trumpf hat Chiara sich also bis zum Schluss aufgebhoben. Wenn sie glaubt, dass sie mich so leicht umstimmen kann … dann liegt sie damit richtig. Ach, was soll's. Einmal ist keinmal. Und die nächsten Male werde ich wieder hübsch brav und pünktlich zum Training auf der Matte stehen.

Ich drehe mich leicht zur Seite und sehe in Chiaras Richtung. Sie schaut ebenfalls zu mir rüber und scheint auf meine Antwort zu warten. Als Zeichen der Zustimmung strecke ich meinen Daumen in die Höhe. Sie antwortet auch mit Daumen hoch und grinst dabei zufrieden.

»Chiara, Charlotte.«

Ich zucke zusammen, als ich meinen Namen höre.

»Wie schön, dass ihr so begeistert bei der Sache seid.« Frau Kustodes Stimme trieft vor Ironie. »Auch von mir ein Daumen hoch. Ich werte das als Zeichen der Zustimmung, dass ihr gerne ein Referat über Darwins Theorie halten möchtet. Vielleicht können die Notizen auf dem Zettelchen euch ja dabei helfen.«

Oh nein, bitte nicht. Ich sinke auf meinem Stuhl zusammen und fluche innerlich. Warum mussten wir uns bloß erwischen lassen? Ich hasse Referate. Und dann noch ausgerechnet in Bio. Chiara sieht auch nicht besonders glücklich aus.

»Dürfen wir das Referat zusammen machen?«, will sie von Frau Kustode wissen.

»Das bleibt euch überlassen. Ihr könnt den Stoff auch unter euch aufteilen. Hauptsache, wir bekommen nächste Stunde einen ausführlichen Vortrag zu dem Thema.«

★★

»Was war das denn gerade, bitte?«, fragt Nele mich nach der Stunde, als wir gemeinsam den Bioraum verlassen. »Du weißt doch, wie allergisch die Kustode darauf reagiert, wenn man nicht zuhört.«

»Dumm gelaufen.« Ich versuche mir nicht anmerken zu lassen, wie sehr ich mich ärgere. Das würde Nele bloß neue Munition gegen Chiara liefern. »Aber so ein Referat ist ja schnell gemacht.«

»Wenn du meinst.« Nele wirft sich ihren Rucksack über die Schulter.

Zum Glück haben wir jetzt frei, Bio war die letzte Stunde für heute.

»Bis später«, verabschiedet sich Nele von mir.

»Super, dann hat Chiara dich also auch eingeladen«, rutscht es mir, ohne groß darüber nachzudenken, einfach so raus.

»Hä?«, fragt Nele völlig perplex. »Eingeladen? Wieso eingeladen? Seit wann braucht man zum Handballtraining eine Einladung? Und dann auch noch ausgerechnet von Chiara …«

»Ach, vergiss es. Das war nur so ein dummes Gelaber. Wegen des Referats und so«, stammele ich völlig zusammenhanglos. »Apropos Handballtraining: Kannst du mich heute entschuldigen? Mir geht's nicht so gut.«

Nele mustert mich misstrauisch von oben bis unten. »Bis eben hast du aber noch ziemlich fit ausgesehen.«

»Das täuscht.« Ich versuche ein möglichst leidendes Gesicht zu machen. Aber da ich mir nicht sicher bin, wie gut das gelingt, lege ich sicherheitshalber noch die Hand auf meinen Bauch. »Ich hab meine Tage.«

»Na und?«, fragt Nele lauernd. »Deshalb hast du doch noch nie beim Training gefehlt.«

»Umso besser. Dann hab ich noch ein paar Mal gut. Was ist denn nun?«, frage ich ungeduldig. »Entschuldigst du mich, oder muss ich Becci anschreiben?«

»Schon okay, ich mach's.« Mit unbewegter Miene zieht Nele ihren Fahrradschlüssel aus der Hosentasche. »Gute Besserung und viel Spaß heute Nachmittag.« Den letzten Satz spuckt sie mir wie ein altes Kaugummi vor die Füße.

Als ich mich um Viertel vor vier auf den Weg zu der Adresse mache, die Chiara mir gegeben hat, geistert mir immer noch Neles Reaktion im Kopf herum.

Eigentlich hatte ich vor, den Bus zu nehmen, aber nun ist mir plötzlich mehr danach zu laufen. Etwas Bewegung wird mir guttun, und vielleicht pustet mir die frische Luft den Streit mit Nele aus dem Kopf. Dieser Tonfall! Und dann auch noch dieser Blick. Wenn ich nur daran denke, bekomme ich Gänsehaut.

Insgeheim habe ich gehofft, dass Nele sich nach der frostigen Verabschiedung noch mal bei mir meldet. Aber sooft ich auch auf mein Handy schaue – es könnte ja sein, dass ich es aus Versehen lautlos gestellt habe oder der Ton nicht funktioniert –, keine Nachricht von ihr. Totale Funkstille.

Irgendwie kann ich sogar verstehen, dass Nele sauer ist. Sie ist schließlich nicht doof und hat sofort geschnallt, was ich vorhabe. Andererseits ist es ja wohl ganz allein meine Sache, ob ich zum Training gehe oder nicht. Und dass ich ihr nicht die Wahrheit gesagt habe, daran ist sie selbst schuld. Wenn sie bei allem, was mit Chiara zu tun hat, nicht immer so anti wäre, hätte ich ihr ganz sicher von der Einladung erzählt. Auch wenn wir beste Freundinnen sind, heißt das noch lange nicht, dass sie ein Exklusivrecht auf mich hat. Dieses eifersüchtige Getue ist echt albern. Albern und kindisch.

Und wenn es andersherum wäre?, meldet sich ein leises Stimmchen in meinem Kopf.

War ja klar, dass mein ach so korrektes Unterbewusstsein wieder was zu meckern hat. Diese alte Spaßbremse gönnt einem aber auch wirklich gar nichts.

Natürlich fände ich es auch scheiße, wenn Nele mich plötzlich wegen eines anderen Mädchens links liegen lassen würde. Aber so ist es ja nicht! Ich ziehe Chiara nicht Nele vor. Warum kann ich nicht mit Nele *und* mit Chiara befreundet sein? Warum nur entweder oder. Schließlich mag ich auch Schokoladen- *und* Vanilleeis.

So oder so, ich werde mir auf keinen Fall den Nachmittag versauen lassen. Basta. Gleich sehe ich Luke, und wenn ich Glück habe, erinnert er sich dieses Mal sogar an meinen Namen.

Und wenn du Pech hast, nennt er dich wieder Sophie und glaubt, ihr hättet euch auf einer Halloweenparty getroffen, stänkert schon wieder diese blöde Stimme in meinem Kopf.

Vielleicht sollte ich einfach wieder umdrehen.

Ach was, kneifen gilt nicht! Ich taste in meiner Hosentasche nach den Murmeln, die ich heute Morgen auf die Schnelle als Glücksbohnenersatz eingesteckt habe. Alles wird gut! Oder auch nicht …

Nele würde jetzt genau die richtigen Worte finden, um mir Mut zu machen. Plötzlich vermisse ich sie ganz schrecklich. Ich ziehe mein Handy aus der Hosentasche und schreibe ihr eine WhatsApp: »Hab dich lieb!« Und um dem Ganzen noch mehr Nachdruck zu verleihen, setze ich ein Küsschen-Emoji dahinter. Ich ziehe meinen Daumen, der schon zuckt, um die Nachricht abzuschicken, im letzten Augenblick zurück.

Moment mal, klingt das nicht irgendwie nach einer Entschuldigung? Aber ich hab nichts falsch gemacht. Ich bin drauf und dran, die Nachricht wieder zu löschen, entscheide mich dann aber für einen Kompromiss: Nicht löschen, aber auch nicht abschicken. Ich werde mir später überlegen, was ich damit anfange.

Chiaras und Lukes Familie wohnt in einer ziemlich schicken Gegend mit vielen Villen und luxuriösen Anwesen. Unwillkürlich frage ich mich, ob es für die Länge der Grashalme in den Vorgärten in diesem Viertel eine gesetzlich vorgeschriebene Höchstgrenze gibt. 1,3 Zentimeter würde ich mal so schätzen. Und Gänseblümchen und Unkraut auf dem Rasen gilt hier als Vergehen, das bestimmt hart bestraft wird. Überhaupt wirkt alles megaaufgeräumt und supergepflegt. Offenbar haben die Kinder, die hier wohnen, keine Fahrräder oder Roller, oder die Leute, die hier wohnen, haben keine Kinder. Vermutlich Letzteres, denn wenn nicht gerade im Schritttempo ein Auto vorbeifährt, ist es mucksmäuschenstill. Bestimmt halten sich hier sogar die Vögel an die Mittagsruhe. Irgendwie tun Chiara und Luke mir fast ein bisschen leid.

Als ich schließlich bei der Adresse ankomme, die Chiara mir geschickt hat, verpufft mein Mitleid jedoch schlagartig.

Echt jetzt, *hier* wohnen Chiara und Luke?

Hätte ich raten müssen, wem die riesige weiße Villa mit den hohen Säulen vor dem Eingangsportal gehört, hätte ich auf einen stinkreichen Promi oder einen bekannten Politiker getippt. Apropos Politiker: Irgendwie erinnert das Gebäude ein bisschen an eine Miniausgabe des Weißen Hauses. Und auch wenn die Sicherheitsvorkehrungen hier bestimmt nicht so scharf sind wie in Washington, fühle ich mich direkt beobachtet. Rechts über der Tür hängt eine Kamera, die mit einem Bewegungsmelder ausgestattet ist und mir surrend auf Schritt und Tritt folgt. Angenehm ist das nicht, aber immer noch besser, als gleich einen wütend kläffenden Dobermann an den Hacken hängen zu haben.

Zaghaft drücke ich auf den Klingelknopf.

Aus der Gegensprechanlage kommt ein Rauschen und Knacken. »Jaaaa?«

Die Stimme hört sich etwas verzerrt an, trotzdem erkenne ich sie auf Anhieb. Luke! Der Hormoncocktail, den mein Körper bei diesem Klang zusammenbraut, würde selbst den stärksten Ochsen high machen.

Da die bescheuerte Kamera vermutlich nicht nur jede meiner Bewegungen, sondern auch das kleinste nervöse Zucken meiner Mundwinkel einfängt, straffe ich die Schultern und gebe mir Mühe, ein wenigstens halbwegs entspanntes Gesicht zu machen.

»Hallo, hier ist Charlotte«, sage ich und komme mir dabei reichlich dämlich vor, denn schließlich sieht Luke ja, wer vor der Tür steht.

Mist, nun werde ich wohl nie erfahren, ob er sich meinen Namen gemerkt hat oder mich wieder mit Sophie, Tamara oder Elsbeth angeredet hätte.

Kurz darauf wird die Haustür geöffnet, allerdings nicht

von Luke, sondern von Chiara. Irgendwie bin ich enttäuscht, aber auch ein kleines bisschen erleichtert.

»Schön, dass du da bist.« Chiara umarmt mich und haucht mir ein Küsschen auf die Wange. Dann zieht sie mich ins Haus.

Kaum bin ich drinnen, überfällt mich das gleiche Gefühl, das ich von Kirchenbesuchen oder Burgbesichtigungen kenne, zu denen meine Eltern Emma und mich, wenn sie glauben, dass wir mal wieder etwas Kultur nötig haben, mitschleifen. Es ist so eine merkwürdige Mischung aus Ehrfurcht, Eingeschüchtert-Sein und Sich-total-winzig-Fühlen. Vielleicht liegt das an den hohen Räumen.

Von dem weitläufigen Eingangsbereich gehen mehrere Türen ab, und eine breite, geschwungene Treppe führt in den ersten Stock hinauf.

»Wohnt ihr allein hier?«, frage ich Chiara.

Immerhin wäre es ja möglich, dass ein Teil des Hauses vermietet ist oder so. Genug Platz wäre locker.

»Was hast du gesagt?«

Kein Wunder, dass Chiara mich nicht verstanden hat, denn ich habe ganz automatisch in meinem Kirchen-Flüsterton gesprochen. Also wiederhole ich meine Frage noch einmal etwas lauter.

»Ob wir allein hier wohnen?« Chiara sieht mich an, als wenn ich nicht mehr ganz dicht wäre. »Nein, natürlich nicht. Meine Eltern wohnen auch hier.« Sie lacht kurz auf, so als würde sie sich über ihren eigenen Witz amüsieren. Dann fügt sie noch hinzu: »Wobei wohnen ein ziemlich dehnbarer Begriff ist. Zumindest ist es ihre Postanschrift.«

»Verstehe«, sage ich, obwohl ich überhaupt nichts verstanden habe. Was meint Chiara mit Postanschrift?

»Deine Tasche kannst du hierlassen.« Sie zeigt auf eine mit Leder bezogene Bank, auf der bereits einige andere Taschen und Rücksäcke liegen. Dann gibt sie mir ein Zeichen, ihr zu folgen.

Durch eine hohe Flügeltür betreten wir das Wohnzimmer. Hier stehen ein Fernseher von der Größe einer Kinoleinwand, eine Couchgarnitur und ein langer Esstisch, an dem locker eine ganze Schulklasse Platz finden würde. Gemessen an der Größe des Raumes sind es wirklich nicht viele Möbel, aber sie sehen allesamt sehr teuer und irgendwie nach Designerstücken aus.

Eine Glastür führt nach draußen, und ich folge Chiara auf die Terrasse. Da ich nun bereits vorgewarnt bin, kann mich der Anblick des parkähnlichen Gartens, in dessen Mitte sich ein Pool befindet, nicht mehr schocken. Natürlich handelt es sich nicht um so einen stinknormalen Aufstellpool, wie man ihn sogar bei Aldi kaufen kann, sondern um ein richtiges in den Boden eingelassenes, gefliestes Schwimmbecken.

Leonie, Anna und Tessa sitzen in der Nähe des Pools an einem Gartentisch, während Luke und seine Jungs ein paar Meter weiter gemütlich in einer Loungegruppe chillen. Wie's aussieht, bin ich die Letzte.

»Hi«, sage ich extra laut, damit alle sich angesprochen fühlen.

»Hi, Charly.« Anna lächelt mich freundlich an.

Während Tessa sich zumindest ein kurzes »Hi« abringt, nickt Leonie nur hoheitsvoll in meine Richtung. Wir werden wohl nie Freundinnen werden, so viel ist sicher.

Aus der Richtung der Jungs kommt ein kollektives

Grunzen, was ebenso »hallo« wie »verpiss dich« bedeuten könnte.

»Leute, ihr erinnert euch doch noch an Charlotte, die uns beim Wasserball fertiggemacht hat?«

Obwohl er die Jungs angesprochen hat, sieht Luke dabei mit einem breiten Grinsen nur mich an, und mein Herz schlägt vor Freude ein paar Saltos. Mir wird ganz warm im Gesicht, und ich muss mich beherrschen, die kalte Flasche Cola, die Chiara mir in die Hand drückt, nicht gegen meine Wange zu pressen.

»Wenn ihr mal wieder 'ne Niederlage kassieren wollt, sagt Bescheid.« Ich grinse zurück, und auf einmal fühlt sich einfach alles perfekt an.

»Ey, Tiedemann, mach mal Musik an«, unterbricht einer der Jungs – ich glaube, er heißt Tim – für meinen Geschmack viel zu schnell diesen besonderen Augenblick zwischen Luke und mir.

Das war's dann wohl mit dem perfekten Moment, denke ich enttäuscht. Was für ein Blödmann! Wenn er unbedingt Musik haben will, soll er sich halt selbst drum kümmern.

Während Luke ins Haus verschwindet, bleibt mir nichts anderes übrig, als mich zu den Mädchen zu setzen. Alles andere würde komisch aussehen.

Anfangs versuche ich noch, die Gespräche der Jungs unauffällig zu belauschen, gebe es jedoch schon nach kurzer Zeit auf. Zum einen, weil dank Blödmann-Tim nun tatsächlich Musik aus den Boxen auf der Terrasse kommt, zum anderen weil die Mädchen so laut sind, dass man sein eigenes Wort kaum versteht.

Da alle wild durcheinanderquatschen, habe ich Schwierigkeiten herauszufinden, worum es überhaupt geht. Erst als die Worte »Abonnenten« und »YouTube« fallen, schnalle ich, dass sie über Chiaras Beauty-Channel reden.

Chiara hat die Beine angezogen und stützt ihr Kinn auf ihrem Knie ab. »Meine Follower warten auf ein neues Tutorial. Ich bin mir nur noch nicht ganz sicher, welches Thema ich nehmen soll.«

Natürlich habe ich mir Chiaras YouTube-Channel mal angeschaut. Ich meine, wer aus unserer Klasse hat das nicht? Und sei es nur, um mitreden zu können oder in der Pause voller Neid darüber abzulästern. Aber ich finde, Chiara macht das wirklich super. Sie kommt gut rüber, voll selbstbewusst und souverän. In dem Tutorial, das ich auf gut Glück ausgewählt habe, ging's darum, wie man einen Lidstrich zieht. Soweit ich mich erinnere, soll man erst oberhalb der Wimpern einzelne Punkte setzen, die man zum Schluss zu einer Linie verbindet. Hat irgendwie ein bisschen was von Malen nach Zahlen und sah – zumindest bei Chiara – ganz easy aus. Aber da mich meine Eltern so ohnehin nicht aus dem Haus lassen würden – außer vielleicht an Karneval –, habe ich danach auf weitere Beautytipps verzichtet und mir lieber noch ein Video zum Thema Hundeerziehung reingezogen.

»Irgendwelche Vorschläge?« Chiara schaut erwartungsvoll in die Runde.

»Du solltest unbedingt ein Tutorial zu deinem neuen Curler machen«, schlägt Tessa eifrig vor.

»Ja, meint ihr?«

Genau wie die anderen Mädchen nicke ich zustimmend. Klingt nach einer tollen Idee … auch wenn ich eigentlich gar nicht weiß, was ein Curler ist.

»Wie kriegst du denn die Wellen hin?«

Es dauert einen Moment, bis ich kapiere, dass Chiara mit mir spricht.

»Wellen?« Kann mir bitte mal einer sagen, worum es hier eigentlich geht?!

»Na, deine Haare«, sagt Chiara leicht ungeduldig. »Was stellst du damit an?«

Was man halt so mit Haaren macht: Waschen, trocknen lassen, fertig. Aber das kann ich natürlich so nicht sagen, weil es vermutlich ziemlich hinterwäldlerisch klingt.

»Benutzt du einen Lockenstab oder ein Glätteisen?«

»Äh, mal so, mal so«, lüge ich und hoffe inständig, dass Chiara nicht weiter nachbohrt. Puh, ist das anstrengend. Dieses ganze Beautyzeug ist nicht gerade mein Spezialgebiet.

Leonie, die langsam unruhig wird, weil Chiara mir so viel Aufmerksamkeit schenkt, drängt sich schnell wieder in den Vordergrund. »Meine Schwester hat sich letzte Woche einen neuen Lockenstab gekauft. Ich schwöre euch, das Ding sieht aus wie ein Vibrator.«

Ich verschlucke mich fast an meiner Cola und rutsche unbehaglich auf meinem Stuhl herum. Wenn Beauty schon nicht zu meinen Spezialgebieten zählt, dann Sex noch viel weniger. Warum habe ich nur das Handballtraining sausen lassen? Wäre ich jetzt bloß in der Sporthalle!

»Vielleicht *ist* es ja ein Vibrator.«

Keine Ahnung, ob das ein Scherz sein sollte oder ob Tessa es ernst gemeint hat.

»Dann kannst du ihn dir ja mal ausleihen«, fügt sie an Leonie gewandt noch hinzu.

»Als ob ich das nötig hätte.« Leonie grinst. »Ich hab doch schließlich Lukas.«

Leonies Freund Lukas ist fast drei Jahre älter als sie. Allerdings hat er verdammt viel Ähnlichkeit mit dem Seeungeheuer von Loch Ness: Alle reden über ihn, obwohl ihn noch nie jemand zu Gesicht bekommen hat. Angeblich hat Leonie ihn durch ihre große Schwester kennengelernt. Ich hab da ja so meine Zweifel. Nach allem, was ich bisher von diesem Lukas gehört habe, ist der Typ einfach zu perfekt, um wahr zu sein.

»Dein Lukas kennt nicht zufällig noch einen gutaussehenden Typ, der eine Freundin sucht?« Tessa, die heute knappe Hotpants trägt, schlägt die nackten Beine übereinander. »Ich würde mich gerne zur Verfügung stellen.«

»Ach, ich dachte, du stehst auf Niklas aus der Neunten«, weicht Leonie geschickt der Frage aus.

»Stimmt.« Tessa grinst verschlagen. »Aber es kann ja wohl nicht schaden, alle Möglichkeiten abzuchecken. Außerdem: Je mehr Erfahrung ein Kerl hat, desto besser. Ihr wisst schon, was ich meine.«

Genau wie Anna ringe ich mir ein gequältes Lächeln ab. Chiara, Leonie und Tessa lachen sich hingegen fast schlapp.

Während ich immer tiefer in meinem Gartenstuhl zusammensinke und mich am liebsten unsichtbar machen würde, erinnert sich Chiara ausgerechnet jetzt wieder an meine Anwesenheit.

»Apropos Erfahrung. Charly, wir sind doch hier ganz unter uns«, beginnt sie im verschwörerischen Tonfall.

Wahrscheinlich wäre jetzt genau der richtige Zeitpunkt, um eine Lebensmittelvergiftung oder einen familiären Notfall vorzutäuschen und mich ganz schnell vom Akker zu machen.

Zu spät …

»So, Charly, jetzt erzähl doch mal«, beginnt Chiara das Kreuzverhör. »Mit wie vielen Mädchen hat Noah denn schon geschlafen?«

Puh, Schwein gehabt, es geht gar nicht um mich. Ich lasse die angehaltene Luft entweichen. Keinen Plan, wie sie jetzt ausgerechnet auf Noah kommt, aber ich bin so erleichtert, dass sie nicht *mein* Liebesleben im Visier hat, dass ich mir darüber keine weiteren Gedanken mache.

»Keine Ahnung«, beantworte ich Chiaras Frage. Und das ist noch nicht einmal gelogen. Zwar glaube ich, dass Noah noch mit keinem Mädchen geschlafen hat, aber glauben ist nun mal nicht wissen. Mit Hannah, Noahs letzter Freundin, ist nichts gelaufen. Zumindest hat das Nele gesagt, und die weiß es von Kuki.

»Ach komm, jetzt sag schon«, drängt Chiara. »Ich könnte wetten, dass Noah mit dir über alles redet.«

»Wie gesagt: Ich weiß es nicht.« Ich vergrabe die Hände tief in meinen Hosentaschen, dabei schlagen die Murmeln gegeneinander und geben ein klimperndes Geräusch von sich.

Chiara, die wohl eingesehen hat, dass aus mir in Bezug auf Noahs Liebesleben nichts rauszuholen ist, schaut interessiert auf meine Jeans. »Was hast du denn da in der Hosentasche?«

»Ach, nichts weiter.« Ich mache eine wegwerfende Handbewegung und versuche schnell das Thema zu wechseln: »Macht so ein Pool nicht wahnsinnig viel Arbeit?«

»Keine Ahnung.« Chiara zuckt gelangweilt mit den

Schultern. »Das musst du unseren Gärtner fragen, der kümmert sich um den Pool. Aber jetzt sag schon: Was trägst du denn da mit dir rum?«

Eher würde ich den Pool leer saufen, als vor versammelter Mannschaft von der Sache mit den Glücksbohnen zu erzählen.

»Gar nichts«, erwidere ich hastig.

Doch so schnell lässt Chiara nicht locker. »Gar nichts macht aber nicht solche Geräusche und auch keine Dellen in der Tasche.«

Meine Güte! Muss sie so ein Theater darum veranstalten? Mittlerweile haben sogar Luke und seine Freunde mitbekommen, dass irgendwas im Busch ist. Sie haben aufgehört zu quatschen und sehen interessiert zu uns herüber. Ich hasse es, im Mittelpunkt zu stehen, und dass mich alle anstarren, macht es nicht besser.

»Zeigen, zeigen, zeigen!«, johlen die Jungs nun im Chor.

Verdammt, aus der Nummer komme ich nicht mehr raus. Und je länger ich mich ziere, desto schlimmer wird es. Mit heißen Wangen nestele ich im Zeitlupentempo die Glaskugeln aus meiner linken Hosentasche.

»Murmeln?«, fragt Luke überrascht. Genau wie die anderen Jungs ist er inzwischen aufgestanden und neugierig zu uns herübergekommen.

»Ach die … Die hatte ich schon ganz vergessen. Die sind von meiner kleinen Schwester«, erkläre ich hastig.

Sollte Emma das jemals herausfinden, wird sie mich umbringen. Und wenn schon! Besser, als gleich vor Peinlichkeit tot umzufallen. Streng genommen handelt es sich bei meiner kleinen Notlüge also um eine lebensverlängernde Maßnahme.

Aber anstatt sich über mich lustig zu machen, sagt Luke nur: »Cool, gib mal her.«

Ich bin mir nicht sicher, ob er mich verarschen will, reiche ihm jedoch trotzdem zögernd die vier Murmeln. Eine befindet sich noch in meiner rechten Hosentasche. Nachdem Chiara mich gefragt hat, ob ich heute vorbeikommen möchte, habe ich sie umgepackt.

Luke schraubt von einer leeren Colaflasche den Deckel ab und lässt ihn auf den Boden fallen. »So Jungs, jetzt zeigt mal, was ihr draufhabt. Aber macht euch darauf gefasst, dass ich euch so was von abziehe. In der Grundschule war ich Profi. Wer mit seiner Murmel am nächsten am Deckel dran ist, gewinnt.«

Alle Jungs begeben sich hinter eine Linie, die Luke mit zwei Poolnudeln markiert, und kauern sich dort auf den Boden. Nachdem er das Kommando gegeben hat, schnipsen alle ihre Murmel mit dem Zeigefinger in Richtung des Flaschendeckels. Am Anfang landen die bunten Glaskugeln überall, nur nicht da, wo sie eigentlich hin sollen, aber mit der Zeit haben die Jungs den Dreh raus. Allerdings scheint es weniger das Ziel zu sein zu gewinnen, als die anderen zu dissen. Wenn jemand eine gegnerische Murmel zur Seite kickt, wird jedes Mal lautstark gegrölt.

Es ist echt nicht zu glauben. Hier gibt es einen Pool, einen Kicker, einen Billardtisch … und die Jungs spielen mit Glasmurmeln.

Irgendwie süß.

Chiara sieht das wohl etwas anders. Sie verdreht die Augen und seufzt genervt: »Der Typ muss im Krankenhaus vertauscht worden sein. Das kann nicht mein Bruder …«

Ihre letzten Worte gehen in ohrenbetäubendem Gegröle unter.

Ich bin heilfroh, dass die Sache mit den Murmeln gerade noch mal gutgegangen ist, und merke, dass die Anspannung langsam von mir abfällt. Allerdings meldet sich jetzt meine Blase.

»Wo ist denn eure Toilette?«, frage ich Chiara.

»Treppe rauf, zweite Tür links.«

Obwohl ich eigentlich ziemlich dringend muss, kann ich nicht anders, als mir auf dem Weg nach oben die Fotos anzuschauen, die am Treppenaufgang an der Wand hängen.

Verdammt, ist Luke fotogen! Auf den meisten Bildern, die ihn mal zusammen mit seiner Fußballmannschaft, mal im Urlaub am Strand oder an der Seite seiner Schwester zeigen, lacht er direkt in die Kamera. Total natürlich – wie schafft er das bloß?

Wenn ich für Fotos posieren muss, bin ich immer total verkrampft. Ob ein Handy oder eine geladene Waffe auf mich gerichtet ist, macht für mich in dem Moment keinen Unterschied.

Luke hingegen flirtet regelrecht mit der Kamera. Das hat er wohl von seiner Mutter. Ein flüchtiger Blick auf die Familienfotos genügt, um zu wissen, von wem die Geschwister ihr gutes Aussehen geerbt haben.

Mir fällt auf, dass die wenigen Bilder, die Luke, Chiara und ihre Eltern zusammen zeigen, allesamt an Weihnachten aufgenommen wurden. Es sei denn, die Tiedemanns sind solche Weihnachtsfans, dass sie den Christbaum das ganze Jahr stehen lassen. Aber vielleicht hat bei anderen Anlässen auch einfach niemand daran gedacht, ein Foto zu schießen.

Als meine Blase sich quengelnd in Erinnerung bringt, sprinte ich die letzten Treppenstufen hinauf. Bestimmt wundern die anderen sich, wenn ich so lange wegbleibe.

Zweite Tür links hat Chiara gesagt. Als ich sie öffne, geht automatisch das Licht an. Und genauso automatisch entfährt mir ein lautes »Boah«.

Heilige Scheiße! Das ist kein Badezimmer, sondern die reinste Wellnessoase. Es gibt sogar eine große Eckbadewanne mit Whirlpooldüsen. An Wand und Boden befinden sich moderne, riesige Fliesen in Schwarz, Weiß und Grau. Ein Jahresvorrat an Handtüchern in exakt den gleichen Farben ist in einem offenen Regal gestapelt, gleich neben der mit Glas verkleideten Dusche, die anstelle einer normalen Brause einen tellergroßen Duschkopf hat.

Von so einer Regendusche schwärmt meine Mutter schon seit Ewigkeiten, aber mein Vater sagt, das könnte man auch billiger haben. So oft, wie es in Deutschland regnet, bräuchte sie sich zum Duschen einfach nur nackt in den Garten stellen. Erstaunlich, dass er noch nicht versucht hat, uns ein Plumpsklo schmackhaft zu machen. Das wäre bestimmt auch billiger …

Apropos Klo: Langsam wird es kritisch.

Schnell ziehe ich mir die Hose runter und setze mich vorsichtig auf die Klobrille. Ich rechne fest damit, dass nun irgendwas passiert. Dass bei der Berührung Musik angeht, ein exotischer Blumenduft durch den Raum wabert, die Klobrille beheizt wird oder was weiß ich. Doch nichts davon geschieht. Fast bin ich ein bisschen enttäuscht, dass ich das Toilettenpapier von Hand abrollen muss. Der Wasserhahn und der Seifenspender funktionieren jedoch wie erwartet mit einem Sensor. Vor dem riesigen Waschbecken, an dem ich mir die Hände wasche, könnte sich bequem eine ganze Großfamilie gleichzeitig die Zähne putzen. Allerdings entdecke ich in einer Halterung nur zwei Zahnbürsten und auf einer gläsernen Ablage unter dem Spiegel Chiaras Schminkutensilien sowie Rasierzeug. Offenbar gehört Luke und Chiara dieses Badezimmer allein.

Was für ein Luxus! Wenn ich nur daran denke, was für ein Kampf bei uns zu Hause jeden Morgen um das Badezimmer tobt …

Nachdem ich mir die Hände abgetrocknet habe, verlasse ich die Wellnessoase und will mich gerade wieder auf den Weg nach unten machen, als mir die Tür neben dem Badezimmer ins Auge fällt. Sie steht einen Spalt offen.

Soll ich oder soll ich nicht? Bestimmt juckt es niemanden, wenn ich mal eben einen Blick hineinwerfe. Nur ganz kurz. Vielleicht ist es Chiaras oder sogar Lukes Zimmer.

So etwas tut man nicht, lässt mein Gewissen wieder mal den Spießer raushängen. Und wenn schon! Man darf sich nur nicht dabei erwischen lassen. Schließlich siegt die Neugier.

Volltreffer. Es ist Lukes Zimmer, das sieht man sofort.

Direkt unter dem Fenster steht sein Schreibtisch. Darauf herrscht ein unvorstellbares Durcheinander. Lose Zettel, Schulbücher, leere Tassen und Gläser, Zeitschriften, ein Laptop, ein Fahrradhelm und jede Menge anderer Kram. Um herauszufinden, welche Farbe die Arbeitsplatte des Schreibtischs hat, müsste man erst einmal umfangreiche archäologische Ausgrabungen durchführen und

Schicht um Schicht abtragen. Nicht dass mich die Unordnung stören würde. Ganz im Gegenteil, es macht mir Luke gleich noch ein bisschen sympathischer. Nur ein Genie beherrscht das Chaos. Das versuche ich meiner Mutter schon seit Jahren zu erklären.

Auf der rechten Seite des Zimmers befindet sich ein Bett, das mindestens 1,40 Meter breit ist, wahrscheinlich sogar 1,60 Meter. Es sieht aus wie ein richtiges Erwachsenenbett. Plötzlich habe ich ein etwas mulmiges Gefühl im Bauch. Wenn es stimmt, was man sich in der Schule so erzählt, hat Luke schon mit einigen Mädchen geschlafen. Andererseits könnte das ebenso gut nur ein Gerücht sein. Geredet wird schließlich viel. So wie letztes Jahr, als es hieß, Lennart aus der 8b hätte Läuse. Dabei hat der Arme nur eine Schuppenflechte und muss sich deshalb öfter mal am Kopf kratzen.

Schnell reiße ich meinen Blick von Lukes Bett los und lasse meinen Blick weiter durch sein Zimmer schweifen. An der gegenüberliegenden Wand steht ein schwarzer Kleiderschrank mit Schiebetüren, daneben stapeln sich in einem Regal die Hüllen von unzähligen Computerspielen. Ich nehme an, dass es sich größtenteils um irgendwelche Ballerspiele handelt, deswegen schaue ich nicht genauer hin. Vor dem Regal liegt auf dem Boden ein orangefarbenes T-Shirt, das Luke allem Anschein nach erst vor Kurzem getragen hat. Es ist auf links gedreht und sieht so aus, als wäre er eben erst rausgeschlüpft. Bestimmt riecht es noch nach ihm …

Luke besitzt haufenweise T-Shirts, ständig trägt er in der Schule ein anderes. Bestimmt wird es ihm nicht mal auffallen, wenn eins fehlt.

Vorsichtig stecke ich den Kopf zur Tür raus, um die Lage zu checken.

Sehr gut, die Luft ist rein. Ohne lange zu überlegen, schnappe ich mir blitzschnell Lukes T-Shirt und stopfe es unter mein eigenes. Dann verlasse ich das Zimmer und flitze die Treppe hinunter.

Mein Gehirn, dem das alles viel zu schnell gegangen ist, holt langsam wieder auf. Was mache ich hier eigentlich?!? Hoffentlich kommt mir niemand entgegen! Während ich die letzten Stufen mehr hinunterstolpere als laufe, schießt mir noch ein ganz anderer Gedanke durch den Kopf: Was, wenn nicht nur über der Eingangstür, sondern im ganzen Haus Kameras installiert sind? Oder Hausangestellte hinter jeder Ecke lauern, die nur darauf warten, eine kleine dahergelaufene Diebin wie mich zu schnappen?

Zum Glück erreiche ich ohne irgendwelche Zwischenfälle die Bank, auf der unser Zeug liegt. Mit zittrigen Händen lasse ich Lukes T-Shirt in den Tiefen meiner großen Beuteltasche verschwinden, bevor ich mich auf den Weg zurück zu den anderen mache.

Puh, geschafft. Das hätte echt ins Auge gehen können. Ich will mir lieber nicht vorstellen, wie peinlich es gewesen wäre, wenn mich jemand erwischt hätte.

»Da bist du ja endlich.« Chiara lächelt, als ich mich wieder an den Tisch setze. »Wir wollten schon nach dir suchen.«

»Keine schlechte Idee – bei dem riesigen Haus«, erwidere ich gespielt cool. »Da kann man sich echt verirren.«

Ich glaube nicht, dass man jemandem das schlechte Gewissen an der Nasenspitze ansehen kann – an der roten

Birne aber garantiert. Zum Glück scheint trotzdem niemand Verdacht zu schöpfen.

Die Jungs haben offenbar genug vom Murmelspielen, allerdings sitzen sie immer noch neben dem Gartentisch auf dem Boden herum und unterhalten sich.

»Besorgst du für eure Party wieder einen Bier-Pong-Tisch?«, fragt einer von Lukes Freunden gerade.

Natürlich weiß ich sofort, um welche Party es geht. Seit Wochen wird in der Schule davon geredet, und alle reißen sich darum, eingeladen zu werden. Die Party ist *das* Ereignis schlechthin. Einmal im Sommer, wenn ihre Eltern auf Geschäftsreise sind, schmeißen Luke und Chiara bei sich zu Hause eine riesige Party. Letztes Jahr sollen die Nachbarn angeblich sogar die Polizei gerufen haben, weil es so abging.

»Na logisch, Alter. Der Tisch geht klar. Aber glaubt nicht, dass ihr dabei mehr Chancen gegen mich habt als hierbei.« Luke hält die bunten Glasmurmeln in die Höhe. »Ach, ehe ich's vergesse …« Völlig überraschend wendet er sich nun an mich. »Deine Schwester möchte die doch bestimmt wiederhaben. Nicht dass du noch Ärger mit ihr kriegst.«

Als er aufsteht und mir die Kugeln übergibt, berühren sich für einen winzigen Moment unsere Hände. *Bäääm*, es durchzuckt mich, als hätte ich einen gewischt bekommen.

Ob Luke das auch gespürt hat? Seine blauen Augen mustern mich interessiert. »Kommst du auch zu unserer Party?«

Obwohl ich vor Freude am liebsten aufspringen und rumtanzen würde, bleibe ich äußerlich ganz cool und zucke vage mit den Schultern. »Wenn ich eingeladen bin?«

»Klar bist du eingeladen«, antwortet Luke, als wäre das das Selbstverständlichste der Welt. »Bring einen Kartoffelsalat mit. Ich liebe Kartoffelsalat. Ach ja, und natürlich was zu trinken.«

»Okay, Kartoffelsalat und was zu trinken. Ist notiert. Irgendwelche bestimmten Wünsche?«

»Denk dir was Schönes aus.« Luke zwinkert mir zu. »Hauptsache keine Apfelschorle.«

»Lieber Apfelkorn«, mischt sich Blödmann-Tim ein. Der schon wieder! Oh Mann, den Typ habe ich echt gefressen.

Kurz darauf verziehen sich die Jungs nach drinnen, um an der Xbox zu zocken. Wir Mädchen sind nun unter uns, das Gespräch dreht sich die meiste Zeit um Klamotten, Schminke und so einen Kram. Dass ich dabei nicht mitreden kann, finde ich nicht schlimm. Im Gegenteil. Ich bin ohnehin nicht besonders gesprächig, denn ich muss das, was eben passiert ist, erst einmal verarbeiten. Hätte mir vor ein paar Wochen jemand prophezeit, dass Luke Tiedemann mich zu seiner Party einlädt, hätte ich denjenigen bestimmt für verrückt erklärt. Aber genau das ist gerade passiert.

Wahnsinn!!!

»Sorry, Mädels, aber ich muss jetzt los«, reißt Anna, die plötzlich aufgestanden ist, mich aus meinen Gedanken.

Leonie wirft einen Blick auf ihr Handy. »Verdammt, so spät schon?« Sie springt ebenfalls auf. »Ich muss auch nach Hause. Sonst bekommt meine Mutter wieder ’nen Anfall.«

Plötzlich herrscht allgemeine Aufbruchsstimmung.

»Ich gehe dann jetzt auch mal«, schließe ich mich den anderen an.

»Warte kurz«, raunt Chiara mir auf dem Weg zur Haustür zu. »Ich wollte noch kurz mit dir quatschen.«

Ob es um die Party geht? Oder um Luke? Oder um beides? Ich bin total gespannt und spiele aufgeregt an meinem Haarband herum.

»Und? Hat's dir heute Nachmittag gefallen?«, fragt Chiara im Plauderton, nachdem die anderen zur Tür raus sind. Beim Gehen hat Leonie mir noch einen halb misstrauischen, halb vorwurfsvollen Blick zugeworfen, weil ich nicht gleichzeitig mit den anderen Mädchen das Haus verlasse.

»Klar. Hat Spaß gemacht.«

»Ich hätte dich natürlich auch noch zu unserer Party eingeladen, das weißt du hoffentlich. Aber ich dachte, dass du dich mehr freust, wenn mein Brüderchen von sich aus auf die Idee kommt. Also habe ich ihm etwas Zeit gelassen. Und – tadaaa«, wie eine Magierin, die das Ergebnis ihres Zaubertricks präsentiert, macht sie mit der rechten Hand eine weit ausholende Geste, »es hat funktioniert.« Sie ist sichtlich stolz auf ihren Erfolg. »Hat sich doch gelohnt, das Training sausen zu lassen, oder nicht? Ich hab dir ja versprochen, dass ich dafür sorgen werde, dass du Luke von jetzt an öfter triffst. Und wenn ich ein Versprechen gebe, halte ich es auch.«

Sie sieht mich abwartend an.

»Das ist echt supernett von dir«, versichere ich schnell. »Wenn ich mal was für dich tun kann, sag Bescheid.«

Chiaras Gesicht hellt sich auf. »Schön, dass du das sagst. Da gibt es tatsächlich etwas. Nur ein klitzekleiner Gefallen, den du mir tun könntest …«

»Dann schieß mal los.«

»Du bist doch so gut mit Noah befreundet …«

»Ja, stimmt«, antworte ich zögernd. Ich ahne, in welche Richtung sich das Gespräch entwickelt, und die gefällt mir gar nicht. Nun ergibt es auch Sinn, dass Chiara so an Noahs Liebesleben interessiert gewesen ist.

»Er ist echt süß, und ich finde, wir wären ein tolles Paar«, bestätigt Chiara kurz darauf meine Vermutung. »Nicht dass ich das nicht auch allein hinbekommen würde, aber warum unnötig Zeit verschwenden. Du weißt, was ich meine, oder?«

Ich nicke. Klar, weiß ich das. *Und Nele hat es sogar schon vor mir gewusst …*

»Perfekt.« Chiara lehnt sich sichtlich zufrieden gegen die Haustür. »Ich verkuppele dich mit meinem Bruder, und du bringst mich mit Noah zusammen. Deal?«

»Deal«, bestätige ich etwas weniger euphorisch als sie. Es ärgert mich gewaltig, dass Nele recht gehabt hat. Andererseits: Was ist so schlimm daran? Schließlich hätte ich ohne Chiara bei Luke nicht den Hauch einer Chance. Sich gegenseitig zu helfen, so läuft das in einer Freundschaft nun mal.

★★

An diesem Abend verzichte ich aufs Fernsehen und gehe extra früh auf mein Zimmer, denn ich kann es kaum erwarten, in Lukes T-Shirt zu schlüpfen.

Was für ein Tag! Luke hat mich zu seiner Party eingeladen!

Ich greife in meine Tasche und ziehe das zusammengeknäuelte T-Shirt daraus hervor. Dann drehe ich es auf die richtige Seite. Auf Brusthöhe befindet sich das Nike-Swoosh-Logo und darunter der Schriftzug *JUST DO IT*.

Tu es einfach.

Kein Ding, schon geschehen.

Wie eine Trophäe breite ich das T-Shirt auf meinem Bett aus. Vielleicht hätte ich Luke noch um ein Autogramm bitten sollen, denke ich übermütig.

Schnell ziehe ich mich aus, streife mir das Shirt über den Kopf und springe in mein Bett. Wenn ich heute Nacht nicht gut schlafe, dann weiß ich auch nicht. Und wovon ich träume, ist ja wohl klar. Nachdem ich meine Nachttischlampe ausgemacht habe, kuschele ich mich glücklich in das viel zu große T-Shirt und schnuppere mit geschlossenen Augen an dem Stoff. So riecht Luke also …

Moment mal. Entsetzt reiße ich die Augen auf, knipse die Nachttischlampe wieder an, springe aus dem Bett und ziehe mir das T-Shirt hektisch über den Kopf.

Bei aller Liebe – das geht gar nicht!

Luke sollte unbedingt ein anderes Deo verwenden. Von wegen 24-Stunden-Wirkung …

Ungefähr so hat es heute Morgen auch in der Umkleidekabine gerochen. Iiih, bah, pfui. Selbst als ich das T-Shirt in die hinterste Zimmerecke verbannt habe, kommt es mir noch so vor, als würde mir der beißende Schweißgeruch in die Nase steigen.

Was für ein Mist! Ich hatte mich so darauf gefreut, Luke beim Einschlafen ganz nahe zu sein. Aber daraus wird wohl nichts! Vor Enttäuschung würde ich am liebsten heulen. Auch wenn Chiara mir ihre Hilfe angeboten hat, kann ich sie wohl kaum bitten, mir ein getragenes T-Shirt ihres Bruders zu besorgen. Das klingt sogar in meinen eigenen Ohren fast schon ein bisschen creepy.

Ich tausche *JUST DO IT* gegen *Don't worry, be happy* aus. So steht es in pinkfarbener Schrift auf meinem grauen Schlafshirt. Ein Geschenk von meiner Mutter. Nicht gerade das coolste Teil in meinem Schrank, aber ich muss zugeben, dass an dem Spruch was dran ist.

Dann fallen mir meine Murmeln wieder ein. Eigentlich habe ich doch gar keinen Grund, mich schlecht zu fühlen. Meine Glücksbilanz des heutigen Tages kann sich wirklich sehen lassen.

Ich schnappe mir meine kurze Jeans, die ich achtlos über den Sessel geworfen habe, und fische die Murmeln aus der Hosentasche. Alle haben es heute verdient, von links nach rechts zu wandern:

die erste Murmel, als Chiara mich gefragt hat, ob ich sie besuchen möchte, die zweite, als Luke mir die Blamage mit den Murmeln erspart hat, und der Rest, als er mich zur Party eingeladen hat.

Kurz überlege ich, ob ich für den Streit mit Nele nicht eigentlich einen Punkt auf der Haben-Seite abziehen müsste, entscheide mich dann aber dagegen. Zum einen geht es ja darum, sich vor allem an die *schönen* Dinge zu erinnern, zum anderen hat sich die Sache fast schon wieder erledigt. Die Ich-hab-dich-lieb-Nachricht habe ich zwar nicht mehr abgeschickt, aber dafür hat Nele mich nach dem Abendessen angerufen. Angeblich wegen der Mathehausaufgaben. Aber ich glaube, sie wollte einfach nur den ersten Schritt machen. Um ihr zu beweisen, dass ich ihr entgegenkommen möchte, habe ich dann erzählt, dass sie mit Chiara und Noah richtiggelegen hat. Ihr »Hab ich's doch gewusst« geht in Ordnung, schließlich stimmt's ja auch. Danach ist das Gespräch zum Glück relativ normal verlaufen. Nele hat mir berichtet, dass ihre Lieblingscousine bald heiraten wird, und ich habe von Luke und seiner Einladung erzählt.

Gedankenverloren lege ich die Murmeln auf die Fensterbank, wo sie im Schein der Nachttischlampe funkeln. Ein Andenken an Luke, und zwar absolut geruchsneutral. Morgen werde ich mir für meine Glücksbilanz wohl schon wieder etwas Neues einfallen lassen müssen, denn ich möchte nicht noch mal mit Kinderspielzeug in der Tasche erwischt werden.

Ich lösche das Licht und kuschele mich gähnend in meine Bettdecke.

Just do it … morgen dann.

Kapitel 6

»Was ist denn heute mit Luke los?«, frage ich Chiara am nächsten Morgen.

Wir stehen an den Schließfächern und suchen unsere Sachen für die erste Stunde zusammen. Nele, die noch das Klassenbuch aus dem Sekretariat holen muss, ist schon mal vorgegangen.

»Stimmt«, sagt Tessa, die meinem Blick gefolgt ist, »dein Bruder zieht ein Gesicht, als hätte ihm jemand ins Müsli gespuckt.«

Chiara zupft den Ausschnitt ihres Oberteils zurecht, dann winkt sie ab. »Ach, einfach ignorieren. Unser Kronprinz hat schlechte Laune. Er wollte heute früh sein orangenes Lieblingsshirt anziehen, aber es ist verschwunden.«

»Das hätte eh mal gewaschen werden müssen«, rutscht es mir einfach so raus.

Chiara und Tessa schauen mich verwundert an.

Wie dämlich war das denn bitte? Genauso gut könnte ich gleich zugeben, dass ich Lukes T-Shirt geklaut habe.

»Ich meine, wahrscheinlich ist es in der Wäsche«, versuche ich meinen Versprecher schnell wieder auszubügeln und hoffe, dass ich dabei nicht rot werde.

»Nein, das glaube ich nicht«, sagt Chiara mit fester Stimme und sieht mich durchdringend an.

O Gott, ist sie mir etwa auf die Schliche gekommen? Gibt es womöglich doch Kameras im Haus? Bestimmt weiß sie längst, dass ich das T-Shirt genommen habe, und lässt mich jetzt zappeln. Ich spüre, wie mir der Schweiß ausbricht und meine Hände feucht werden.

»Das Shirt ist nie im Leben in der Wäsche«, beharrt Chiara und stemmt die Hände in die Hüften. »Der Typ verbummelt ständig was.« Sie blinzelt mir verschwörerisch zu. »Daran solltest du dich schon mal gewöhnen.«

»Es gibt Schlimmeres.« Unauffällig wische ich meine feuchten Hände an meiner Hose ab. Eigentlich müsste man den Stein, der mir vom Herzen fällt, meilenweit entfernt hören können. Lukes Schreibtisch taucht vor meinem inneren Auge auf, und ich muss unwillkürlich grinsen. Kein Wunder, dass bei dem Chaos öfter mal was verloren geht. Da stößt selbst das größte Genie an seine Grenzen. Ich kenne das.

»Nobody is perfect«, sage ich mit einem Schulterzucken.

»Och, ich wüsste da schon jemanden.« Chiara schaut demonstrativ zu Noah und stößt einen sehnsuchtsvollen Seufzer aus. »Und du bist dir ganz sicher, dass er keine Freundin hat?«

»Hundertprozentig.« Zur Bestätigung nicke ich noch mal nachdrücklich mit dem Kopf.

»Kaum zu glauben, dass so ein Wahnsinnstyp noch frei rumläuft.« Chiara lehnt sich mit verschränkten Armen gegen ihren Spind, der über und über mit Aufklebern zugekleistert ist. »Er könnte doch bestimmt an jedem seiner Finger gleich zehn Mädchen haben.«

Auf der Suche nach meinen Matheunterlagen krame ich in meinem Schließfach herum und zucke mit den Schultern. »Vielleicht will er das ja gar nicht.«

»Oder ist zu schüchtern«, gibt Tessa zu bedenken.

»Auch wenn das schwer vorstellbar ist«, überlegt Chiara laut, »so selbstbewusst, wie er rüberkommt.«

Mit seinem Selbstbewusstsein hat Noah tatsächlich noch nie ein Problem gehabt. Ihm ist es schon immer egal gewesen, was andere von ihm denken. Zum Beispiel ist er in der dritten Klasse mit einem Spider-Man-Kostüm in die Schule gegangen. Und zwar nicht nur an Karneval, sondern wochenlang.

»Noah hat einfach …« Chiara sucht nach den passenden Worten.

»'ne Macke? 'nen Knall?«, komme ich ihr lachend zur Hilfe. Nach seiner Spider-Man-Phase kam die Star-Wars-Ära. Chiara kann von Glück reden, dass sie Noah zu dieser Zeit noch nicht gekannt hat.

»Er hat einfach was ganz Spezielles.« So begeistert habe ich Chiara bisher nur von Schuhen reden hören. Und schon am nächsten Tag ist sie mit dem Objekt ihrer Begierde in der Schule aufgekreuzt. Es muss hart für sie sein, dass sie dieses Mal nicht sofort haben kann, was sie sich in den Kopf gesetzt hat. Aber ein bisschen wird sie sich wohl noch gedulden müssen.

Endlich habe ich gefunden, wonach ich gesucht habe. Triumphierend halte ich meinen Mathehefter in die Höhe und pfeffere laut scheppernd die Tür von meinem Spind zu.

»Am liebsten würde ich ihm ständig durch die Haare wuscheln«, sagt Chiara mit einem verklärten Lächeln.

»Geht mir genauso.«

Sie wirft mir einen vorwurfsvollen Blick zu.

»Was denn? Sie sind immer so strubbelig«, rechtfertige ich mich.

»Und diese Augen!«

Redet sie jetzt von ihrem Bruder? Nein, offenbar geht es immer noch um Noah. Wobei ich zugeben muss, dass Noah wirklich sehr schöne Augen hat. Dunkelbraun, mit kleinen goldenen Sprenkeln.

»Schaut euch nur mal diesen durchtrainierten Body an«, schwärmt Chiara weiter. »Man sieht sofort, dass er viel Sport macht.«

Ich folge ihrem Blick und nehme Noah, der gerade seinen Spind abschließt, kritisch unter die Lupe. Okay, an seinem Körper gibt es wirklich nichts auszusetzen. Chiara hat absolut recht. Noah hat eine total athletische Figur, kein Gramm zu viel, und jede Menge Muckis, vor allem an den Oberarmen. Das kommt vom Handball. Außerdem ist er ganz schön gewachsen. Bestimmt sagen ihm das seine Tanten und Omas auch ständig.

Schon komisch, eigentlich habe ich mir über Noahs Aussehen noch nie wirklich Gedanken gemacht. Wir kennen uns einfach schon so wahnsinnig lange, und da wir uns fast täglich sehen, habe ich manche Veränderungen an ihm gar nicht bemerkt. Jetzt kommt es mir so vor, als würde ich ihn durch Chiaras Augen zum ersten Mal sehen.

Am Nachmittag sitze ich in unserem Wohnzimmer, höre ein bisschen Musik und warte auf Chiara. Wir wollen gemeinsam die blöde Strafarbeit erledigen, die uns die Kustode aufs Auge gedrückt hat. Außerdem habe ich Chiara versprochen, im Anschluss daran mit ihr ein bisschen Wurftraining zu machen. Irgendwie hat sie es sich in den Kopf gesetzt, Handballspielen zu lernen, um Noah zu beeindrucken. Eine ziemlich bescheuerte Idee, wie ich finde. Aber ich bin bestimmt die Letzte, der es zusteht, sich darüber ein Urteil zu erlauben. Immerhin bin ich sogar klettern gegangen, obwohl ich schon Höhenangst habe, wenn ich nur auf einen Stuhl steige. Und alles nur wegen Luke. Also habe ich lieber die Klappe gehalten und es mir verkniffen, Chiara darauf hinzuweisen, dass man Handball nicht mal eben so in einer Stunde lernt. Aber vielleicht ist sie ja auch ein Naturtalent.

Ich setze meine Kopfhörer ab und sage zu meiner Mutter: »Übrigens bekomme ich gleich Besuch von einem Mädchen aus meiner Klasse. Wir machen zusammen ein Referat.«

Meine Mutter, die gerade am Esstisch Wäsche faltet, sieht interessiert auf. »Ein Mädchen aus deiner Klasse? Damit meinst du vermutlich nicht Nele. Wie kommt es, dass ihr beide das Referat nicht zusammen macht?«

»Äh, ja, das ist so …« Ich überlege fieberhaft, wie ich mich am besten aus der Affäre ziehe. Vermutlich wäre meine Mutter ganz und gar nicht erfreut zu hören, dass ich eine Strafarbeit aufgebrummt bekommen habe. »Weißt du, nicht alle aus meiner Klasse halten ein Referat. Nur Chiara und ich.«

»Dass ich das noch erleben darf.« Mama faltet die Hände und tut, als würde sie ein stummes Dankgebet gen Himmel schicken. »Du machst tatsächlich etwas freiwillig für die Schule.«

Das hat *sie* gesagt und nicht ich. Aber aus strategischen Gründen ist es wohl besser, sie in diesem Glauben zu lassen.

»Diese Chiara scheint wirklich einen guten Einfluss auf dich zu haben«, sagt meine Mutter und strahlt.

»Ganz genau.« Wenn sie schon so gute Laune hat, sollte ich die Gunst der Stunde nutzen. »Können wir vielleicht was Süßes zum Knabbern haben?«

»Sicher. Wer hart arbeitet, braucht auch zwischendurch eine kleine Stärkung.« Meine Mutter verschwindet in der Küche. »Wären Kekse okay?«, höre ich sie kurz darauf rufen.

Gummibärchen wären mir natürlich lieber. Aber ich will nicht undankbar sein, schließlich kommt es selten genug vor, dass meine Mutter freiwillig was Süßes rausrückt, darum gebe ich großzügig meine Zustimmung.

Als ich ein paar Minuten später in die Küche komme, steht dort ein Tablett mit einer Flasche, Gläsern und zwei Schüsseln bereit.

Doch ich traue meinen Augen kaum. O Gott, was soll Chiara bloß von mir denken? Ich hätte wissen müssen, dass die Kekse zu schön waren, um wahr zu sein! Apfelschnitze und *Müsli-Taler* – das ist ja wie im Kindergarten!

Ich nehme das Tablett mit auf mein Zimmer, stelle die Wasserflasche und die Gläser auf meinen Schreibtisch, dann schnappe ich mir die Kekse und die Apfelspalten und steuere damit Emmas Zimmer an. Sie sitzt auf ihrem Bett und hört Musik.

»Schönen Gruß von Mama.« Ich drücke ihr die beiden Schüsseln in die Hände. »Du sollst mal wieder was Gesundes essen.«

Angewidert starrt Emma auf die Müsli-Taler. »Hab ich was verbrochen? In den letzten Tagen bin ich immer pünktlich zu Hause gewesen, und meine Noten sind auch ganz okay.«

»Du wirst schon wissen, womit du das verdient hast.« Ich grinse. »Und schön aufessen, Schwesterchen.«

Zufrieden mit mir selbst kehre ich in mein Zimmer zurück. Ich habe überhaupt keinen Bock auf dieses dämliche Referat. Das wird Stunden dauern. Hat Noah nicht neulich erwähnt, dass er über Darwins Theorie auch schon mal ein Referat gehalten hat?

Wir müssen seinen Vortrag ja nicht eins zu eins übernehmen, aber sicher kann es nicht schaden, sich ein paar Anregungen zu holen. Ob ich Noah mal eben anrufen soll? Ach was, Chiara wird erst in ein paar Minuten auf der Matte stehen. Am besten gehe ich einfach mal schnell rüber klingeln.

Nachdem ich in meine Sandalen geschlüpft bin, verlasse ich das Haus und schließe, bevor ich die Straße überquere, sorgfältig hinter mir das Gartentor, damit Costa nicht ausbüxen kann. In der Einfahrt vor Zanders Haus steht ein fremdes Auto. *Vielleicht haben sie Besuch?* Aber ich will ja sowieso nicht lange stören.

Noahs Vater öffnet mir die Tür. »Ach, Charly, Gott sei Dank. Du bist es nur.« Er fährt sich etwas nervös durch die Haare. Sie sind tatsächlich gefärbt, genau wie Noah neulich erzählt hat. Die grauen Schläfen sind verschwunden, und ich muss zugeben, dass er dadurch wirklich ein paar Jährchen jünger aussieht. »Was kann ich für dich tun?«

Was er für mich tun kann? Noahs Vater ist normalerweise ziemlich locker drauf, und ich kann mich nicht daran erinnern, dass er jemals so gestelzt mit mir gesprochen hat.

»Äh, ja also«, beginne ich stockend. Irgendwie werde ich das Gefühl nicht los, dass hier etwas faul ist.

In diesem Moment erscheint eine fremde Frau, die ich noch nie zuvor bei Zanders gesehen habe, hinter Noahs Vater im Flur. Ob das seine Geliebte ist? Auf den ersten Blick sieht sie alles andere als verführerisch aus. Sie trägt klobige Boots, eine Jeans und darüber ein weites kariertes Herrenhemd.

»Bin gleich wieder da«, ruft er ihr über die Schulter zu.

»Kein Problem«, antwortet sie. »Ich hab keine Eile. Ich gehe dann schon mal nach oben ins Schlafzimmer.«

»Wolltest du was Bestimmtes?«, wendet Noahs Vater sich jetzt wieder an mich.

Völlig perplex schüttele ich den Kopf.

»Noah ist mit meiner Frau zu seiner Oma gefahren.« Er tritt unruhig von einem Fuß auf den anderen und scheint es eilig zu haben, mich wieder loszuwerden. »Ich richte ihm aus, dass du hier gewesen bist.«

»Danke«, stammele ich und trete fluchtartig den Rückzug an. *Was war das denn gerade?*

★*

Als Chiara schließlich mit einer halben Stunde Verspätung bei uns eintrudelt, habe ich die Szene in Zanders Hausflur immer noch nicht richtig verdaut. Schlimm genug, dass Noahs Vater eine Geliebte hat, aber dass er sie sogar mit nach Hause schleppt, ist ja wohl der Gipfel der Geschmacklosigkeit. Armer Noah.

Obwohl ich innerlich total aufgewühlt bin, versuche ich, mir Chiara gegenüber nichts anmerken zu lassen. Im Augenblick kann ich sowieso nichts für Noah tun, und so sinnfrei dieses Referat auch ist, es wird mich zumindest etwas ablenken.

Während ich mich mit angezogenen Beinen auf meinen Schreibtischstuhl kauere und den Computer anschmeiße, setzt Chiara sich auf mein Bett, da der Sessel mal wieder mit Klamotten belegt ist. Costa, der uns in mein Zimmer gefolgt ist, legt sich zu ihren Füßen. Worüber Chiara nicht besonders glücklich zu sein scheint, denn sie versucht, ihre Beine möglichst unauffällig aus seiner Reichweite zu entfernen. Aber Costa ist hartnäckig und rückt immer wieder nach.

Ich lache. »Keine Sorge, Costa tut nichts. Er würde keiner Fliege was zuleide tun. Du brauchst wirklich keine Angst vor ihm zu haben.«

Chiara schnauft empört. »Ich habe vor diesem … diesem Hund doch keine Angst. Allerdings finde ich ihn, na ja, wie soll ich sagen, ein bisschen abstoßend.«

»Zugegeben, Costa ist keine Schönheit …«

»Willst du mich verarschen?« Sie wirft Costa einen abfälligen Blick zu. »Das ist ja wohl die Untertreibung des Jahrhunderts. Dieser Hund ist … sorry, dass es kein anderes Wort dafür gibt, aber dieser Hund ist hässlich.«

»Kann schon sein. Aber das sind nur Äußerlichkeiten. Stimmt's, mein Süßer?« Ich beuge mich zu Costa runter und kraule ihn hinter den Ohren. »Dafür verfügt er über jede Menge innere Werte.«

»Echt jetzt? Hat er vielleicht dein Portemonnaie gefressen?«

Ich nehme Costa auf den Arm und setze ihn neben dem Schreibtisch ab, von wo aus er Chiara interessiert beäugt.

»Ich kann mich nicht konzentrieren, wenn er mich die ganze Zeit anglotzt«, beschwert diese sich. »Kannst du ihn nicht woanders hinbringen?«

Nachdem ich Costa in den Garten verbannt habe, setze ich mich wieder an meinen PC und öffne PowerPoint.

»So, dann lass uns mal loslegen«, sage ich.

»Womit?«

»Na, mit dem Referat.«

»Ach sooo«, antwortete Chiara gedehnt.

»Hast du schon eine Idee für das Konzept?« Nach dem Zufallsprinzip drücke ich ein paar Buchstaben auf der Tastatur. Der Anfang ist bekanntlich immer am schwersten.

»Konzept? Wieso Konzept? Ich dachte, wir sollen ein Referat halten.«

Ich bin mir nicht sicher, ob Chiara das wirklich ernst

meint. »Wir müssen uns doch vorher überlegen, was alles rein soll und wie wir das Referat aufbauen.«

»Stimmt, jetzt wo du's sagst … Klingt logisch.« Chiara wirft mir einen halb unsicheren, halb entschuldigenden Blick zu. »Mir fehlt da etwas die Übung.«

»Wie meinst du das? Du hast doch erst letzte Woche in Politik ein Referat gehalten.«

»Ach, das …« Chiara wickelt sich eine blonde Strähne um den Zeigefinger und betrachtet sie interessiert. »… das hat Anna für mich geschrieben. Ich habe den Kram nur abgelesen.«

»Das ist nicht wahr, oder?« Ich weiß nicht, ob ich lachen oder weinen soll.

Chiara zuckt mit den Schultern. »Anna hat kein Problem damit. Sie macht so etwas gerne. Ich hätte bestimmt drei Mal so lange dafür gebraucht.«

Das glaube ich ihr aufs Wort. Während ich ein paar Stichpunkte tippe und verzweifelt versuche, eine halbwegs logische Struktur hineinzubringen, schlendert Chiara in meinem Zimmer herum und betrachtet die Fotos an meiner Pinnwand, die hauptsächlich Nele, Noah und meine Familie zeigen.

»Mist!«, fluche ich, weil mir einfach nichts Gescheites einfällt, und hämmere frustriert auf die Löschtaste der Computertastatur ein.

Chiara mustert mich mit schräg gelegtem Kopf. »Kann es sein, dass du nicht richtig bei der Sache bist?«

Na, das sagt ja genau die Richtige. Aber sie hat recht. Ich stoße einen tiefen Seufzer aus. »Ich hab da vorhin etwas mitbekommen, was ich lieber gar nicht wissen möchte.«

»Dann lass mal hören.« Chiara lässt sich wieder auf mein Bett fallen und sieht mich abwartend an.

Froh, mit jemandem über die Sache reden zu können, erzähle ich Chiara von der Begegnung in Zanders Hausflur.

»Und du hast dich ganz sicher nicht verhört?« Chiara trommelt mit den Fingern auf meiner Bettdecke herum. »Ich meine, es gibt viele Zimmer im Haus. Sie hat wirklich gesagt, dass sie schon mal ins *Schlaf*zimmer geht?«

Ich nicke.

»So 'ne Bitch.«

»Was soll ich denn jetzt machen?«, frage ich und fahre mir verzweifelt durch die Haare.

»Du könntest klingeln gehen, um sie beim Sex zu stören. Oder wir könnten der Tussi zur Strafe die Reifen zerstechen.«

Als Chiara meinen entsetzten Gesichtsausdruck sieht, schiebt sie jedoch schnell ein »War nur Spaß« hinterher.

Warum habe ich die Müsli-Taler bloß meiner Schwester aufs Auge gedrückt? Für jede Art von Nervennahrung wäre ich jetzt dankbar.

»Ich wünschte, ich hätte nicht bei Noah geklingelt«, seufze ich verzweifelt. »Jetzt hänge ich da irgendwie mit drin. Was meinst du, soll ich Noah davon erzählen?«

»Du weißt doch, was mit dem Überbringer schlechter Nachrichten passiert.« *Kopf ab*, gibt Chiara mir mit einer Geste zu verstehen. »Ich würde das, was du gesehen hast, lieber für mich behalten. Vielleicht erledigt sich die Sache ganz von allein. Und falls nicht, kannst du daran sowieso nichts ändern. Glaub mir, ich weiß, wovon ich rede. Ich kann schon gar nicht mehr zählen, wie oft mein Vater meine Mutter betrogen hat. Und auch umgekehrt. Eigentlich sind die beiden nur noch zusammen, weil sie keine Zeit dafür haben, sich scheiden zu lassen.«

Plötzlich wird mir klar, warum bei Tiedemanns außer Weihnachtsfotos keine anderen Familienbilder an der Wand hängen und warum Chiara gesagt hat, das Haus wäre nur die Postanschrift ihrer Eltern.

»Oh, das tut mir leid«, sage ich voller Mitgefühl.

»Ach, das muss es nicht. Dafür bekommen Luke und ich als Ersatz für ein intaktes Familienleben andere Annehmlichkeiten.« Chiara tut, als würde ihr das nichts ausmachen, aber ich kaufe ihr das nicht ab. Vielleicht hat sie sich mit der Situation abgefunden, aber glücklich ist sie damit sicher nicht.

Bevor ich weiter nachfragen kann, klingelt es unten an der Tür.

»Besuch für dich, Charly!«, ruft meine Mutter, und im nächsten Moment fliegt auch schon meine Zimmertür auf, und Nele stürmt herein. Als sie Chiara sieht, bleibt sie jedoch mitten in der Bewegung stocksteif stehen.

»Komm doch rein«, sage ich hastig, bevor sie womöglich auf dem Absatz kehrtmacht und wieder abhaut. »Wir sind mit unserem Referat fast fertig.«

Das entspricht zwar nicht einmal ansatzweise der Wahrheit, aber ich habe die Hoffnung auf ein vernünftiges Endergebnis ohnehin längst begraben. Wenn ich keine schlechte Note kassieren will, wird mir nichts anderes übrigbleiben, als mich später alleine noch mal an das Referat zu setzen.

»Ich wollte Chiara gerade ein bisschen Handball beibringen. Wie sieht's aus – hast du Lust?« Ich wühle in meiner Sporttasche, die neben dem Sessel auf dem Boden steht. Dann werfe ich Nele erst einen flehenden Blick und danach meinen Handball zu.

»Na schön«, brummt sie und prellt den Ball auf den Fußboden.

Zu dritt gehen wir in den Garten. Dort fangen wir zum Warmwerden mit ein paar einfachen Passübungen an, die jedes Kleinkind hinkriegen würde. Chiara auch. Allerdings schaut sie nach jedem gefangenen Ball erst mal prüfend auf ihre Hände.

»Keine Sorge, da passiert nichts«, beruhige ich sie. »Schon gar nicht bei der Entfernung und dem Tempo.«

»Da bin ich mir nicht so sicher.« Chiara spreizt erneut ihre Finger und betrachtet sie sorgevoll von oben. »Ich hab den Top Coat vergessen.«

»Du hast was?« Neles Stimme überschlägt sich fast.

»Top Coat, Nagellack? Die oberste Schutzschicht? Alles klar?«

Klar ist nur, dass sie es sich nun endgültig mit Nele verscherzt hat. Diesen Blick kenne ich …

Aber Nagellack hin oder her, so leicht gebe ich als Trainerin nicht auf. Wir steigern nach und nach ein bisschen die Entfernung. Und schnell wird klar, dass es nun nicht mehr so gut läuft. Wobei »nicht so gut« noch eine ziemlich nette Umschreibung für die Vollkatastrophe ist, die wir zu sehen bekommen.

Der Ball fliegt auf Chiara zu. Aber anstatt ihn zu fangen, macht sie im letzten Moment einen Satz zur Seite und weicht ihm aus.

»Du hast schon verstanden, dass wir nicht Völkerball spielen?«, motzt Nele, die den Ball aus dem Gebüsch fischt. »Du sollst den Ball FANGEN und nicht vor ihm wegrennen.«

Chiara hebt entschuldigend die Hände. »Ballsportarten sind einfach nicht so mein Ding.«

»Gut, dass du's erwähnst«, sagt Nele und zieht eine Grimasse. »Von alleine wären wir da gar nicht drauf gekommen.«

»Schau mal, du musst die Hände so halten«, erkläre ich geduldig und demonstriere Chiara bestimmt zum hundertsten Mal die richtige Position.

Der nächste Versuch geht genauso daneben oder besser gesagt: in die Büsche.

»Lost. Total lost«, zischt Nele mir zu. »Vergiss es. Eher lernt Costa Ballett, bevor Miss Top Coat einen Ball fängt.«

Auch wenn ich es vielleicht etwas anders formulieren würde, muss ich Nele leider recht geben.

»Du, Chiara«, beginne ich vorsichtig, um ihre Gefühle nicht zu verletzen. »Ich glaube, das mit dem Handball war keine so tolle Idee.«

»Okay.« Chiara trägt es mit Fassung. Sie nickt zustimmend und sieht mich gespannt an. »Und jetzt?«

Offenbar erwartet sie, dass ich mir auf der Stelle einen Plan B aus den Rippen leiere. Deal ist Deal. Aber ehrlich gesagt fällt mir so spontan nichts ein.

»Chiara könnte doch morgen mit uns joggen gehen«, rettet mich ausgerechnet die Person, von der ich es am wenigsten erwartet hätte. »Noah und Kuki haben bestimmt nichts dagegen«, fügt Nele noch hinzu.

Ich weiß, dass Nele Chiara genauso gut leiden kann wie ich die olle Rosenstolz. Darum habe ich so meine Zweifel, ob sie diesen Vorschlag wirklich aus purer Nettigkeit gemacht hat. Aber bevor ich herausfinden kann, ob Nele irgendwelche Hintergedanken hegt, hat Chiara auch schon zugestimmt.

Kurz darauf verabschiedet sie sich, und ein paar Minuten später muss auch Nele nach Hause. Eigentlich bin ich ganz froh darüber. Denn obwohl das garantiert das kürzeste Handballtraining aller Zeiten gewesen ist, fühle ich mich fix und fertig.

Kapitel 7

Als Noah und ich am nächsten Tag an unserem üblichen Lauftreff ankommen, warten Nele und Kuki dort schon auf einer schattigen Bank am Waldrand auf uns. Chiara ist noch nicht da. Hoffentlich kommt sie nicht wieder zu spät, denn Noah hasst Unpünktlichkeit.

Dass Chiara heute mitjoggen wird, haben die Jungs am Vormittag kommentarlos zur Kenntnis genommen. Ich habe Noah ganz genau beobachtet, aber ich kann beim besten Willen nicht sagen, ob er es gut oder eher doof findet, dass sie uns begleiten wird.

Als Chiara dann tatsächlich pünktlich auf die Minute am Treffpunkt erscheint, zeigt er endlich eine Reaktion: Seine Augen werden kugelrund, und ich kann förmlich hören, wie er im Wechsel mit Kuki nach Luft schnappt. Das leise Knirschen kommt aus Neles Richtung. Oje, ihre armen Zähne …

Chiara, die sich ihrer Wirkung wohl bewusst ist, lächelt zufrieden. Ihr Sportoutfit ist aber auch der Wahnsinn! Sie trägt eine schwarze Leggings und dazu ein hautenges pinkfarbenes Top, allesamt Markenklamotten.

Unauffällig schaue ich an mir runter.

Während Chiara so aussieht, als wäre sie einem Sportmagazin entsprungen, würde man bei mir wohl eher auf einen Altkleidersack tippen. Zum Joggen trage ich immer meine ältesten, abgewrackten Handballklamotten: Das graue T-Shirt ist vor unzähligen Wäschen mal schwarz gewesen, und die kurze Hose ist eigentlich auch ziemlich abgewrackt. Ich stecke meine linke Hand in die Hosentasche. Falls mein Körper beim Joggen Glückshormone ausschüttet, werde ich mir das wohl merken müssen. Denn anstelle der fünf kleinen Kieselsteinchen, die ich vorhin in die Tasche gesteckt habe, ertaste ich dort nur ein großes Loch im Stoff.

Egal. Heute Nachmittag geht es sowieso nicht um mich, sondern um Chiara. Und was Chiara glücklich macht, wird auch mich – früher oder später – glücklich machen. Zumindest, wenn unser Deal nach Plan läuft.

»Was für ein geniales Wetter«, sagt Chiara anstelle einer Begrüßung und lacht gut gelaunt. Außer strahlend weißen Zähnen kommt dabei auch ihr kleines Grübchen zum Vorschein. Welcher Junge würde da nicht schwach werden? Außerdem weiß ich aus eigener Erfahrung, welche umwerfende Wirkung das Tiedemann'sche Grübchenlächeln hat, und ich kann mir beim besten Willen nicht vorstellen, dass Noah dagegen immun ist.

»Eigentlich ist dieser tolle Nachmittag viel zu schade zum Joggen, oder was meint ihr?« Chiara hält ihr Gesicht der Sonne entgegen und deutet zum strahlend blauen Himmel hinauf. »Wollen wir nicht lieber in die Eisdiele gehen?«

Offenbar hofft sie auf meine Unterstützung, denn sie schaut mich erwartungsvoll an. Aber bevor ich auch nur den Mund aufmachen kann, kommt mir Noah, der Eis fast noch mehr liebt als Gummibärchen, zuvor. »Eine super Idee …«

Chiara strahlt.

»… aber lass uns lieber laufen. Ich muss dringend was für meine Kondition tun.«

Ich hätte Chiara gleich sagen können, dass sie mit ihrem Vorschlag nicht durchkommt, denn das regelmäßige Joggen ist Noah heilig.

»Seid ihr endlich so weit?« Nele, die schon die ganze Zeit ungeduldig mit dem Fuß gewippt hat, springt auf und beginnt sich mit ein paar leichten Stretchingübungen aufzuwärmen. Noah, Kuki und ich folgen ihrem Beispiel.

»Ich dachte, wir wollen laufen«, beschwert sich Chiara, deren Laune einen herben Dämpfer bekommen hat, und macht einen halbherzigen Ausfallschritt in meine Richtung. Allerdings sieht es mehr so aus, als würde sie an der Haltestelle auf den Bus warten. »Von Gymnastik war nie die Rede.«

»Wenn du keine Zerrung, Bänderdehnung oder so etwas in der Art riskieren möchtest, solltest du lieber mitmachen«, erkläre ich ihr leise. Noah unterhält sich mit Kuki, während er sein Bein zum Dehnen auf die Banklehne gelegt hat. Von Chiaras Protest bekommt er zum Glück nichts mit. Aber meinen Blick muss er wohl gespürt haben, denn in diesem Moment schaut er zu mir rüber und lächelt mich an. Bevor Chiara womöglich noch auf falsche Gedanken kommt, schaue ich jedoch schnell zur Seite. Ich hoffe, er nimmt mir das nicht übel.

Nachdem wir uns ein paar Minuten aufgewärmt haben, traben wir los. Noah läuft vorneweg und bestimmt das Tempo.

»Ey, Noah, schlaf nicht ein«, ruft Kuki, der Seite an Seite mit Nele hinter ihm läuft. Chiara und ich bilden das Schlusslicht.

Ich bin froh, dass Noah auf Chiara Rücksicht nimmt und nicht so viel Gas gibt. Denn bereits nach wenigen Metern schnauft sie wie Costa beim Treppensteigen, und ihr Kopf hat sich ziemlich schnell der Farbe ihres T-Shirts angepasst. Kein gutes Zeichen … Vielleicht hätte ich beim Erste-Hilfe-Kurs in der Schule besser aufpassen und nicht die ganze Zeit mit Nele Tic-Tac-Toe spielen sollen.

»Geht's?«, frage ich besorgt.

Chiara nickt. Für mehr fehlt ihr offenbar die Puste.

Kurz darauf fasst sie sich jedoch mit schmerzverzerrtem Gesicht an die rechte Seite. »Scheiße, tut das weh.«

»Seitenstiche sind ganz normal, wenn man mit dem Joggen anfängt.« Ich lächle ihr aufmunternd zu. »Versuch, dich auf deine Atmung zu konzentrieren. Zwei Schritte einatmen, drei Schritte ausatmen.«

»Ich glaub, ich kann das nicht«, jammert Chiara, bevor sie es überhaupt probiert hat.

»Du kannst nicht bis drei zählen?« Im Laufen dreht Nele sich um und joggt rückwärts weiter. »Wer hätte das gedacht.«

Ich bringe Nele mit einem drohenden Blick zum

Schweigen. Wortlos zuckt sie mit den Schultern und dreht sich wieder nach vorn.

Schlagartig wird mir klar, warum sie den Vorschlag gemacht hat, dass Chiara uns heute begleitet. Wahrscheinlich hat sie die Katastrophe vorhergesehen.

Als wir eine kleine Lichtung erreichen, bremst Chiara plötzlich abrupt ab und kniet sich hin.

»Wenn du keine Luft mehr bekommst, solltest du lieber stehen bleiben und die Arme über den Kopf heben«, gebe ich ihr einen gut gemeinten Ratschlag.

»Nein, nein, alles okay«, behauptet Chiara. Aber ihre rote Birne verrät etwas anderes. »Mein Schnürsenkel ist bloß auf.«

Die anderen sind ebenfalls stehen geblieben. Während Kuki breit grinst – er kauft Chiara den offenen Schnürsenkel wohl nicht ab –, wirkt Noah regelrecht genervt. So wird Chiara heute bei ihm ganz sicher keine Pluspunkte sammeln. Daran ändert auch ihr sexy Outfit nichts. Verdammt, warum habe ich das nicht kommen sehen?!

Chiara kniet immer noch am Boden und hantiert mit ihren Schnürsenkeln herum.

Meine Güte, was treibt sie da? Vielleicht flechten? So eine Schleife geht doch fix. Das bekommt jedes Kindergartenkind schneller hin.

»Ein Jammer, dass Schuhe mit Klettverschluss so schwer zu kriegen sind«, kommentiert Nele.

»Ich wusste gar nicht, dass du dich mit Mode so gut auskennst«, kontert Chiara.

Super, so ein kleiner Zickenkrieg hat jetzt gerade noch gefehlt.

Erleichtert atme ich auf, als sich unsere kleine Gruppe

endlich wieder in Bewegung setzt. Und für eine Weile herrscht abgesehen vom Zwitschern der Vögel eine geradezu himmlische Ruhe. Als ich endlich meinen Laufrhythmus gefunden habe, stoppt Chiara an einer Wegbiegung schon wieder und beginnt wie wild an ihrem linken Auge herumzureiben.

Um in Bewegung zu bleiben, jogge ich auf der Stelle weiter.

»Was ist los?«, frage ich und gebe mir Mühe, nicht allzu genervt zu klingen.

»Mist, mir ist etwas ins Auge geflogen.« Chiara wedelt hektisch mit den Händen vor ihrem Gesicht herum. »Es ging so schnell. Ich glaube, ich habe ein Tier im Auge. Vielleicht eine Mücke oder eine Fliege.«

Ihrem Theater nach zu urteilen, muss es sich schon um einen ausgewachsenen Flugsaurier handeln.

»Kannst du mal nachschauen? Bitte.« Chiaras Stimme klingt flehend.

»Ja klar.« Wohl oder übel höre ich auf zu laufen. Das Deo vor dem Joggen hätte ich mir sparen können, bis jetzt bin ich noch nicht mal ansatzweise ins Schwitzen gekommen.

»Setz dich mal hin«, fordere ich Chiara auf.

Sie kauert sich auf den Waldboden. Als ich mich zu ihr runterbeuge, um etwas zu erkennen, fällt ein Schatten über uns. Es ist Nele, die im Gegensatz zu Noah und Kuki, die langsam weitertraben, kehrtgemacht hat.

»Ist was passiert?«

»Chiara ist ein Insekt ins Auge geflogen«, antworte ich.

»So ein Pech«, sagt Nele erstaunlich mitfühlend. Und fügt nach einer kurzen Pause hinzu: »Ich meine, genug

Zeit zum Ausweichen hat das Vieh doch wirklich gehabt – bei dem Schneckentempo, das wir laufen.«

»Sag mal lieber den Jungs Bescheid, dass wir gleich nachkommen«, schicke ich Nele schnell aus der Schusslinie, bevor sie sich wieder mit Chiara angiften kann. »Ich will sicherheitshalber mal kurz nachschauen.«

Chiaras Auge ist ein wenig gerötet, aber vielleicht kommt das auch nur vom Reiben. Ein Tier kann ich beim besten Willen nicht entdecken. »Tut mir leid, ich sehe nichts.«

»Ach, ich glaube, es geht schon wieder.« Chiara springt auf. Obwohl die anderen mittlerweile meilenweit von uns entfernt sind, senkt sie die Stimme, als sie fragt: »Ist meine Wimperntusche verschmiert?«

»Ein bisschen.« Ich ziehe ein sauberes Tempotaschentuch aus meiner Hosentasche und reiche es ihr.

Na, die hat Sorgen! Ich kann mir nicht vorstellen, dass Noah auf dieses »Tussigehabe«, wie Kuki und er es gerne nennen, steht. Aber nun ist erst einmal Schadensbegrenzung angesagt. Irgendwie müssen wir das Joggen hinter uns bringen, ohne dass Chiara sich bei Noah alle Chancen versaut.

Nachdem sie ihre Schminke wieder in Ordnung gebracht hat, geht es endlich weiter … für etwa fünf Minuten. Dann gibt sie plötzlich einen erstickten Laut von sich und bleibt wie angewurzelt stehen. Klingt nach einem echten Notfall.

»Hey Leute, wartet mal!«, rufe ich den anderen so laut ich kann hinterher, bevor ich mich um Chiara kümmere. »Was ist denn? Hast du dich verletzt?«

»Ich bin umgeknickt.« Chiara hält sich den rechten

Knöchel und sieht mich so vorwurfsvoll an, als wäre es meine Schuld, dass sie falsch aufgetreten ist. »O Gott, tut das weh.«

Noah, Kuki und Nele, die in der Zwischenzeit umgekehrt sind, kommen nun neben uns zum Stehen.

»Stütz dich einfach bei mir ab.« Angesichts von Chiaras Verletzung reagiert Noah dieses Mal überhaupt nicht genervt auf die Unterbrechung, sondern ist die Hilfsbereitschaft in Person. »Da vorne ist eine Bank, da sehen wir uns deinen Fuß mal an.«

Noah und Kuki nehmen Chiara in ihre Mitte und hieven sie zur Bank.

Nele, die die Szene mit hochgezogenen Augenbrauen beobachtet, passt das gar nicht. »Wenn sie sich an Noah ranschmeißen will – bitte schön«, zischt sie mit einem vernichtenden Seitenblick auf Chiara, die einen Arm um Noah und den anderen um Kuki gelegt hat. »Aber meinen Freund soll sie aus ihren Spielchen gefälligst raushalten.«

»Sie kann doch nichts dafür, dass sie sich verletzt hat«, nehme ich Chiara mit gesenkter Stimme in Schutz.

Mittlerweile hat Chiara auf Noahs Anweisung hin ihren Schuh ausgezogen und den Socken nach unten gerollt.

»Ein bisschen geschwollen vielleicht, aber sonst sieht man nichts«, informiert uns Kuki, der Noah über die Schulter schaut.

»Du kaufst ihr den umgeknickten Fuß doch nicht wirklich ab, oder?« Neles Augen versprühen Blitze, und sie gibt sich nicht mal besonders viel Mühe, leise zu sprechen. »Das ist doch ein ganz billiger Trick, um nicht zugeben zu müssen, dass jede Oma mehr Kondition hat als sie.«

Okay, wenn ich ehrlich bin, waren das wirklich ganz

schön viele Zufälle. Erst der offene Schnürsenkel, dann das Was-auch-immer im Auge und jetzt auch noch der verstauchte Knöchel.

Ich zupfe ein Blatt von einem Strauch und zerpflücke es in kleine Konfettischnipsel. »Vielleicht hat sie einfach nur Pech«, gebe ich zu bedenken.

»Oder ganz schlechtes Karma.«

»Hinter der nächsten Biegung ist ein Biergarten«, sagt Noah in diesem Moment zu Chiara. Er zeigt in die Richtung, in der sich mitten im Wald ein kleines Lokal befindet. »Am besten machen wir da erst einmal eine Pause. Vielleicht kannst du ja danach wieder auftreten.«

Eigentlich sind es bis zur Waldschenke nur ein paar hundert Meter, aber dank Chiaras Fuß ziehen sie sich wie Kaugummi. Als wir eine halbe Ewigkeit später im Biergarten ankommen, ist dort nur ein einziger Tisch besetzt. Ein altes Ehepaar sitzt bei Kaffee und Kuchen im Schatten und genießt die Ruhe. Ein Wunder, dass der Laden sich in dieser Abgeschiedenheit überhaupt halten kann. Dabei ist es hier wirklich wunderschön. Ringsherum hohe Bäume und zwischen den Tischen gibt es einige bunt bepflanzte Blumenbeete.

Während wir uns unter einer alten, knorrigen Kastanie auf langen Holzbänken niederlassen und Chiara ihren Fuß hochlegt, läuft Noah als Samariter zur Höchstform auf.

»Du solltest den Knöchel unbedingt kühlen, damit er nicht anschwillt. Ich gehe mal nach Eis fragen.«

Dann verschwindet er nach drinnen und kommt kurze Zeit später mit einem Geschirrtuch, einem mit Eiswürfeln gefüllten Beutel und einem Tablett mit fünf Apfelschorlen wieder. Zum Glück hat Noah als Einziger von uns beim Joggen immer etwas Geld dabei.

»Mensch, Alter, was würden wir nur ohne dich machen?« Kuki nimmt ihm das Tablett ab und verteilt die Gläser. Währenddessen schlägt Noah das Eis in das Tuch ein und legt es fürsorglich auf Chiaras Knöchel.

»Das ist so lieb von dir«, flötet sie und klimpert mit den Wimpern.

Ich bin mir nicht sicher, ob die Klimperei Teil ihrer Flirtstrategie ist oder ob sie immer noch was im Auge hat.

»Du bist echt meine Rettung.« Erneutes Wimpernklimpern.

Eigentlich müsste ich total happy darüber sein, wie Chiara Noah anbaggert. Aber irgendwie fühlt es sich nicht gut an. Vielleicht liegt das daran, dass Chiara so übertreibt. An Noahs Stelle käme ich mir jedenfalls total verarscht vor. Schließlich musste er, um das Eis zu beschaffen, einfach nur ins Restaurant spazieren und keinen gefährlichen Bösewicht besiegen oder die Welt retten. Aber Noah, der ja ohnehin eine Schwäche für Superhelden hat, gefällt sich offenbar in dieser Rolle und lächelt geschmeichelt.

Natürlich war es Teil des Plans, dass Chiara und Noah sich besser kennenlernen und einander näherkommen. Aber dass es so grauenvoll wird, das Ganze mitanzusehen, hätte ich echt nicht für möglich gehalten. Irgendwie fühle ich mich, als würde ich einen Verkehrsunfall beobachten. Eigentlich möchte man gar nicht hinschauen, aber man kann einfach nicht anders …

»Was glaubst du, was mit meinem Fuß los ist?«, will Chiara nun von Noah, der sich neben sie gesetzt hat, wissen und betastet dabei vorsichtig ihren Knöchel.

Doc Zander, der Arzt, dem die Frauen vertrauen … Boah, ist das peinlich.

Mir ist neu, dass Noah Medizin studiert hat. Und über einen Röntgenblick verfügt er meines Wissens auch nicht. Aber eine Diagnose stellen kann er trotzdem: »Ordentlich verstaucht, wenn du mich fragst.«

»Ich glaube, Joggen ist nichts für mich.« Chiara nippt an ihrem Glas und lächelt entschuldigend.

»Ach, was«, widerspricht ihr Noah. »Das kann man doch nach einem Mal noch gar nicht beurteilen.«

»Wirklich nett, dass du das sagst. Aber in unserem letzten Urlaub in Frankreich war ich schon mal mit Luke zusammen am Strand laufen.« Sie macht ein gespielt verzweifeltes Gesicht. »Eine einzige Katastrophe. Ihr könnt euch das echt nicht vorstellen.«

Oh doch, das können wir. Sogar besser, als uns lieb ist.

»Aber ich dachte, es wäre nur so anstrengend gewesen, weil wir im Sand gejoggt sind«, fährt Chiara fort.

»Wo in Frankreich seid ihr denn gewesen?«, will Noah, der sie interessiert mustert, wissen.

»In Arcachon, an der Dune du Pilat.«

»Hey, da war ich auch schon.« Muss verdammt schön gewesen sein, denn auf einmal beginnen Noahs Augen zu leuchten. »Die größte Wanderdüne Europas. Die Gegend ist der Hammer, oder?«

Der verknackste Knöchel scheint plötzlich komplett vergessen, und die beiden tauschen angeregt Urlaubserinnerungen aus.

Na bitte, geht doch. Warum nicht gleich so?!? Zwar war der Start heute ziemlich holprig, aber dafür läuft es jetzt wie geschmiert.

Natürlich freue ich mich, dass Noah für Chiara nun etwas mehr Interesse – ja, fast schon Begeisterung – zeigt, aber irgendwie bin ich auch etwas enttäuscht von ihm. Dass er sich mit ein paar Komplimenten und Schmeicheleien so leicht einwickeln lässt, hätte ich nicht gedacht. Ich habe angenommen, dass ein Mädchen, das ihn beeindruckt, mehr draufhaben muss, als gut auszusehen und mit den Wimpern zu klimpern. Aber mir soll's recht sein. Das macht die ganze Verkupplungssache leichter. Wenn es weiter so gut läuft, sollte mein Teil des Deals kein Problem sein.

Ich lasse die beiden in Ruhe weiterquatschen und beteilige mich stattdessen lieber an Neles und Kukis Unterhaltung. Die ist ohnehin viel interessanter, denn es geht mal wieder um Handball. Nachdem wir eine Weile über die letzte Saison und den verpatzten Aufstieg der Jungs geredet haben, erzählt Kuki von dem neuen Keeper, der am nächsten Wochenende das erste Mal zum Einsatz kommen soll.

»Mal sehen, was er so draufhat«, sagt Kuki. »Apropos nächstes Spiel …« Ihm scheint gerade etwas Wichtiges eingefallen zu sein. Um Noahs Aufmerksamkeit zu bekommen, bewirft er ihn mit einem Stöckchen, das er vom Boden aufgehoben hat. »Alter, wer hat eigentlich die Trikots nach dem letzten Spiel zum Waschen mitgenommen?«

Das Stöckchen verfehlt knapp sein Ziel, aber als Noah Trikots hört, ist er sofort ganz Ohr. Ein paar wandernde Sanddünen können mit Handball nun mal nicht mithalten. Und Chiara offenbar auch nicht. Aber was nicht ist, kann ja noch werden.

»Der Schröder ist mit Waschen dran«, beantwortet Noah Kukis Frage, nachdem er kurz nachgedacht hat. »Aber wie ich ihn kenne, hängt er die Trikots nur mal kurz zum Lüften in den Garten.« Er zuckt grinsend mit den Schultern. »Egal, so ein bisschen Schweißgeruch wird uns schon nicht umbringen.«

Na wenn er meint ... Mir dreht sich jetzt noch der Magen um, wenn ich daran denke, wie Lukes Nike-T-Shirt gemüffelt hat. Aber offenbar ist der Geruchssinn bei Jungs – womöglich durch ihre eigenen Ausdünstungen – etwas abgestumpft.

»Gewaschen oder ungewaschen, Hauptsache, er denkt daran, die Trikots am Sonntag mitzubringen«, bestätigt Noah meine Theorie.

»Sonntag? Was ist denn am Sonntag?« Chiara richtet sich etwas auf und schiebt ihr Dekolleté nach vorn. Eins muss man ihr wirklich lassen: Beim Flirten hat sie wesentlich mehr Talent und Ausdauer als beim Laufen.

»Ein Trainingsspiel gegen die Löwen«, gibt Noah bereitwillig Auskunft.

»Oh, die Löwen, klingt gefährlich.« Chiara kichert und wickelt sich eine blonde Haarsträhne um ihren Finger. »Da braucht ihr doch sicher viele Fans zur Unterstützung, oder?« Sie sieht Noah abwartend an.

Aber der checkt gar nichts.

»Ach, so wichtig ist das Spiel nun auch wieder nicht.« Noah macht eine wegwerfende Handbewegung und nimmt einen tiefen Schluck von seiner Apfelschorle. »Wie gesagt, nur ein Trainingsspiel. Damit wir nicht aus der Übung kommen. Die neue Saison beginnt erst im September. Bis dahin finden einige Turniere und hin und wieder ein Trainingsspiel statt.«

»Ich würde dich echt gerne mal Handball spielen sehen«, setzt Chiara noch mal nach.

Ach komm schon, Noah, jetzt schnall es endlich! Am liebsten würde ich in die Tischplatte beißen. Schließlich kann ich das Elend nicht länger ertragen und greife ein.

»Dann komm doch einfach mit«, biete ich Chiara, ohne lange nachzudenken, an. »Nele und ich werden uns das Spiel ganz bestimmt anschauen.«

»Ja, komm doch mit. Tolle Idee.« Neles Stimme trieft vor Ironie. Und für den Fall, dass ich etwas schwer von Begriff sein sollte, zeigt sie mir, als Chiara gerade wegsieht, auch noch einen Vogel.

»Sollten wir nicht langsam mal los?«, fragt Kuki, der von alldem nichts mitzukriegen scheint, und streckt sich gähnend.

Noah greift in seine Hosentasche und zieht sein Handy hervor. »Fuck, es ist gleich schon sechs. Ich hab noch jede Menge für die Schule zu erledigen.«

Ich auch. Schließlich muss ich noch ein Referat vorbereiten. Aber das werde ich vor Nele ganz bestimmt nicht laut sagen. Die kriegt ’nen Anfall, wenn sie hört, dass ich die ganze Arbeit allein mache.

»Und ich hab meiner Mutter versprochen, dass ich heute noch einkaufen gehe.« Nele trinkt hastig ihre Apfelschorle aus und springt auf.

Plötzlich haben es alle verdammt eilig, nach Hause zu kommen. In der allgemeinen Aufbruchsstimmung ist keinem von uns aufgefallen, dass Chiara einfach sitzen geblieben ist. Erst als sie sich mit einem leisen Hüsteln bemerkbar macht, fällt mir ihre Verletzung wieder ein.

»Oh shit, dein Fuß.« Unschlüssig begutachte ich ihren Knöchel, der eigentlich ganz normal aussieht. Aber sie kann schließlich am besten beurteilen, ob er noch wehtut. »Was machen wir denn jetzt mit dir, Chiara?«

»Wir können eine Abkürzung nehmen«, schlägt Noah vor, »aber so zehn, fünfzehn Minuten werden wir trotzdem unterwegs sein. Meinst du, du schaffst das?«, fragt er Chiara mit sorgenvoll gerunzelter Stirn.

Nach einem leisen Seufzer und einem gequälten Blick strafft sie kämpferisch die Schultern. »Wenn du mich ein bisschen stützt, wird es schon gehen.«

»Kein Ding. Natürlich helfe ich dir.« Noahs Gesichtsausdruck nach zu urteilen, hat Chiara viel mehr als nur seine Hilfe verdient. Eine Tapferkeitsmedaille wäre das Mindeste.

»Hey Chiara, wie geht's?«, frage ich sie am nächsten Morgen, als wir uns vor dem Unterrichtsbeginn am Vertretungsplan begegnen.

»Bestens.« Sie streicht sich durch ihre langen blonden Haare, die heute besonders lockig über ihre Schultern fallen. Ich vermute, das ist das Werk ihres Curlers oder irgendeines anderen Wundertools, das ich nicht kenne.

»Ist doch mit Noah gestern ganz gut gelaufen, oder was meinst du?«, fragt Chiara mich nach meiner Meinung.

»Ja, ich denke schon. Aber eigentlich wollte ich wissen,

wie es deinem Knöchel geht.« Ich weiß aus eigener Erfahrung, dass Verstauchungen oder Prellungen manchmal mehr wehtun als ein Bruch. Und meistens hat man eine ganze Weile Spaß damit.

»Wie es meinem Knöchel geht?« Chiara sieht mich an, als wüsste sie gar nicht, wovon ich eigentlich rede. Dann scheint es plötzlich bei ihr klick zu machen. »Ach, mein Knöchel!« Sie hebt ein wenig ihren linken Fuß an, der in schicken Sandalen steckt.

War die Verletzung gestern nicht am rechten Fuß? Offenbar können nicht nur Dünen wandern …

»Alles super.« Sie lacht unbekümmert. »Du hast doch gestern nicht tatsächlich gedacht, dass ich mich verletzt habe?«

»Doch, ehrlich gesagt schon.« Ich weiß nicht, ob ich beleidigt oder beeindruckt sein soll. Ihre schauspielerische Leistung war auf jeden Fall grandios.

»Oh, das tut mir leid«, sagt Chiara zerknirscht. »Ich hoffe, du hast dir nicht allzu große Sorgen um mich gemacht.«

»Geht so«, brumme ich immer noch etwas gekränkt.

Ich frag jetzt lieber nicht, was gestern noch alles Show gewesen ist.

Chiara zieht mich in eine ruhige Ecke des Foyers, wo uns keiner zuhören kann.

»Hat Noah irgendwas über mich gesagt?« Sie lechzt förmlich nach Informationen.

»Noah meint, du sollst deinen Fuß am besten tapen«, berichte ich ihr wahrheitsgemäß. »Aber das ist nach deiner wundersamen Blitzheilung ja wohl nicht nötig.«

»Und sonst?«, bohrt Chiara, völlig unbeeindruckt von

meinem Seitenhieb, weiter. »Was hat er sonst noch über mich gesagt?«

Ich wünschte, ich könnte ihr mehr berichten, aber Noah war auf dem Schulweg nicht besonders gesprächig. Obwohl ich mich echt ins Zeug gelegt habe, um ihm ein paar Kommentare über Chiara zu entlocken, war die Sache mit dem Knöchel das Einzige, was aus ihm herauszukitzeln gewesen ist.

Im ersten Moment wirkt Chiara enttäuscht, offenbar hat sie genau wie ich nach dem gestrigen Nachmittag mehr erwartet. Doch dann lacht sie einfach nur. »Na ja, wenn er sich Gedanken um meinen Knöchel macht, kann ich ihm zumindest nicht egal sein.«

»Ganz genau«, stimme ich ihr zu.

So was nenne ich positives Denken! Ob Chiara die gleichen Ratgeber liest wie meine Mutter? Vielleicht sind die beiden ja so etwas wie Seelenverwandte.

»Ach, eine Sache noch.« Als ich gerade gehen will, hält Chiara mich am Ärmel zurück. »Wegen Sonntag … Meinst du nicht, es wäre gut, wenn ich mich etwas auf das Spiel vorbereiten würde?«

Ich verstehe nicht sofort, was sie meint. Will sie vielleicht eine Choreografie als Cheerleaderin einstudieren? Da muss ich sie leider enttäuschen. Auch wenn sie in so einer Cheerleaderuniform bestimmt verdammt sexy aussehen würde: Beim Handball gibt es so etwas normalerweise nicht.

»Na ja, ich will mich schließlich vor Noah nicht noch mal blamieren.« Chiara ist kurz abgelenkt, als sie jemandem am anderen Ende des Foyers zuwinkt, bevor sie mich wieder ansieht. »Wo waren wir gerade? Ach ja, es wäre vermutlich nicht schlecht, wenn ich zumindest ein paar Grundregeln kennen würde. Oder was meinst du?«

»So schwer zu verstehen sind die Regeln wirklich nicht«, versichere ich ihr.

»Das hat Herr Schäfer vor der letzten Mathearbeit auch gesagt, und ich habe trotzdem 'ne Fünf geschrieben.«

»Außerdem hast du ja noch mich«, füge ich beruhigend hinzu, da mir das Argument mit der Mathearbeit einleuchtet.

»Toll. Dann hilfst du mir also?«

»Ja, sicher, aber du kannst die Regeln doch einfach googeln.« Ich stecke meine Hände in die Hosentaschen und wippe etwas ungeduldig auf den Zehenspitzen auf und ab.

»Ach, du weißt doch, wie das mit dem Googeln ist.« Chiara, die kein echter Fan von Internetrecherche zu sein scheint, zieht eine Grimasse. »Haufenweise Infos und jede Menge Schrott, und daraus muss man sich dann erst mal das Wichtigste zusammensuchen.«

Diesen bettelnden Blick kenne ich von Costa, nur dass Chiara sich wohl kaum mit einem Hundekeks oder ein paar Streicheleinheiten zufriedengeben wird.

»Ja, das Internet ist schon eine Zumutung.«

»Aber du kennst dich im Gegensatz zu mir wenigstens aus«, legt Chiara, die meine Ironie offenbar nicht verstanden hat, sich noch mal richtig ins Zeug. »Für dich ist das doch bestimmt ein Klacks.«

Ehe ich michs versehe, habe ich mich von ihr dazu einspannen lassen, so eine Art Handballleitfaden für Dummies zu schreiben. Vielleicht sollte ich diesen Job an Anna weiterdelegieren, die ist doch schließlich für Chiaras Hausaufgaben zuständig. Ich habe da eigentlich gar keinen

Bock drauf. Erst recht nicht, nachdem ich das ganze Bio-Referat allein vorbereitet habe.

Aber was soll's. Beides ist schließlich für einen guten Zweck … Aufgrund meiner mündlichen Mitarbeit, die eigentlich gar nicht vorhanden ist, kann ich in Bio eine gute Note dringend brauchen, und was Noah und das Handballspiel betrifft: Es kann nicht schaden, auf Nummer sicher zu gehen und Chiara so gut wie möglich zu unterstützen. Nicht dass sie womöglich unseren Deal platzen lässt, wenn Noah ihr einen Korb gibt. Obwohl ich mir das beim besten Willen nicht vorstellen kann. Wer weiß, vielleicht hat es bei Noah sogar schon gefunkt, und falls nicht, müssen wir halt noch ein bisschen nachhelfen.

Nach der Schule mache ich mich hochmotiviert an die Arbeit. Für das Bio-Referat, bei dem Chiara ihren Teil erstaunlich flüssig abgelesen hat, haben wir tatsächlich eine Zwei und ein dickes Lob von Frau Kustode bekommen. Zum Glück ist Handball wesentlich spannender als Darwins Evolutionstheorie, und dank Copy und Paste, was mir schon bei so einigen Hausaufgaben das Leben gerettet hat, sind die Handballregeln für Dummies auch ziemlich schnell fertig. Ich drucke das Dokument aus und hefte die fünf Seiten zusammen. Dann schicke ich Chiara eine WhatsApp und frage, ob sie zu Hause ist und ich ihr den Kram schnell mal eben vorbeibringen soll.

Ein Daumen hoch kommt kurz darauf als Antwort.

Natürlich könnte ich Chiara das Dokument einfach

mailen, aber ich habe beschlossen, es ihr lieber persönlich vorbeizubringen. Bei der Gelegenheit kann ich auch gleich Lukes T-Shirt irgendwie in sein Zimmer zurückschmuggeln.

Da ich nun weiß, was mich erwartet, wirkt die Miniaturversion des Weißen Hauses heute längst nicht so einschüchternd auf mich wie beim letzten Mal. Völlig entspannt drücke ich auf den blankpolierten Klingelknopf.

Mein fröhliches Hallo bleibt mir allerdings im Hals stecken, als Luke plötzlich ganz ohne Vorwarnung – wofür haben die denn eine Gegensprechanlage? – vor mir steht.

»Hallo, Charly.« Luke hat Sportsachen an, zu einer schwarzen kurzen Hose trägt er ein blaues Trikot, das farblich exakt zu seinen Augen passt.

»Äh, hi, Luke«, krächze ich und weiß gar nicht, wo ich hinschauen soll. Jedenfalls auf keinen Fall in diese Augen, denn darin saufe ich garantiert ab.

»Du wirkst so überrascht.«

»Ja … nein, also ein bisschen« stammele ich auf dem Sprachniveau einer Vierjährigen. »Mit dir hatte ich jetzt so gar nicht gerechnet.«

Luke zieht grinsend eine Augenbraue in die Höhe und lehnt sich lässig gegen den Türrahmen. »Falls du es noch nicht weißt: Ich wohne hier.«

»Äh ja, stimmt.« Unruhig trete ich von einem Fuß auf den anderen und kämpfe tapfer gegen meinen Fluchtreflex an. »Allerdings wollte ich gar nicht zu dir.«

»Wie schade.«

Meint er das jetzt ernst, oder will er mich hopsnehmen? Auf jeden Fall macht es ihm einen Heidenspaß, mich weiter zappeln zu lassen.

»Ich hab hier was für deine Schwester.« Zum Beweis halte ich meine Tasche in die Höhe und spüre, wie mir die Hitze dabei ins Gesicht steigt. Wenn Luke wüsste, wie nah er seinem Lieblingsshirt in diesem Moment ist … Eigentlich müsste er es sogar riechen können. »Ist Chiara da?«

»Sie hatte noch kurz was zu erledigen, aber ist bald wieder da. Wenn du möchtest, kannst du auf sie warten.« Luke tritt einen Schritt zur Seite, um den Weg für mich frei zu machen.

»Sie hat gesagt, es dauert nicht lang.«

»Ja dann …« Zögernd trete ich ein.

Hat Chiara das vielleicht sogar absichtlich so eingefädelt, damit ich ein paar Minuten mit Luke allein sein kann? Keine schlechte Idee, aber sie hätte mich doch vorwarnen müssen! Dann hätte ich mir vorher ein Gesprächsthema überlegt und ein Fläschchen Beruhigungsmittel auf ex getrunken. Aber jetzt bin ich völlig unvorbereitet.

»Möchtest du was trinken?«, fragt Luke.

»Gerne.« Mein Mund ist wirklich staubtrocken.

Ich folge Luke in die Küche. Allein die Größe ist der helle Wahnsinn, von der Einrichtung und der Ausstattung ganz zu schweigen. In der Mitte des Raumes befindet sich der Herd auf einer riesigen Kochinsel. Entweder ist die Küche sehr neu, oder sie wird selten benutzt, zumindest weist sie kaum Gebrauchsspuren auf. Aber wenn Chiaras Eltern so selten zu Hause sind, wird hier wohl ohnehin nicht oft gekocht. Es sei denn, die Tiedemanns haben eine Haushälterin.

»Kochst du gerne?«, fragt Luke, dem wohl nicht entgangen ist, wie gründlich ich mich umgeschaut habe.

»Hin und wieder«, antworte ich, »und du?«

Luke tut, als würde er angestrengt nachdenken. »Lass mich kurz überlegen. – Nein.« Er grinst. »Nur Teewasser.«

Dann öffnet Luke den riesigen doppeltürigen Edelstahlkühlschrank und reicht mir eine kalte Flasche Cola.

»Bestimmt ist der begehbar, oder?«, scherze ich mit einem Blick auf das Monstrum.

»Na ja, sagen wir mal, es fehlt nicht viel.«

Luke streicht sich eine Haarsträhne hinters Ohr und lacht. Dann schwingt er sich lässig auf einen der vier Barhocker, die an einer Theke aufgereiht sind. Bei seinen langen Beinen ist das natürlich ein Kinderspiel. Er klopft auffordernd auf die Sitzfläche des Barhockers rechts neben sich und gibt mir zu verstehen, dass ich mich zu ihm setzen soll.

Ob das so eine gute Idee ist, wage ich zu bezweifeln. Wahrscheinlich wäre es besser, wenn ich in Lukes Gegenwart sicheren Boden unter den Füßen behalten würde. Abwartend sieht er mich an. Ich stelle meine Tasche ab, halte mich an der Theke fest und erklimme mit zittrigen Knien den Barhocker. Als ich schließlich sitze, kommt es mir so vor, als hätte ich den Mount Everest bezwungen. Puh, und das, ohne mich zu blamieren!

In diesem Moment höre ich draußen im Flur einen Schlüssel klimpern. Kurz darauf nähern sich Schritte, und Chiara taucht in der Küche auf.

»Hallo ihr beiden.« Übermütig schwenkt sie ein kleines Papiertragetäschchen, das den Aufdruck einer Parfümerie trägt. »Ich hoffe, du bist nicht böse, dass du warten musstest, Charlotte, aber es gab einen kleinen Notfall, und ich musste dringend etwas besorgen.«

Da nicht anzunehmen ist, dass die teuerste Parfümerie des Ortes seit Neuestem Tampons im Sortiment hat, frage ich mich, um welche Art Notfall es sich wohl gehandelt hat.

Chiara schlüpft aus ihren Ballerinas und kickt sie achtlos zur Seite. Dann hebt sie ihren rechten Fuß und wackelt demonstrativ mit den Zehen. Alles klar, jetzt habe ich verstanden, wo das Problem liegt. Während zwei Zehennägel in grellem Pink erstrahlen, ist der Rest ihrer Fußnägel unlackiert.

»Zum Glück hatten sie die richtige Nagellackfarbe da.« Chiara macht ein Gesicht, als wäre sie dem Tod gerade noch mal so von der Schippe gesprungen. »Beim letzten Mal mussten sie ihn erst bestellen.«

»Nein, sag bloß!« In gespieltem Entsetzen schlägt Luke sich die Hände vors Gesicht. »Wie konnte das nur passieren?«, macht er sich über seine Schwester lustig.

»Ach, halt die Klappe, Blödmann«, sagt Chiara zu ihrem Bruder, dann wendet sie sich an mich. »Hast du mir Lesestoff mitgebracht?«

»Jepp. Ist hier drin.« Ich zeige auf die Tasche, die ich neben meinem Barhocker abgestellt habe.

Chiara macht einen Schritt darauf zu. Ach du Scheiße! Wenn sie jetzt nach der Tasche greift und sie öffnet, bin ich geliefert.

Sie kommt noch etwas näher. Mein Herzschlag beschleunigt sich, und ich überlege panisch, was ich tun kann, um die drohende Katastrophe in letzter Sekunde abzuwenden. Irgendwie muss ich Chiara ablenken. Bloß wie? Mein Blick fällt auf die Cola in meiner Hand. Gerade will ich einen ordentlichen Schwall der klebrigen Flüssigkeit verschütten, als Luke mir unerwartet zur Hilfe kommt.

»Seit wann liest du denn, Schwesterchen?«, fragt er und beäugt Chiara wie eine Außerirdische, die vom Himmel gefallen und geradewegs in dieser Küche gelandet ist. »Ich wusste nicht einmal, dass du es kannst.«

»Tja, so ein pseudointellektuelles Getue wie du habe ich halt nicht nötig«, giftet Chiara zurück. Während des kleinen Schlagabtauschs scheint sie meine Tasche zum Glück vergessen zu haben. Sie macht ein paar Schritte zurück und lehnt sich mit verschränkten Armen gegen die Kochinsel in der Mitte des Raumes.

Erleichtert atme ich auf, für den Moment ist die Gefahr abgewendet.

»Du liest gerne?«, frage ich Luke.

Er nickt. »Du klingst so überrascht.«

»Ein bisschen.«

»Warum?« Er hört sich nicht beleidigt an, sondern einfach nur interessiert.

Ich winde mich unter seinem forschenden Blick und wäre dabei um ein Haar von meinem Barhocker gerutscht. In letzter Sekunde gelingt es mir, mich an der Theke festzuhalten. Während ich versuche, wieder eine halbwegs sichere Sitzposition einzunehmen, bin ich nicht ganz bei der Sache.

»Also, warum überrascht es dich, dass ich gerne lese?«, wiederholt Luke seine Frage.

»Weil ich in deinem Zimmer keine Bücher gesehen habe«, antworte ich, ohne vorher mein Hirn einzuschalten.

Luke und Chiara schauen mich irritiert an.

Shit!

»Das ist so ein Tick von mir«, versuche ich zu retten, was noch zu retten ist, und reite mich dabei immer tiefer in die Scheiße.

Super, Charly! Ein schöner Tick, durch anderer Leute Häuser zu laufen und in fremden Zimmern herumzuschnüffeln. Bestimmt steht Luke auf Mädchen, die 'nen Dachschaden haben.

Ich räuspere mich verlegen, dann spinne ich meine Story aus purer Verzweiflung weiter: »Als ich in eurem Badezimmer gewesen bin, habe ich mir versucht vorzustellen, wie die übrigen Räume wohl aussehen. Natürlich auch dein Zimmer. Und dabei habe ich keine Bücher gesehen.« Mit einem nervösen Lachen zucke ich die Schultern. »Aber vielleicht liege ich ja auch völlig daneben.«

»Nein, du hast tatsächlich recht.« Luke lacht nun ebenfalls. »Ich habe einen E-Reader. Aber du scheinst echt Talent zu besitzen. Wie hast du dir mein Zimmer denn sonst noch so vorgestellt? Kannst du mir vielleicht auch sagen, was sich *in* meinem Schrank befindet?«

Oooh, ganz schlechtes Thema. Zumindest kann ich ihm sagen, welches T-Shirt sich NICHT darin befindet. Schon wieder merke ich, wie mir die Hitze ins Gesicht steigt, und ich muss mich beherrschen, nicht sofort vom Hocker zu springen und nach meiner Tasche zu greifen.

»Sooo gut ist meine Vorstellungskraft leider auch wieder nicht.«

»Okay, dann bleiben wir halt bei den Büchern.« Luke stützt sich mit dem Ellenbogen entspannt auf der Theke ab und nimmt einen Schluck Cola. »Was liest du denn so?«

»Am liebsten Krimis.«

»Cool, ich auch.«

Während Chiara gelangweilt durch die Küche schlendert und sich am Kühlschrank zu schaffen macht, quatschen Luke und ich ein bisschen über die Bücher, die wir in letzter Zeit gelesen haben, und stellen fest, dass wir sogar ein paar gemeinsame Lieblingsautoren haben. Wer hätte das gedacht!

Insgeheim muss ich zugeben, dass es noch einen anderen Grund gibt, warum ich mir nicht vorstellen konnte, dass Luke gerne liest. Aber den zu sagen wäre mindestens genauso peinlich gewesen wie die Sache mit dem Zimmer. Ich habe es ihm einfach nicht zugetraut. Was natürlich völliger Blödsinn ist. Nur weil er in Mathe und Geschichte schlechte Noten schreibt, heißt das noch lange nicht, dass er nichts in der Birne hat. Trotzdem macht ihn dieses Hobby für mich noch ein bisschen attraktiver.

»Hat einer von euch Hunger?«, fragt Chiara, die aus einer der Küchenschubladen ein buntes Faltblättchen hervorgezogen hat. »Lasst uns doch Pizza bestellen.«

Luke schaut auf seine Smartwatch. »Könnt ihr gerne machen, aber ich muss los zum Training.«

»Und ich muss nach Hause«, sage ich bedauernd. »Unser Hund war noch nicht draußen.«

Umständlich klettere ich von meinem Barhocker runter und bin froh, als ich wieder sicheren Boden unter den Füßen habe.

»Ciao, bis bald mal«, verabschiedet sich Luke von mir.

»Ciao.«

Nun sind Chiara und ich allein in der Küche. Wir warten noch zwei, drei Minuten, bis wir sicher sind, dass Luke uns nicht mehr hören kann, dann fangen wir beide gleichzeitig an zu kreischen.

Chiara hält mir die erhobene Hand hin, und ich schlage ein.

»Nice!«, freut sich Chiara. »Also ich persönlich fand euer Gespräch ja sterbenslangweilig, aber was soll's. Hauptsache, ihr habt euch gut unterhalten.«

»Die Idee mit dem Nagellack war genial«, lobe ich Chiara und deute mit dem Kinn auf das Parfümerietütchen, das sie auf der Theke abgestellt hat.

»Ich enttäusch dich ja nur ungern, aber mir ist tatsächlich der Nagellack ausgegangen.« Sie tippt mir mit der Speisekarte des Pizzadienstes auf die Brust. »Ach so, was ist denn jetzt mit den Handballregeln?«

Ich öffne meine Tasche nur einen winzigen Spalt, damit Chiara Lukes T-Shirt nicht sehen kann, und nestele umständlich die Blätter hervor.

»Ach du Scheiße, so viel?!?«, quietscht Chiara entsetzt auf. »Wie kompliziert ist diese blöde Sportart denn?«

»Na ja, ein paar Regeln gibt es schon. Und ich habe auch wirklich nur die wichtigsten zusammenkopiert. Aber du wirst sehen, so schwer zu kapieren ist das nicht.«

»Wehe, das stimmt nicht.« Chiara betrachtet die Zettel in ihrer Hand so skeptisch, als hätte ich ihr einen dicken Wälzer über Quantenphysik aufs Auge gedrückt.

Drei Tage später hat Chiara die Möglichkeit, beim Spiel gegen die Löwen mit ihrem Wissen zu glänzen.

»Willst du eine Klatsche?«, frage ich sie, nachdem wir uns auf der nur spärlich besetzten Tribüne einen Platz gesucht haben.

»Hä?« Chiara rutscht ein Stück von mir weg. »Was habe ich dir getan? Willst du mir etwa eine runterhauen?«

»*Das* ist eine Klatsche.« Lachend halte ich eine bunt bedruckte, gefaltete Pappe in die Höhe und zeige ihr, wie sie damit ein lautes Klatschgeräusch erzeugen kann.

Chiara zieht einen Schmollmund. »Na toll, davon stand nichts in deinen Regeln.«

Nach der ersten Halbzeit frage ich mich, ob Chiara MEINE Regeln überhaupt gelesen hat. Mit ihren Fragen treibt sie Nele fast in den Wahnsinn. Und fast jede ihrer Fragen beginnt wie bei einem Kindergartenkind mit warum.

»*Warum* durfte der Spieler mit der Nummer neun nicht in den Kreis springen?«

»*Warum* haben die Zuschauer sich gerade über den Schiri beschwert?«

»*Warum* haben die Gegner denn jetzt einen Spieler mehr als wir?«

»*Warum* kann sie nicht einfach mal die Klappe halten?«, flüstert Nele mir zu und verdreht die Augen.

Unsere Jungs gewinnen das Spiel hochverdient mit 36:30 Toren. Als sie mit feuchten Haaren nach dem Duschen aus der Umkleidekabine kommen, werden sie von uns entsprechend gelobt.

»Ihr habt super gespielt.« »Von mir ganz klar ein Daumen hoch.« »Bei euren Tempogegenstößen konnte man gar nicht so schnell gucken, wie ihr nach vorne gerannt seid.«

»Du hast mega gut verteidigt, Kuki. Und dein Freiwurftor, Noah, war echt der Hammer«, schwärmt Nele. »Ich wusste, dass du nach links oben wirfst. Da triffst du immer.«

»Und wie du den Elfmeter verwandelt hast – Wahnsinn!«, schließt sich Chiara unserer Lobeshymne an.

Während Nele sich vor Lachen kaum einkriegt, bleibt Noah völlig ernst.

»Ach, du meinst bestimmt den Elfmeter, den ich von der Siebenmeterlinie aus geworfen habe.« Um seine Mundwinkel zuckt es verräterisch.

»Oooh, das waren nur sieben Meter?« Chiara lacht unbekümmert. »Mir kam es viel weiter vor.«

»Wollen wir noch irgendwo 'nen Burger essen gehen?«, unterbricht Kuki, der von morgens bis abends essen könnte, die professionelle Spielanalyse.

Sein Vorschlag wird einstimmig angenommen.

Nachdem wir uns bei McDonald's an der Theke mit Burgern und Pommes eingedeckt haben, steuern wir einen Tisch am Fenster an. Nele und Kuki setzen sich auf eine Bank, und Chiara nimmt wie selbstverständlich den Platz neben Noah auf der Bank gegenüber. Für mich bleibt nur der einzelne Stuhl am Kopfende. Plötzlich komme ich mir wie das fünfte Rad am Wagen vor.

Chiara ist in Höchstform und flirtet heftig mit Noah. Dem scheint's zu gefallen, zumindest leistet er keine Gegenwehr, als sie bestimmt schon zum vierten Mal an diesem Abend ihre Hand auf seinen Arm legt. Sie wird wohl kaum ihre fettigen Finger an seiner Jacke abwischen. Ich finde diese Anmache ein bisschen plump, aber mich fragt ja keiner. Eigentlich spricht sowieso niemand mit mir.

Kuki und Nele schmachten sich über ihre Burger hinweg an, und Noah ist die meiste Zeit mit Chiara beschäftigt.

»Willst du mal probieren?« Sie schiebt ihm eine ihrer Fritten in den Mund. »Und?«

»Lecker«, nuschelt Noah mit vollem Mund.

Als ob er bei McDonald's noch nie Pommes gegessen hätte!

Als Chiara nach dem Essen kurz zur Toilette geht und Nele und Kuki gerade mal wieder mit sich selbst beschäftigt sind, beugt Noah sich zu mir rüber. »Du hattest recht, sie ist wirklich gar nicht so übel«, sagt er mit gedämpfter Stimme.

»Sag ich doch«, brumme ich.

»Und warum bist du so mies drauf?«, fragt Noah lächelnd. Man könnte fast meinen, er freut sich über meine schlechte Laune! Aber bestimmt ist er einfach nur happy, weil Chiara so viel mit ihm flirtet.

»Ich bin nicht mies drauf.« Aber da mein gereizter Ton mich definitiv verraten hat, lenke ich schnell ein: »Na ja, vielleicht ein bisschen.«

Ich weiß selbst nicht so genau, warum ich auf einmal so genervt bin. Am Burger liegt es definitiv nicht, der war in Ordnung. Wahrscheinlich ärgere ich mich darüber, dass ich mir die Arbeit mit den Handballregeln völlig umsonst gemacht habe. Ich könnte wetten, dass Chiara noch nicht mal reingeguckt hat. Was aber im Grunde völlig egal ist, denn Noah hat es überhaupt nicht gestört, dass sie in Sachen Handball komplett ahnungslos ist. Eigentlich also ein Sieg auf der ganzen Linie. Aber die erwartete Hochstimmung bleibt irgendwie aus.

Zu Hause ziehe ich Bilanz. Blöder Tag. Alle fünf

Gummibärchen, die ich, als Noah nach dem Spiel eine Tüte rumgereicht hat, heimlich gebunkert habe, befinden sich noch in meiner linken Tasche. Aber ich versuche es positiv zu sehen: Immerhin habe ich keins davon unterwegs verloren. Das ist gut! Gierig stopfe ich alle fünf Gummibärchen auf einmal in den Mund – und meine Laune hebt sich sofort wieder ein bisschen.

Kapitel 8

»Ich weiß ja nicht, wie du das siehst, aber ich finde, wir sollten mal langsam etwas Gas geben.« Chiara, die neben mir den Schulflur entlangläuft, sieht mich abwartend an.

»Wenn's sein muss«, antworte ich lustlos, ohne mein Tempo zu beschleunigen. Stattdessen bleibe ich sogar kurz stehen, um mir ein Plakat zum Thema Suchtprävention anzusehen, das neu an der Wand hängt. In der nächsten Stunde haben wir Deutsch, darum ist es mir ein Rätsel, warum Chiara es so eilig hat.

»Du kannst es wohl gar nicht erwarten, von der Rosenstolz gequält zu werden«, brumme ich und werfe ihr einen irritierten Seitenblick zu.

»Ach, Schwachsinn. Vergiss die Rosenstolz.« Chiara wedelt mit ihrem Deutschbuch wie mit einer Fliegenklatsche in der Luft herum. »Ich meine, dass wir bei Noah und Luke langsam mal ein bisschen vorankommen müssen.«

»Wenn du meinst«, antworte ich zögernd und setze

mich wieder in Bewegung. »Eigentlich läuft es doch gar nicht so schlecht.«

Mir schießt durch den Kopf, was Noah neulich nach dem Handballspiel über Chiara gesagt hat. *Gar nicht so übel.* Ein echter Fortschritt. Allerdings wage ich zu bezweifeln, dass Chiara das bei dieser Formulierung genauso sehen würde. Und was Luke und mich betrifft: Wenn wir uns in der Schule zufällig über den Weg laufen, sagt er mir tatsächlich Hallo. Aber so ein richtiger Durchbruch ist das natürlich noch nicht. Ich hoffe also weiter auf die Party, aber bis dahin ist es dummerweise noch ein Weilchen hin.

»Okay, du hast recht, lass uns versuchen, die Sache zu beschleunigen«, sage ich zu Chiara. »Hast du schon 'ne Idee?« Weil ich wegen der vielen Bücher und Hefte die Hände nicht frei habe, stoße ich die gläserne Flurtür mit dem Oberarm auf.

Chiara schlüpft nach mir durch die Tür, ohne sie für den nächsten Schüler aufzuhalten. Der bekommt sie fast vor die Nase, aber davon scheint sie überhaupt nichts mitzukriegen.

»Jepp. Natürlich habe ich schon eine Idee: ein Viererdate.« Sie schaut mich erwartungsvoll an.

»Wie stellst du dir das vor? Ein Viererdate setzt ja normalerweise voraus, dass sich jeweils zwei der Beteiligten *daten.*«

»Ganz genau oder so wie bei uns. Du und Noah mit eurer komischen Freundschaftskiste, und ich und Luke, weil wir nun mal Geschwister sind.«

»Luke und ich«, korrigiere ich Chiara automatisch. Der Esel nennt sich immer zuerst.

»Ja, ja, Luke und du, ich und Noah … das ist das Ziel. Ich weiß. Dafür machen wir das alles schließlich.«

»Du glaubst doch nicht im Ernst, dass Noah und Luke bei so einer Verabredung nicht misstrauisch werden«, gebe ich zu bedenken.

»Na ja, etwas geschickter müssen wir das Ganze schon einfädeln.« Chiara bleibt stehen, als wir den Klassenraum erreicht haben. Bevor sie nach der Klinke greift, dreht sie sich noch mal zu mir um. »Lass mich nur machen.«

**

Ein paar Stunden später, als ich gerade mit Costa Gassi gehe, ruft Chiara mich auf meinem Handy an.

»So, es ist alles geregelt«, überfällt sie mich ohne eine Begrüßung. »Ich habe für morgen Abend bei Lorenzo für neunzehn Uhr einen Tisch für vier Personen reserviert.«

»Pfui«, rufe ich und zerre an Costas Leine, um ihn von einem alten Salamibrot wegzuziehen, das mitten auf dem Weg liegt.

»Wie jetzt? Sag bloß, du magst keine Pizza.« Für einen Moment habe ich Chiara aus dem Konzept gebracht.

»Doch, doch, natürlich mag ich Pizza. Ich hab mit Costa gesprochen.«

»Na dann ist ja alles bestens«, sagt Chiara und kommt auf das ursprüngliche Thema zurück. »Luke weiß schon Bescheid.«

»Er weiß Bescheid? Dass wir zusammen Pizza essen gehen?«, frage ich etwas verwirrt. Ich muss mich erst mal sortieren, das geht mir irgendwie alles ein bisschen zu schnell.

»Natürlich nicht. Er glaubt, dass er mit *mir* zu Lorenzo geht. Ich habe gesagt, dass wir uns langsam mal um die Partyplanung kümmern müssen. Gästeliste, was wir einkaufen müssen und der ganze Kram. Und wenn's was zu futtern gibt, ist mein Bruderherz sowieso immer ganz vorne mit dabei.« Chiara macht kurz Pause, um Luft zu holen, dann rattert sie wie ein Maschinengewehr weiter: »Also, ich werde um sieben mit Luke zwecks Partyplanung bei Lorenzo sitzen, und dann kommst du, natürlich ein paar Minuten später, mit Noah ganz zufällig auch in die Pizzeria. Wir werden dann beide völlig überrascht tun, und ich werde fragen, ob ihr euch nicht zu uns setzen wollt. Und dann werden wir einen superromantischen Abend beim Italiener haben. Capito?«

»Si«, antworte ich wie betäubt von Chiaras Redeschwall.

»Jetzt musst du nur noch dafür sorgen, dass Noah auch kommt.«

»Nur noch ...«, wiederhole ich matt. Ich habe das Gefühl, von einem Tornado erfasst und mitgeschleift worden zu sein. »Und wenn Noah morgen Abend keine Zeit hat?«

»Dann wirst du ihn eben davon überzeugen, seine Pläne zu ändern.«

Zum Glück ist das gar nicht nötig. Denn als ich Noah vorschlage, morgen mit mir Pizza essen zu gehen, ist er sofort einverstanden und steht am nächsten Tag überpünktlich auf der Matte, um mich abzuholen.

»Du bist zu früh«, schimpfe ich, als ich die Tür aufmache. Mist, nun gerät Chiaras und mein sorgfältig ausgetüftelter Zeitplan durcheinander.

Noahs Augenbrauen zucken überrascht nach oben. »Besser zu früh als zu spät, oder? Falls du noch nicht fertig bist, kann ich auch warten.«

Er mustert mich ausgiebig. Vor allem mein Gesicht. Stimmt etwas nicht damit?

»Wenn mich nicht alles täuscht, *bist* du fertig. Du siehst super aus.«

»Schleimer.« Ich lache erleichtert.

Während Noah sein T-Shirt gegen ein Jeanshemd eingetauscht hat, sehe ich, abgesehen von ein bisschen Wimperntusche und Lipgloss, genauso aus wie heute Vormittag in der Schule. Schließlich möchte ich nicht, dass Luke denkt, Noah und ich hätten ein richtiges Date. Trotzdem freue ich mich über Noahs Kompliment.

»Das sagst du doch nur, damit ich aufhöre rumzutrödeln.«

»Nein, das stimmt nicht«, antwortet Noah ernst, dann breitet sich jedoch ein Grinsen auf seinem Gesicht aus. »Aber wenn es so wäre, müsstest du zugeben, dass es funktioniert hat.«

Ich tue so, als würde ich meinen Haustürschlüssel suchen, und schinde auf diese Weise noch ein kleines bisschen Zeit. Dann machen wir uns zu Fuß auf den Weg. Zum Glück ist es trocken, denn eigentlich waren für den Abend Gewitter angesagt.

»Ich hab schon richtig Bock auf Lorenzos Pizza.« Noah

reibt sich den Bauch. »Das haben wir viel zu lange nicht mehr gemacht.«

Da wir auf gar keinen Fall jetzt schon in der Pizzeria aufkreuzen können, mache ich den Vorschlag, vorher noch eine Runde durch den Park zu drehen.

»Okay, wenn du meinst.« Obwohl wir den Park ohnehin durchqueren müssen, scheint Noah über ein paar Extrameter nicht so richtig begeistert zu sein. »Macht man den Verdauungsspaziergang nicht normalerweise nach dem Essen?«

»Ein bisschen Bewegung macht Appetit.«

»Glaub mir, den hab ich auch so. Der Fraß in der Cafeteria war heute wieder unter aller Sau.« Noah tut so, als müsste er sich übergeben.

Als wir gerade in den Park einbiegen, kündigt der Signalton meines Handys das Eintreffen einer Nachricht an. Sie ist von Chiara: *Sorry, wir verspäten uns. Kannst du Noah noch etwas hinhalten?*

So viel zu ihrem tollen Plan. Bis jetzt läuft die Operation Viererdate nicht wirklich rund.

Ich versuch's, schreibe ich zurück und stecke das Handy schnell wieder in die Tasche.

»Komm, lass uns noch 'ne Runde um den Weiher drehen«, sage ich zu Noah und hake mich bei ihm ein, damit er nicht abhauen und schnurstracks zu Lorenzo rennen kann. »Die Enten haben Junge bekommen. Die sind soooo süß, die musst du dir einfach ansehen.«

Nachdem wir den Weiher einmal umrundet haben – die angekündigte Entenfamilie, von der ich nicht einmal weiß, ob sie existiert, hat sich nicht blicken lassen – schiele ich unauffällig auf meine Armbanduhr. Gerade mal vier Minuten hat die Extrarunde gedauert.

Ich soll Noah noch *etwas* hinhalten, hat Chiara mir geschrieben. Na, die ist vielleicht witzig. Geht's noch etwas konkreter?! Mein Gefühl sagt mir, dass »etwas« in Chiaras Zeitrechnung unter Umständen um einiges länger dauern könnte als in meiner, und ich beschließe, lieber auf Nummer sicher zu gehen.

»Komisch. Die Entenküken müssen sich irgendwo am Ufer versteckt haben. Komm, lass uns noch mal nachsehen.«

Dieses Mal schlendere ich bewusst langsam und tue so, als würde ich die mit Büschen und Pflanzen bewachsene Uferböschung mit den Augen absuchen.

»Hör mal, niedliche Entenbabys hin oder her, ich hab einen Mordskohldampf«, murrt Noah, der langsam die Geduld verliert. »Ich kann echt für nichts garantieren. Wenn ich noch lange durch den Park latschen muss, schnappe ich mir deine Entenküken und brate sie über dem Feuer.«

»Sagt der, der früher auf dem Weg zur Schule Kröten über die Straße getragen hat, damit sie nicht überfahren werden«, ziehe ich Noah auf.

»Und dafür habe ich zu Hause jede Menge Ärger bekommen, weil ich zu spät zum Unterricht gekommen bin. Heute wäre meinen Eltern das scheißegal, sie sind viel zu sehr mit sich selbst beschäftigt. Bevor ich vorhin aus dem Haus gegangen bin, sind bei uns schon wieder die Fetzen geflogen.« Mit einem schiefen Grinsen zuckt Noah mit den Schultern. »Deshalb war ich so früh. Ich hatte einfach keine Lust mehr, mir das anzuhören.«

»Scheiße. Muss echt ein ätzendes Gefühl sein.« Ich drücke tröstend seinen Arm, den ich immer noch festhalte. Nur so zur Sicherheit …

»Wenn das so weitergeht, lassen sie sich bestimmt bald scheiden.« Noah starrt auf das Wasser. Seine braunen Augen wirken auf einmal dunkler, und von den goldenen Sprenkeln ist nichts mehr zu sehen. Mir tut Noah total leid, und ich überlege angestrengt, wie ich ihn aufheitern kann, doch da redet er schon weiter. »Ich meine, manchmal ist es bestimmt besser, wenn ein Paar sich trennt. Aber meine Eltern? Ich kann das irgendwie immer noch nicht richtig glauben.«

Noah beginnt von seiner Kindheit zu erzählen, von gemeinsamen Urlauben mit seinen Eltern in Holland, davon, wie sie gemeinsam versucht haben, eine Sauna im Garten zu bauen, die schließlich als Brennholz im Kamin gelandet ist, von gemeinsamen Weihnachtsfesten und wie sein Vater seiner Mutter das Segeln beibringen wollte.

»Meine Mum hat immer Backbord und Steuerbord verwechselt. Und dann haben sie sich zusammen darüber fast totgelacht.« Noahs Blick geht ins Leere. »Ich finde, sie waren immer ein tolles Team. Und sie haben so glücklich zusammen ausgesehen.«

»Ja, da hast du recht«, stimme ich Noah zu.

»Du warst doch so oft bei uns. Ist dir da in letzter Zeit irgendwas aufgefallen?«

Verdammt, ich hätte es kommen sehen müssen. Warum habe ich nicht schon viel früher das Thema gewechselt? Nun muss ich Noah, wenn ich ihn nicht anlügen will, von der fremden Frau erzählen.

Einen richtigen Zeitpunkt für so etwas gibt es ohnehin

nicht. Außerdem habe ich das schon viel zu lange für mich behalten. Ich gebe mir innerlich einen Ruck, und dann erzähle ich. Davon, wie ich ihn eigentlich nach den Unterlagen für das Bio-Referat fragen wollte, aber dann nur seinen Vater und diese Frau angetroffen habe. Und wie merkwürdig die ganze Situation war. »Vielleicht habe ich da ja auch was falsch verstanden, und in Wirklichkeit ist alles ganz harmlos«, schiebe ich noch hinterher. Es ist schließlich alles möglich.

»Ja, vielleicht«, sagt Noah, aber man hört deutlich, dass er daran genauso wenig glaubt wie ich.

»Komm, ich hab dich lang genug mit den Problemen meiner Alten gelangweilt, lass uns zu Lorenzo gehen.«

»Sicher?«, frage ich und denke an Chiara und Luke. »Wir können auch ein andermal Pizza essen gehen, wenn dir jetzt nicht danach ist.«

»Bist du verrückt? Dann muss ich womöglich wieder so lange um den Weiher latschen.«

»Du Armer.« Da ich genau weiß, wie sehr ihn die Situation zu Hause belastet, klingt es ernster als beabsichtigt.

Den Rest des Weges legen wir schweigend zurück.

Als wir das Lokal betreten, kommt es mir mal wieder so vor, als wären wir plötzlich in Italien. In gemütlichen Nischen stehen kleine Tische mit rot-weiß karierten Tischdecken, darauf befinden sich Kerzen in leeren Weinflaschen, die Wände sind mit Fischernetzen und Gemälden von italienischen Landschaften dekoriert, und im Hintergrund läuft leise italienische Musik. Und wenn man genau hinhört, kann man bestimmt das Meer rauschen hören.

Wie immer werden wir von Lorenzo persönlich begrüßt. Der scheint vor Fröhlichkeit mal wieder überzuschäumen wie eine gut geschüttelte Colaflasche und begrüßt uns freudestrahlend mit seinem italienischen Akzent. »Ciao bella, ciao bello. Schön, dass ihr mal wieder Gast bei Lorenzo seid. Wie lange ist es her, hm?« Und bevor einer von uns die Frage beantworten kann, erledigt er das selbst: »Ist viel zu lange her, amici. Tisch für zwei?«

Lorenzo zeigt auf einen kleinen, gemütlichen Tisch in einer Nische. Eigentlich perfekt, und einen kurzen Moment lang stelle ich mir vor, wie schön es wäre, einfach ganz entspannt mit Noah hier zu sitzen und eine Pizza zu mampfen. Bei ihm muss ich mir nie Gedanken machen, ob ich etwas Falsches sage oder ob ich vielleicht was zwischen den Zähnen hab. Da fällt mir ein: *Bloß keine Pizza Spinaci bestellen.*

Ich gebe mir innerlich einen Ruck und besinne mich auf Chiaras und meine gemeinsame Mission.

»Ist vielleicht weiter hinten noch was frei?«, frage ich Lorenzo. »Ich find den Tisch irgendwie … ein bisschen düster.« *Echt jetzt, was Besseres fällt mir nicht ein?*

Noahs Augenbraue zuckt kurz nach oben, und auch Lorenzo sieht für einen Moment etwas verwirrt aus, denn eigentlich ist das Noahs und mein Stammplatz.

Aber entweder Lorenzo traut seinem eigenen Erinnerungsvermögen nicht mehr, oder er ist durch die verrückten Wünsche seiner Gäste so abgehärtet, dass ihn nichts mehr erschüttern kann. »Null problemo. Dann bekommt ihr einen anderen Tisch.«

Als wir hinter Lorenzo herdackeln, entdecke ich weiter hinten im Restaurant tatsächlich Chiara und Luke. Wir nähern uns ihrem Tisch, und innerlich bereite ich mich schon mal darauf vor, Überraschung zu heucheln.

»Charly, hey.« Chiara springt auf und umarmt mich so überschwänglich, als hätten wir uns seit Wochen nicht mehr gesehen. Dann ist Noah an der Reihe. Genau wie ich bekommt er ein Küsschen rechts und ein Küsschen links auf die Wange gehaucht. »Gleiches Recht für alle«, sagt Chiara mit einem Lächeln.

»Was macht ihr denn hier?«, frage ich und kann selbst nicht glauben, was für einen Bullshit ich von mir gebe. Was soll man in einer Pizzeria schon machen?!?

»Wollt ihr euch nicht zu uns setzen?« Chiara, die meine Frage netterweise einfach ignoriert, zeigt auf die beiden freien Stühle an ihrem Tisch.

Noah sieht mich unsicher an. »Eigentlich dachte ich, wir beide wollten …«

Chiara, die garantiert mit mehr Begeisterung gerechnet hat, sieht im ersten Moment ein bisschen angepisst aus. Doch sie fängt sich schnell wieder und sagt augenzwinkernd: »Wir möchten euch natürlich nicht stören. Falls ihr ein romantisches Candle-Light-Dinner geplant habt …«

»Quatsch, natürlich nicht«, erkläre ich mit einem schnellen Seitenblick zu Luke, der außer Hallo bis jetzt noch nichts gesagt hat, hastig. »Wir hatten nur mal wieder Bock auf Lorenzos Pizza.«

»Ja, wenn das so ist, dann macht es euch gemütlich«, sagt Chiara mit einer einladenden Geste.

Es ergibt sich ganz von allein, dass Noah den Stuhl neben Chiara nimmt und ich neben Luke sitze. Perfekt! Die Schmetterlinge in meinem Bauch feiern eine ausgelassene Party und veranstalten eine La-Ola-Welle nach der anderen. Aber wie soll ich eigentlich in Lukes Nähe auch nur einen Bissen, geschweige denn eine ganze Pizza runterkriegen? Na ja, darum kümmere ich mich später. Jetzt geht es erst einmal darum, eine Unterhaltung in Gang zu bringen.

Zum Glück ist Chiara eine Weltmeisterin im Smalltalk. Geschickt leitet sie von einem Thema zum nächsten über: die Sommerferien, die geplante Schulrenovierung, das neue Sportgeschäft in der Fußgängerzone und natürlich die anstehende Party.

Während Luke und ich zu allem unseren Senf dazugeben und beim Thema Schulrenovierung eine heftige Diskussion darüber entbrennt, ob Wandgemälde auf der Schultoilette eine gute Sache oder im wahrsten Sinne des Wortes eine Scheißidee sind – Chiara findet es gut, Luke und ich halten es für eine Scheißidee –, ist Noah auffallend ruhig, antwortet nur einsilbig oder mit einem lustlosen Schulterzucken.

Mist, so hat Chiara sich unser Viererdate ganz bestimmt nicht vorgestellt. Ich fühle mich irgendwie schuldig, und in gewisser Weise bin ich es wohl auch. Hätte ich Noah nicht von der fremden Frau bei ihm zu Hause erzählt, wäre er jetzt bestimmt nicht so mies drauf.

Erst als die Kellnerin an unseren Tisch kommt, bricht ein richtiger Redeschwall aus ihm heraus: »Könnten Sie mir wohl bitte noch eine Cola bringen?«

Wahnsinn! So viel hat er den ganzen Abend noch nicht gesagt. Und dann auch noch in einem ganzen zusammenhängenden Satz.

Chiara gibt wirklich ihr Bestes, Noah in unser Gespräch miteinzubeziehen. Aber irgendwann hat auch sie die Nase voll, ihm jedes Wort einzeln aus der Nase zu ziehen. Sichtlich verstimmt beginnt sie, an ihrer Papierserviette herumzufalten. Ohne ihre brillanten Fähigkeiten als Talkmasterin gerät das Gespräch plötzlich ins Stocken.

Kurz gesagt: Die Stimmung ist im Arsch. Während ich mir das Hirn darüber zermartere, wie der Abend noch zu retten ist, angele ich zwei Zahnstocher aus dem Aufsteller auf dem Tisch und zerbreche sie gedankenverloren in kleine Stücke. Aber in meinem Kopf herrscht nur Leere.

Zum Glück kommt kurz darauf unser Essen.

Nachdem wir eine Weile stumm auf unserer Pizza herumgekaut haben, bricht Luke zum Glück das Schweigen. »Boah, ist die scharf«, ächzt er. Als ich ihn ansehe, stehen ihm sogar kleine Schweißperlen auf der Stirn.

»Ist sie zu scharf, bist du zu schwach«, dichte ich kurzerhand den Fisherman's-Friend-Slogan um.

Luke grinst, als hätte ich irgendetwas Zweideutiges oder Anstößiges gesagt. »Okay, guter Tipp. Das merke ich mir.«

»Also ich meinte natürlich deine Pizza«, stelle ich schnell klar. »Wegen der Peperoni.«

»Schon verstanden«, erwidert Luke und genießt es sichtlich, wie ich mich vor Verlegenheit winde. »Was auch sonst?«

Er leert sein Glas auf ex. »Boah, hab ich Durst. Mit dieser Pfütze kommt man ja nicht weit. Lorenzo sollte sich mal größere Gläser anschaffen. Am besten so Riesenbecher wie im Kino.«

»Ich war schon ewig nicht mehr im Kino«, quatsche ich, froh, dass wir ein neues Thema gefunden haben, einfach drauflos. Von mir aus könnten wir auch über das

Wetter reden. Hauptsache, diese beklemmende Stille hat ein Ende.

Luke lehnt sich auf seinem Stuhl zurück und schiebt seinen Teller zur Seite. »Was hältst du davon, wenn wir am Freitag zusammen gehen?«

»Ins Kino?«

»Nein, ins Naturkundemuseum«, sagt Luke todernst. Dann kommt sein Grübchen wieder zum Vorschein, und er lächelt breit. »Natürlich ins Kino.«

Echt jetzt? Hat er mich gerade nach einem Date gefragt?

»Du meinst du und ich?«

Ja Moin. Noch so eine dämliche Frage, und er überlegt es sich wieder anders, weil er mich für komplett bescheuert hält.

»War das ein Ja?«, will Luke wissen.

Ich nicke stumm. Um Noah, dem großen Schweiger, keine Konkurrenz zu machen, schicke ich schnell noch ein verlegenes »Ja, gerne« hinterher, obwohl ich Luke am liebsten vor Freude um den Hals fallen würde.

»Na, geht doch«, murmelt Chiara halblaut. Ihr gefaltetes Serviettenkunstwerk kann sie damit nicht gemeint haben, denn das sieht aus wie ein Hundehaufen.

Luke hat mich tatsächlich gefragt, ob ich mit ihm ins Kino gehe! Meine Glücksbohnenbilanz, die in den letzten Tagen irgendwie in Vergessenheit geraten ist, schreit nach einem Update. Als gerade niemand hinschaut, stopfe ich kurzerhand zwei Zahnstocherstückchen in meine linke und drei in meine rechte Hosentasche. Zur Sicherheit packe ich nicht alle auf einmal nach rechts, denn der Abend ist schließlich noch nicht vorbei.

Plötzlich steht Chiara auf. »Ich muss mal auf die Toilette.« Dabei sieht sie mich auffordernd an.

»Viel Erfolg«, scherzt ihr Bruder. Als sie abwartend neben dem Tisch stehen bleibt, fügt er noch hinzu: »Oder brauchst du Hilfe?«

»Danke, du Blödmann, aber das schaffe ich gerade noch allein. Allerdings sieht Charly so aus, als müsste sie auch mal wohin.«

Muss ich nicht. Ich habe nur kurz das Gesicht verzogen, weil sich eins der Zahnstocherstückchen in meinen Oberschenkel gebohrt hat. Aber das kann ich ja wohl schlecht sagen.

»Du gehst doch mit zur Toilette, Charly. Oder?« Chiara hypnotisiert mich geradezu mit Blicken.

»Äh, ja klar.« Jetzt habe ich es endlich geschnallt. Schnell springe ich auf und folge ihr, als sie Richtung Toilette voranprescht.

Kaum hat sich die Tür des Waschraums hinter uns geschlossen, legt Chiara los: »Meine Güte, was ist denn heute mit Noah los? Das ist ja kaum zu ertragen.« Sie stemmt aufgebracht die Hände in die Hüften. »Hat der plötzlich das Sprechen verlernt? Der Kerl kriegt ja den Mund nicht auf. Und dann dieser traurige Hundeblick. Wie ein getretener Dackel. Hast du eine Ahnung, was mit dem los ist?«

Ich lehne mich gegen ein Waschbecken und verschränke die Arme vor der Brust. »Ich glaube, es ist wegen seiner Eltern.«

»Meine Güte, er ist doch kein kleines Kind mehr. Menschen gehen fremd. So was passiert eben. Außerdem weiß er das doch nicht erst seit heute.«

»Na ja, irgendwie schon«, druckse ich herum und weiche ihrem Blick aus.

Chiara stutzt. »Nein … du hast doch nicht etwa …? Sag, dass das nicht wahr ist.«

»Äh, doch?«

»Du hast ihm von dieser Bitch im Schlafzimmer erzählt?«

»Er hat mich gefragt, ob mir irgendwas aufgefallen ist und so weiter. Was hätte ich denn tun sollen? Ihn anlügen?«

»Herzlichen Dank, Charly.« Chiara funkelt mich wütend an. »Spitzenmäßiges Timing.«

»Das sagst ausgerechnet du? Wenn ihr nicht zu spät gewesen wärt, hätte ich Noah nicht zehnmal um diesen verdammten Ententeich rumschleifen müssen, und er hätte überhaupt keine Zeit gehabt, von seinen Eltern anzufangen.«

»Na schön, du hast es verbockt«, resümiert Chiara, ohne meinen Einwand gelten zu lassen. »Das lässt sich nicht mehr ändern. Also bleibt mir nichts anderes übrig, als das Beste daraus zu machen.« Sie reckt kämpferisch das Kinn vor und wirft ihrem Spiegelbild ein Lächeln zu, das bei Noah selbst ohne Tiramisu zum Nachtisch garantiert einen heftigen Zuckerschock auslösen wird.

Als wir an unseren Tisch zurückkehren, starren Noah und Luke schweigend auf ihre Handys.

»Charly hat mir eben erzählt, warum du heute so still bist. Das mit deinen Eltern tut mir wirklich leid.« Chiara legt tröstend ihre Hand auf Noahs.

»Äh, danke.« Es ist ihm anzusehen, wie unwohl er sich dabei fühlt.

»Glaub mir, ich bin Expertin auf diesem Gebiet. Ich kann schon gar nicht mehr zählen, wie oft mein Vater meine Mutter betrogen hat. Und umgekehrt übrigens auch. Falls du also mal reden willst oder einen Rat brauchst – ich bin für dich da.«

Zum Glück ist auch Lorenzo immer für seine Gäste da. Bevor Chiara Noah noch mehr in Verlegenheit bringen kann, kommt der quirlige Italiener an unseren Tisch und fragt, ob wir noch einen Wunsch haben. Aber Noah hat es plötzlich ziemlich eilig zu bezahlen.

**

»War das wirklich nötig?«, fragt er, nachdem wir uns von Chiara und Luke verabschiedet haben und auf dem Rückweg sind. Er läuft so schnell, dass ich Mühe habe, mit ihm Schritt zu halten. Schon biegen wir in den Park ein.

»Warum hast du Chiara das von meinen Eltern erzählt?« Er sieht verärgert und auch ein bisschen verletzt aus. Und plötzlich fühle ich mich total schlecht.

»Es tut mir so leid, Noah. Chiara war an dem Nachmittag bei mir, als ich die Frau in eurem Haus gesehen habe. Vielleicht kann sie dir echt ein paar Tipps geben. Die Ehe ihrer Eltern scheint ja auch ziemlich verkorkst zu sein, und da dachte ich …« Hilflos breche ich ab.

Eigentlich weiß ich selbst nicht, was ich mir dabei gedacht habe, Chiara von Noahs Problemen zu erzählen. Dinge, die einem ein Freund anvertraut, behält man für sich und posaunt sie nicht in die Weltgeschichte hinaus. So einfach ist das. Warum konnte ich bloß meine Klappe nicht halten? Ich beiße mir so fest auf die Lippen, dass ich kurz darauf Blut schmecke. Aber dadurch kann ich auch nicht verhindern, dass mir Tränen in die Augen steigen.

»Schon okay«, beruhigt mich Noah, als er sieht, wie ich mich selbst fertigmache. »Ich bin nicht sauer. Ehrlich. Ich weiß ja, dass du es nicht böse gemeint hast.« Er stupst mich in die Seite. »Hey, schau mal, dahinten an der Brücke, da sind sie.«

»Wer?« Chiara und Luke müssen in eine ganz andere Richtung. Sie haben ganz bestimmt nicht den Weg durch den Park genommen.

»Deine kleinen Enten.«

O Gott, noch so eine Lüge. Wahrscheinlich hat Noah längst gecheckt, dass es überhaupt keine Entenbabys gibt. »Verarschen kann ich mich alleine«, murmele ich.

Doch als ich seinem Blick folge, sehe ich sie auch: fünf winzige Federbällchen, die in Reih und Glied hinter ihrer Entenmama herpaddeln. Voll süß!

Von dem Vater fehlt jede Spur. Hoffentlich geht es Noah nicht bald genauso. Bei diesem Gedanken kommen mir schon wieder die Tränen.

Kapitel 9

Die Woche vergeht wie im Flug, und plötzlich ist er da: der Freitag, an dem ich mit Luke ins Kino gehe!

»O Gott, ich bin so aufgeregt«, jammere ich Nele während der Pause zum gefühlt hundertsten Mal die Ohren voll. Wir sitzen auf einem Mäuerchen und beobachten ein paar Unterstufenschüler beim Tischtennisspielen.

»Hey, beruhige dich, ihr geht doch nur ins Kino«, sagt Nele und beißt genüsslich in ihr Pausenbrot. Ich beneide sie um ihren Appetit, denn ich bekomme vor lauter Nervosität kaum was runter.

»Ihr quatscht ein bisschen, schaut euch einen Film an und esst zusammen Popcorn.«

Bei ihr hört sich das so einfach an. Aber allein die Vorstellung, dass Luke zwei Stunden lang ganz dicht neben mir sitzen wird, verursacht bei mir Schnappatmung. Ob er während des Films wohl den Arm um mich legt? Immerhin ist es ja ein richtiges Date. Und Luke ist fünfzehn, er hat schon wesentlich mehr Erfahrung als ich. Vielleicht wird er sogar versuchen, mich zu küssen. Aaaah, ich halte das nicht aus!

Nele legt ihr Brot zur Seite und nimmt mich in den Arm. »Vertrau mir, das wird bestimmt ein ganz toller Abend. Mach dir nicht so einen Stress, und sei einfach nur du selbst. Alles andere wird sich ganz von allein ergeben.«

Neles Worte und ihre Umarmung tun mir gut. Dankbar drücke ich sie an mich.

»Holt er dich eigentlich ab?«, fragt Nele, die wieder nach ihrem Brot greift.

»Nein, wir treffen uns vor dem Kino.«

So ist es zumindest vereinbart. Bei Lorenzo haben wir unsere Handynummern ausgetauscht, und seitdem haben wir ein paar Nachrichten getextet. Nichts wirklich Aufregendes, aber trotzdem habe ich jedes Mal fast einen Herzinfarkt bekommen, wenn ich gesehen habe, dass Luke mir geschrieben hat.

»Weißt du schon, was du anziehen wirst?«, will Nele nun wissen.

Darüber habe ich mir auch schon den Kopf zerbrochen. Und zwar mehrfach. Leider jedes Mal mit einem anderen Ergebnis. »Vielleicht das schwarz-weiß gestreifte Shirt. Oder das Jeanshemd.« Ich stoße einen tiefen Seufzer aus. »Verdammt, ich hab einfach nichts Vernünftiges.«

Das Gleiche sage ich wenig später auch zu Chiara, als sie mich auf das bevorstehende Date mit ihrem Bruder anspricht.

Ihre Augen blitzen unternehmungslustig. »Was hältst

du davon, wenn wir heute Nachmittag zusammen shoppen gehen?«

»Du bist meine Rettung«, seufze ich erleichtert.

»Okay, also abgemacht?«

»Abgemacht«, stimme ich zu. Als Chiara gerade nicht hinsieht, fische ich eine Kaffeebohne aus meiner linken Hosentasche – die Zahnstocher waren auf Dauer zu schmerzhaft – und stopfe sie schnell in die rechte. Ein echter Glücksmoment, denn ein Shoppingtrip mit Chiara klingt nach jeder Menge Spaß. Außerdem kann ich ein cooles Outfit für heute Abend echt gut gebrauchen.

Der Rest des Vormittags zieht sich wie Kaugummi. Bloß gut, dass das Shoppen mich ablenken wird.

Nach der Schule renne ich schnell nach Hause. Im Stehen schlinge ich ein Brot hinunter, dann kratze ich die kläglichen Überreste meines Taschengelds zusammen und überrede Emma, mir etwas Geld zu leihen. Letzten Endes überzeugt sie wohl mein Versprechen, ihr in den nächsten zwei Monaten immer ganz aktuell zu berichten, wer mit wem in meiner Stufe was am Laufen hat. Ich hatte ihr vier Wochen vorgeschlagen, aber sie hat mich auf acht hochgehandelt.

Als ich gerade auf dem Weg zur Bushaltestelle bin, klingelt mein Handy. Nele ruft an. Oder besser gesagt: Es ist ihre Nummer, ob sie es wirklich ist, lässt sich schwer sagen, denn eigentlich höre ich nur ein lautes Schnüffeln, so als würde ein Hund an dem Telefon herumschnuppern.

»Nele? Bist du's?«, frage ich. Bestimmt ist das nur wieder einer von Kukis dummen Scherzen.

»Ja-ah-ha-a.« Auch wenn die Antwort von kleinen

Kieksern und Schluchzern unterbrochen ist, erkenne ich jetzt eindeutig Neles Stimme.

»Was ist denn los?«

Ich werfe einen Blick auf meine Uhr. Mist, wenn ich den Bus kriegen will, muss ich mich echt beeilen.

»Er liebt mich nicht mehr.«

»Wer?«, frage ich, während ich versuche, mich an einer Mutter mit drei kleinen Kindern vorbeizuzwängen. Verdammt, warum gibt es auf Bürgersteigen eigentlich keine Überholspur?

»Kuki natürlich.«

»Ach, Nele-Schatz, Kuki ist so was von verschossen in dich. Wie kommst du bloß darauf, dass er dich nicht mehr liebt?« Um Zeit zu sparen, verlasse ich den Gehweg und nehme eine Abkürzung quer über einen breiten Grünstreifen.

»Na, die Hochzeit«, schluchzt Nele. »Er weigert sich.«

Kuki und Nele sind seit acht Monaten zusammen. Also ganz schön lang. Aber deshalb jetzt schon übers Heiraten nachzudenken, finde ich ziemlich daneben.

»Maribelle hat ihn ganz offiziell eingeladen. Ich habe mich so darauf gefreut. Und was macht der Blödmann? Er sagt, dass er nicht mitkommt.«

Ach so, *das* meint sie! Maribelle ist Neles Lieblingscousine, die bald heiraten wird. Geplant ist ein riesiges Fest auf dem Land. Nele bekommt von ihrer Mutter sogar extra für den Anlass ein neues Kleid spendiert. Logisch, dass sie Kuki dabeihaben will. Gemeinsam macht so was doch viel mehr Spaß. Aber offenbar weigert sich dieser Blödmann – aus welchen Gründen auch immer –, Nele zu begleiten.

»Vielleicht mag Kuki keine Hochzeiten«, gebe ich zu bedenken. »Du weißt schon, zu süß, zu kitschig … zu viel romantische Schlagsahne.«

»Quatsch. Tief in seinem Inneren ist Kuki ein Romantiker.«

»Oh … okay.« Und tief in seinem Inneren ist Costa bestimmt Vegetarier.

»Vielleicht hat er Schiss davor, deiner ganzen Familie auf einmal zu begegnen«, schlage ich vor, während ich noch einen Zahn zulege.

»Das kann es auch nicht sein. Die meisten kennt er doch schon.«

Langsam gehen mir die Ideen aus.

»Kannst du vorbeikommen?« Neles Stimme klingt flehend.

Mist, was soll ich jetzt bloß machen? Chiara wartet bestimmt schon auf mich. So kurzfristig kann ich ihr nicht absagen. Wenn es ein echter Notfall wäre, dann vielleicht … Aber nur weil Kuki sich gerade ein bisschen anstellt, soll ich das Shoppen mit Chiara canceln? Bis morgen hat er es sich doch sowieso wieder anders überlegt.

»Es ist gerade echt schlecht«, druckse ich herum und suche nach einer Begründung, die nicht komplett gelogen ist. »Ich … ich muss einkaufen.«

Da meine Mutter Emma oder mich öfter mal einkaufen schickt, wenn sie länger arbeiten muss, denkt Nele sich bestimmt nichts dabei.

»Ach so.« Die Enttäuschung ist ihr deutlich anzuhören.

Mein schlechtes Gewissen, das ich bis jetzt einigermaßen in Schach halten konnte, lässt sich nicht länger unterdrücken. »Weißt du was, wenn du willst, komme ich nach dem Einkaufen vorbei.«

»Das wäre echt schön«, seufzt Nele. »Ich wusste doch, dass ich mich auf dich verlassen kann.«

Jetzt fühle ich mich erst recht mies.

In der Innenstadt steuert Chiara zielstrebig ein Geschäft an, in dem ich vorher noch nie gewesen bin. Als wir den Laden betreten, wummert uns laute Musik entgegen. Chiara, die im Takt mitwippt, lässt ihren Blick über die Ständer und Regale mit den Klamotten wandern.

»Dann lass uns mal loslegen.« Chiara ist voll in ihrem Element. »Hast du eine bestimmte Vorstellung, wonach du suchst?«

»Keine Ahnung, eine neue Jeans und ein Shirt?«, frage ich eingeschüchtert. Alles sieht hier so wahnsinnig stylish und hip aus, dass ich mich total fehl am Platz fühle.

»Aber davon hast du doch schon jede Menge. Vielleicht solltest du mal was verändern.« Chiara dreht sich von mir weg, um die Klamotten an dem Kleiderständer neben sich zu durchforsten. Dabei schlagen die Kleiderbügel klackernd gegeneinander.

»Wie meinst du das?«

»Na ja, …« Sie zieht einen Kleiderbügel mit einem kakifarbenen Rock hervor, hängt ihn aber nach einem kurzen prüfenden Blick wieder auf den Ständer zurück. »… an deinem Style ließe sich schon so dies und das verbessern.«

»Was ist denn falsch an meinen Klamotten?«, frage ich alarmiert.

»Gar nichts.« Sie legt beschwichtigend ihre Hand auf meinen Arm. Und nach einer kurzen Pause, in der ich mich gerade wieder zu entspannen beginne, fügt sie noch hinzu: »Deine Klamotten gehen echt in Ordnung … für eine Viertklässlerin.«

Autsch, das saß. Die Beats aus den Boxen scheinen plötzlich zu verstummen. Dafür dröhnt Chiaras vernichtendes Urteil umso lauter in meinen Ohren.

»Du hast eine super Figur, warum zeigst du sie nicht?«

Das mit der super Figur hat sie bestimmt nur gesagt, damit ich nicht beleidigt bin. Okay, besonders sexy sind meine Klamotten wirklich nicht, aber ich fühle mich wohl darin.

»Und wo wir schon mal dabei sind: Du solltest dringend was gegen deinen Spitznamen unternehmen. Charlotte ist okay. Ein bisschen altmodisch vielleicht, aber Charly? Dabei denkt doch jeder gleich an einen Kerl …«, sie holt kurz Luft und fügt dann noch hinzu: »… oder einen Affen.«

Sprachlos starre ich sie an. Hat sie sich vorgenommen, mich heute Nachmittag fertigzumachen? Falls ja, stehen ihre Chancen nicht schlecht. Eigentlich müsste ich stinksauer auf Chiara sein. Aber sie ist nur ehrlich, oder? Das ändert allerdings nichts daran, dass bei jedem ihrer Worte mein Selbstbewusstsein etwas mehr geschrumpft ist. Wie ein Luftballon, der nach und nach die Luft verliert.

»Vertrau mir, in diesem Laden finden wir bestimmt das Richtige für dich.« Chiara, der offenbar gar nicht bewusst ist, wie sehr mich ihr Urteil getroffen hat, lacht unbekümmert. »Wie wäre es denn zum Beispiel hiermit?« Sie angelt einen schmalen schwarzen Stoffstreifen vom Ständer und hält ihn mit leicht zusammengekniffenen Augen an meinen Körper.

Ich bin gerade echt überfordert. »Also, ich weiß nicht …«, sage ich und verschränke die Arme vor der Brust.

»Aber ich. Der Rock wird jetzt anprobiert«, antwortet Chiara bestimmt.

Woher sie die Gewissheit nimmt, dass es sich um einen Rock und nicht um einen breiten Gürtel handelt, ist mir allerdings schleierhaft. Energisch zerrt sie mich Richtung Umkleidekabine.

Da ich immer noch Widerstand leiste, legt sie noch einmal nach: »Wenn du mit den Mädchen aus Lukes Jahrgangsstufe mithalten willst, musst du dich schon ein bisschen ins Zeug legen. Die Konkurrenz schläft nicht.«

Vor meinem inneren Auge taucht unwillkürlich die gutaussehende Rothaarige auf, mit der ich Luke neulich auf dem Schulflur zusammen gesehen habe. *Die* schläft garantiert nie. Wahrscheinlich hält sie noch nicht mal ein kleines Nickerchen. Vielleicht ist es ja wirklich mal Zeit, etwas Neues auszuprobieren?

Nachdem Chiara mich in die Umkleidekabine geschoben hat, quetscht sie sich mit hinein und schließt von innen den Vorhang.

»Dann mal los«, ermuntert sie mich.

Während Chiara es sich auf dem Hocker in der Kabine gemütlich macht, ziehe ich meine Jeans aus. Dabei fliegt plötzlich etwas aus meiner Hosentasche.

Leider ist Chiara schneller als ich. Bevor ich ihr zuvorkommen kann, hat sie sich schon gebückt.

»Eine Kaffeebohne?«, fragt sie verdutzt. »Warum zum Teufel schleppst du Kaffeebohnen in der Hosentasche mit dir herum? Ist das vielleicht so eine Art Hallo-Wach-Droge? Ich hab's ja gleich gewusst: Du bist viel abgebrühter, als du aussiehst.« Ihre Stimme klingt beinahe ein bisschen bewundernd.

»Ach Quatsch, das ist nur so eine Art Spiel«, wiegele ich schnell ab, nehme ihr die Kaffeebohne aus der Hand und stecke sie schnell wieder in meine Hosentasche zurück.

»So wie neulich mit den Murmeln?«

Vielleicht hätte ich die Drogengeschichte nicht so vorschnell dementieren sollen. Zumindest aus Chiaras Mund hat diese Variante um einiges cooler geklungen als Mamas Glücksbohnen-Methode.

Ich möchte nicht, dass Chiara mich für einen Freak hält. Während ich noch überlege, wie ich ihr die Sache mit den Glücksbohnen am besten erklären kann, klingelt mein Handy. Es ist Nele, stelle ich mit einem schnellen Blick auf das Display fest.

»Willst du nicht drangehen?«, fragt Chiara.

»Nee. Ist nichts Wichtiges.«

Das Handy gibt für einen Moment Ruhe, bevor es erneut zu bimmeln beginnt. Schon wieder Nele. Schnell schalte ich den Ton aus. Wenn das bei meinem Gewissen bloß genauso einfach wäre wie bei meinem Handy …

Bevor Chiara auf die Idee kommt, weiter nachzubohren, schlüpfe ich in den Rock, den sie für mich ausgesucht hat. Sie scheint mit dem Ergebnis zufrieden zu sein und gibt einen anerkennenden Pfiff von sich. Die Bohnen sind vergessen, und ehe ich sie daran hindern kann, hat sie den Vorhang zurückgezogen und mich nach draußen vor einen großen Spiegel geschoben.

Das Mädchen, das mir aus dem Spiegel entgegenblickt, sieht gar nicht mal so übel aus, muss ich zugeben. Nicht übel, aber total fremd. Irgendwie bin ich das nicht. Und ganz wohl fühle ich mich in dem kurzen Rock auch nicht. Zum einen muss ja nicht gleich jeder sehen, welche Farbe mein Slip hat, falls ich mich mal bücken muss, zum anderen betont der Rock meinen Hintern und meine Oberschenkel, also ausgerechnet die Körperpartien, mit denen ich ohnehin auf dem Kriegsfuß stehe.

»Ich habe doch gewusst, dass das genau das Richtige für dich ist«, freut sich Chiara, die mit meinem dicken Po kein Problem zu haben scheint.

»Findest du echt?«, frage ich unsicher.

»Absolut.«

Und dann bekommt sie auch noch Verstärkung. Die Verkäuferin ist schätzungsweise Mitte zwanzig, trägt einen ausgefransten Bob mit blonden und schwarzen Strähnchen und sieht einfach nur cool aus. Ihre Klamotten stammen vermutlich ausnahmslos hier aus dem Laden. Verkäuferinnen wie sie sind dafür verantwortlich, dass ich allein nie auch nur einen Fuß über die Schwelle dieses Geschäfts setzen würde. Irgendwie fühlt man sich neben ihnen wie eine modische Vollkatastrophe. Sie würden es sogar schaffen, einem einen Müllsack zu verkaufen, wenn sie dabei behaupten, dass man das jetzt so trägt. Zu Hause stellt man dann fest, dass das Teil, das einem an der Verkäuferin so gut gefallen hat, an einem selbst total scheiße und eben doch nur wie ein Müllsack aussieht.

»Kann ich euch helfen?«

Ich glaube ehrlich gesagt nicht, dass sie das kann. Es sei denn, sie hat eine Zusatzausbildung in kosmetischer Chirurgie. Dann würde ich sie mal eben meinen Hintern verkleinern lassen. Und wenn sie schon mal dabei ist, könnte sie sich auch gleich noch um den Umfang meiner Oberschenkel kümmern …

»Lass mal sehen«, sagt sie und dreht mich wie eine Puppe einmal im Kreis herum. »Perfekt, der Rock ist wie für dich gemacht. Jetzt fehlt nur noch das passende Oberteil dazu.«

Ehe ich weiß, was los ist, schleppen Chiara und die Verkäuferin, die sich auf Anhieb blendend verstehen, haufenweise Tops, T-Shirts und Blusen an. Am Ende suchen sie für mich ein schwarz-weißes Top mit einem geometrischen Muster aus. Eigentlich ganz hübsch … wenn der tiefe Ausschnitt nicht wäre. Aber mehr noch als der tiefe Ausschnitt verschlägt mir der Blick auf die Preisschildchen den Atem. Das Top ist mit neunundzwanzig Euro fast schon ein Schnapper. Was man von dem Rock nun wirklich nicht behaupten kann. Fast hundert Euro für zwei Quadratzentimeter Stoff?!? So groß ist ungefähr der Aufnäher des Modelabels, der unten rechts am Rocksaum befestigt ist. Die restliche Menge Stoff bekommt man wahrscheinlich als Gratiszugabe geschenkt.

Für Chiara, die garantiert nie auf den Preis achten muss, mag das okay sein, ich hingegen bekomme schon Schweißausbrüche, wenn ich mir nur vorstelle, meine

Mutter um so viel Geld für einen Rock zu bitten. Den werde ich wohl selbst bezahlen müssen.

Nachdem Chiara für sich auch ein Top und einen Gürtel ausgesucht hat, machen wir uns auf den Weg zur Kasse. Im Vorbeigehen springt mir an einem Aufsteller mit Modeschmuck ein schwarzes Lederarmband ins Auge. Ich bleibe stehen und nehme es in die Hand. Es ist mit Nieten in Blütenform besetzt, zwischen denen kleine Silberkettchen gespannt sind. Den Kontrast zwischen dem groben Leder und den zarten Ketten finde ich superschön.

»Gefällt es dir?«, fragt Chiara, die bereits an der Kasse gestanden hat, nun aber wieder zu mir zurückkommt, da sie bemerkt hat, dass ich nicht hinter ihr bin.

»Ja, das Armband ist der absolute Wahnsinn.« Behutsam fahre ich mit den Fingerspitzen über die feinen Kettenglieder.

»Und warum kaufst du es dir dann nicht?«

»Hast du mal auf das Preisschild gesehen? Neunundvierzig Euro – Wahnsinn.« Ich tippe mir gegen die Stirn.

Chiara nimmt mir das Armband aus der Hand, packt es zu ihren übrigen Errungenschaften und steuert erneut die Kasse an.

Ich laufe hinter ihr her. »Chiara, halt, bleib stehen! Was machst du denn da?«

»Ich kaufe dir das Armband«, antwortet sie, als wenn das die selbstverständlichste Sache der Welt wäre.

»Bist du verrückt? Das kann ich auf gar keinen Fall annehmen.«

»Du hast gar keine andere Wahl.« Chiara zieht ihr Portemonnaie aus der Tasche. »Betrachte es doch einfach als Freundschaftsband.«

Mist, jetzt sitze ich in der Klemme. Wenn ich das Armband ablehne, glaubt sie womöglich, ich will nicht mit ihr befreundet sein.

»So, dann mal her mit der Hand«, sagt Chiara, nachdem wir das Geschäft verlassen haben.

Zögernd halte ich ihr meinen rechten Arm hin. Sie holt den Schmuck aus der Tüte, legt ihn um mein Handgelenk und schließt den silbernen Verschluss. Plötzlich habe ich ein saublödes Gefühl in der Magengegend. Irgendwie fühlt es sich falsch an, so als wäre ich käuflich. Nele und ich haben uns gegenseitig schon viele Freundschaftsbänder geschenkt, vor allem als wir noch jünger waren. Allerdings waren die immer selbst gemacht, aus Garn oder Loombändern. Eigentlich total billig, aber für uns waren sie trotzdem wahnsinnig wertvoll.

»Danke«, sage ich und lasse den Arm wieder sinken. »Das hättest du wirklich nicht tun müssen.«

»Kein Ding.« Chiara schwenkt ihre Einkaufstüte hin und her. »Wollen wir zur Feier unserer erfolgreichen Shoppingtour noch ein Eis essen gehen?«

Einerseits habe ich das Gefühl, dass ich Chiara nach diesem kostspieligen Geschenk was schuldig bin. Andererseits habe ich Nele fest versprochen, bei ihr vorbeizukommen. Also höre ich auf mein wachsendes schlechtes Gewissen.

»Tut mir leid, das Eisessen müssen wir ein andermal nachholen. Ich habe noch was Dringendes zu erledigen.«

★★

Normalerweise wäre ich, um Zeit zu sparen, direkt vom Bus aus zu Nele gegangen. Sie hat in der Zwischenzeit mehrmals versucht, mich auf meinem Handy zu erreichen, aber keine Nachricht hinterlassen. Um die verräterische Einkaufstüte loszuwerden, muss ich vorher jedoch schnell noch einen Abstecher nach Hause machen. Dort verstecke ich die Tüte unter meinem Bett. Ich habe keine Lust auf neugierige Blicke und Fragen, weder von meiner Schwester noch von meiner Mutter.

Allerdings bin ich bei der Spurenbeseitigung wohl nicht ganz so gründlich gewesen, wie ich gedacht habe. Als ich die Hand hebe, um bei Nele auf den Klingelknopf zu drücken, fällt mein Blick auf das Armband. Mist, das habe ich ja völlig vergessen. Schnell öffne ich den Verschluss und stopfe es zu den Kaffeebohnen in meine Hosentasche. Nele ist sowieso schon völlig down, und wenn sie hört, dass ausgerechnet *Chiara* mir dieses Armband geschenkt hat, wird ihr das bestimmt den Rest geben.

Als Nele mir die Tür aufmacht, bin ich ein bisschen geschockt. Sie sieht wirklich völlig fertig aus.

Ihre blonden schulterlangen Haare, die normalerweise glänzen, wirken stumpf und zottelig, und ihre Augen sind vom Heulen total rot und verquollen.

»Na endlich«, seufzt sie erleichtert und schmeißt sich schluchzend in meine Arme.

Tröstend drücke ich meine Freundin an mich. Ich brauche die Umarmung jetzt mindestens genauso dringend wie sie. »Sorry, ging nicht schneller.«

»Macht nichts.« Sie lässt mich los und murmelt dankbar: »Jetzt bist du ja da.«

Ich folge Nele in ihr Zimmer, wo wir uns nebeneinander auf ihr Bett fallen lassen. Das haben wir im Laufe der Jahre schon unzählige Male gemacht. Allerdings ist das Bett dabei noch nie mit so vielen zusammengeknüllten Taschentüchern übersät gewesen.

»Kuki weiß doch genau, wie wichtig mir Maribelles Hochzeit ist und wie gerne ich ihn dabeihaben möchte.« Sie rauft sich die Haare.

»Hast du ihm das so gesagt?«

»Nein, warum sollte ich?« Nele pfeffert ein Kissen zur Seite und schüttelt empört den Kopf. »Er ist mein Freund, da ist es doch wohl logisch, dass ich mit ihm gemeinsam dahin gehen möchte.«

»Für dich vielleicht. Aber Jungs sind bei so etwas manchmal etwas schwer von Begriff.«

»Apropos Jungs …« Nele schlägt sich mit der flachen Hand vor die Stirn. »Oh verdammt, du bist ja nachher mit Luke verabredet.«

Ich nicke. »Jepp.«

»Mensch, Charly, warum sagst du denn nichts? Vor lauter Heulerei habe ich das total vergessen. Anstatt hier bei mir zu sein und dich von mir volljammern zu lassen, solltest du dich zu Hause für dein Date fertig machen.« Sie richtet sich auf. »Oh Mann, was bin ich bloß für eine egoistische Freundin.«

Wenn Nele wüsste … Ich glaube, den Kampf um den Titel »schlechteste Freundin der Welt« habe ich heute Nachmittag eindeutig für mich entschieden.

»Ich habe noch etwas Zeit«, erkläre ich bestimmt. »Außerdem geht das hier vor.«

»Du bist so lieb.« Nele drückt mich erneut so stürmisch an sich, dass ich kaum noch Luft bekomme. Vielleicht liegt es aber auch gar nicht an Neles inniger Umarmung, sondern an meinen Schuldgefühlen. Irgendwie komme ich mir nicht nur wie eine megaschlechte Freundin, sondern auch wie eine hundsgemeine Lügnerin vor.

»Weißt du denn mittlerweile, was du bei deinem Treffen mit Luke anziehen wirst?«, will Nele wissen.

»Liegt schon bereit.« Bevor sie weiter nachfragen kann, greife ich nach einem frischen Taschentuch, knülle es zusammen und versuche Nele damit zu treffen. »Hat dir eigentlich schon mal jemand gesagt, dass du eine ganz schöne Heulsuse bist?«

»Und hat dir schon mal jemand gesagt, dass du nicht zielen kannst?« Nele hat sich blitzschnell zur Seite gedreht, sodass das Taschentuch einige Zentimeter an ihrem Kopf vorbeigesegelt ist.

Kurz darauf ist die schönste Taschentücherschlacht im Gange, wir kugeln uns auf dem Bett und dem Fußboden herum und lachen uns halb schlapp. Genau das haben wir beide jetzt gebraucht. Ich seufze glücklich. Hoffentlich verläuft der Rest des Tages genauso super, wie ich mich in diesem Moment fühle.

Während ich gerade flach auf dem Boden liege und versuche, die Tüte mit meinem neuen Outfit unter dem Bett hervorzuangeln, klingelt mein Handy. Hoffentlich hat Nele nicht schon wieder einen Nervenzusammenbruch. Falls ja, ist ihr Timing hundsmiserabel. Denn ich stecke unter dem Bett fest. Sosehr ich mich auch drehe und winde, ich komme weder vor noch zurück. Umständlich nestele ich das Handy aus meiner hinteren Hosentasche.

»Ia«, melde ich mich. Eigentlich wollte ich »ja« sagen, aber dank meiner extrem unbequemen Position habe ich nur einen schwachen Eselslaut herausbekommen.

»Hallo Charly, hier ist Luke.«

»Hi *Luke*«, stammele ich. Luke?!? Warum ruft er an? Wir sehen uns doch gleich. Nun bin plötzlich ich diejenige, die fast eine Krise bekommt. »Was gibt's?«

»Störe ich gerade? Du klingst so merkwürdig.«

Kein Wunder. Zum einen ist die Akustik unter dem Bett lausig, zum anderen bekomme ich kaum Luft.

»Nein, du störst gar nicht«, presse ich mühsam hervor und spüre, wie ich dabei rot werde. Was aber augenblicklich mein kleinstes Problem ist, denn hier unten sieht mich eh niemand.

»Das mit unserer Verabredung wird heute leider nichts.«

»Oh.« Vor Enttäuschung fühlt mein Herz sich plötzlich bleischwer an. Genau wie der Rest meines Körpers. In Zeitlupe schiebe ich die Tüte wieder tief unters Bett zurück. Wie's aussieht, brauche ich die heute wohl nicht mehr.

»Mir geht's nicht so gut.« Lukes Stimme klingt mit einem Mal leidend.

Als ich nichts erwidere, fügt er noch hinzu: »Kotzübel, na du weißt schon. Ich schätze, ich habe mir so einen blöden Magen-Darm-Virus eingefangen.«

Ein Virus? Echt jetzt?!? Ich ziehe scharf die Luft ein. Und plötzlich merke ich, dass ich nicht mehr feststecke.

Mit angehaltenem Atem robbe ich, so schnell es geht rückwärts unter meinem Bett hervor.

Puh, geschafft. Ich bin frei. Aber auch wenn ich mich nun wieder bewegen kann, macht das die Situation nicht wirklich besser.

»Tut mir leid«, murmele ich. Das hat bitter geklungen. Aber längst nicht so bitter wie der fiese Geschmack, den Lukes Absage bei mir hinterlassen hat.

»Und mir erst.«

Ich frage mich, was genau ihm leidtut. Dass unsere Verabredung ausfällt oder dass er kotzen muss. Für einen Moment herrscht erneut unangenehme Stille. Vielleicht ist Luke in Wirklichkeit ja auch gar nicht krank, sondern hat es sich einfach anders überlegt. Vielleicht ist ihm auch in letzter Minute noch etwas anderes dazwischengekommen. Ein Date mit der Rothaarigen beispielsweise … oder er hatte nie wirklich vor, mit mir irgendwohin zu gehen.

»Sollen wir den Kinobesuch einfach verschieben?«, reißt Lukes Stimme mich aus meinen düsteren Gedanken.

»Ja, warum nicht«, antworte ich gespielt cool, während ich die Hand zur Siegerfaust balle.

»Morgen?«, fragt Luke.

Bedauernd schüttele ich den Kopf. Vor lauter Aufregung vergesse ich, dass Luke mich durch das Telefon nicht sehen kann. Als mir das endlich auffällt, sage ich hastig: »Morgen hab ich schon was vor.«

Bestimmt denkt er jetzt, dass ich ihn zur Strafe zappeln lassen will, weil er unsere Verabredung abgesagt hat. Aber solche Spielchen finde ich ätzend. Darum schicke ich schnell noch eine Erklärung hinterher: »Unser Verein veranstaltet morgen ein Beachhandballturnier am See mit anschließender Party.«

»Cool.«

»Jepp. Das Turnier ist megacool und findet jedes Jahr statt.«

»Eure Gegner tun mir jetzt schon leid.« Ich spüre Lukes warmes Lachen bis in die Zehenspitzen. »Wenn du so gut spielst wie neulich am See gegen uns, werdet ihr bestimmt alle fertigmachen.«

»Schön wär's«, sage ich und freue mich über sein Kompliment, »aber da sind morgen ein paar ganz schön harte Brocken dabei.«

»Dann drücke ich euch die Daumen, dass ihr sie trotzdem in Grund und Boden spielt. Hast du denn übermorgen Zeit?«

»Ja, Sonntag würde gehen«, antworte ich eine Spur zu schnell.

»Super, dann sehen wir uns Sonntag. Um kurz vor sechs am Movie Star?«

»Alles klar.«

Nachdem Luke und ich uns gegenseitig viele nette Dinge gewünscht haben – er mir für den nächsten Tag viel Spaß und Erfolg und ich ihm gute Besserung –, beenden wir das Telefonat. Obwohl ich happy bin, dass er unsere Verabredung nicht abgesagt, sondern nur verschoben hat, bleibt ein ungutes Gefühl zurück. Auch wenn ich versuche mir einzureden, dass es überhaupt keinen Grund dafür gibt.

Als ich vor dem Schlafengehen das Armband und die Kaffeebohnen aus meiner Jeanstasche herauspule, stelle ich fest, dass eine Bohne fehlt. Ups. Na ja, ein bisschen

Schwund ist immer. Wahrscheinlich liegt sie auf dem Boden der Umkleidekabine. Was aber nicht weiter tragisch ist, denn ich weiß auch so, dass meine Glücksbilanz für den heutigen Tag nicht gerade der Hit ist. Und dafür gibt es gleich mehrere Gründe.

Erstens: Das Shoppen mit Chiara, auf das ich mich so gefreut hatte, war irgendwie absolut ätzend. Wenn ich ehrlich bin, fand ich es einfach nur verdammt anstrengend. Und völlig pleite bin ich nun auch.

Zweitens: Luke hat unser Date platzen lassen. Auch wenn das Telefonat eigentlich ganz nett war und wir einen neuen Termin vereinbart haben, bin ich von der Magen-Darm-Geschichte nicht restlos überzeugt.

Und last but not least: Mit Abstand am deprimierendsten war die Sache mit Nele. Schlimm genug, dass ich nicht sofort zur Stelle gewesen bin, als sie mich gebraucht hat. Ich habe sie darüber hinaus sogar noch angelogen. Was bin ich bloß für eine beschissene Freundin!? Ich nehme mir ganz fest vor, morgen alles wiedergutzumachen und ihr meinen Shoppingtrip mit Chiara zu beichten. Bestimmt wird sie mir verzeihen. Hoffentlich …

Kapitel 10

Schon seit Wochen fiebert unsere Mannschaft dem Beachhandballturnier am See entgegen. Ein echtes Highlight. Im Gegensatz zu den meisten anderen Turnieren geht es hierbei nicht so sehr ums Gewinnen, sondern vor allem um den Spaß. Aber gegen einen Sieg hätten wir natürlich trotzdem nichts einzuwenden.

Der Streit zwischen Kuki und Nele hat meiner Vorfreude allerdings einen ordentlichen Dämpfer verpasst. Das kann ja was werden, wenn die beiden sich den ganzen Tag aus dem Weg gehen oder streiten. Und Noah und ich hängen dazwischen. Wirklich tolle Aussichten …

Darum bin ich megaerleichtert, aber auch ziemlich überrascht, als Kuki und Nele am Samstagmorgen völlig normal und entspannt miteinander umgehen. Keine Spur von dicker Luft. Im Gegenteil, beide sind sogar richtig gut drauf.

Während wir uns für das erste Spiel aufwärmen, lasse ich mir von Nele ein Update geben.

»Gestern Abend stand Kuki plötzlich vor der Tür, und wir haben ganz in Ruhe geredet. Es ist echt nicht zu fassen. Er wollte nicht mit zur Hochzeit kommen, weil er keinen Anzug hat.« Sie lässt den Arm, den sie zum Dehnen hinter ihren Kopf geschoben hat, sinken. »Seine Mutter meint, dass es Quatsch ist, nur für den einen Tag so viel Geld auszugeben. Was ich ja auch irgendwie verstehen kann.«

»Und du hast gedacht, er liebt dich nicht mehr.« Ich knuffe sie liebevoll in die Seite. »Zum Glück ist jetzt alles geklärt. Ich hab dir ja gleich gesagt, dass du dir völlig umsonst Sorgen machst. Die Tränen hättest du dir sparen können.«

»Und die Unmengen an Taschentüchern auch.« Nele grinst. »Ich sollte schnellstens unsere Vorräte wieder auffüllen, sonst guckt der Nächste aus unserer Familie, der Schnupfen hat, in die Röhre.«

»Und wie wollt ihr das Problem mit dem Anzug lösen?«

»Mein Cousin Marius hat ungefähr Kukis Größe und Figur. Er macht eine Ausbildung bei der Bank und hat jede Menge Anzüge. Er kann Kuki einen leihen.« Nele lacht glücklich. »Du glaubst ja gar nicht, wie happy ich bin. Oh Mann, ich kann die Hochzeit kaum erwarten.«

Ich freue mich riesig für Nele. Schön, dass sie so gut drauf ist. Vielleicht sollte ich ihre Hochstimmung ausnutzen und ihr jetzt gleich von meinem Shoppingnachmittag erzählen. Dass ich ausgerechnet mit Chiara unterwegs gewesen bin, macht die Sache nicht leichter. Früher oder später muss ich mir unbedingt irgendetwas einfallen lassen, damit die beiden sich besser verstehen.

»Du, Nele, wegen Freitag …« Ich betrete vorsichtig das Minenfeld und suche nach den richtigen Worten. »Eigentlich war ich gar nicht einkaufen, das heißt, einkaufen war ich schon …«

»Kannst du mir das später erzählen?«, unterbricht mich Nele nach einem kurzen Blick zum Schiedsrichter. »Ich glaube, es geht gleich los.«

»Klar, kein Problem. War sowieso nicht so wichtig …«

Kurz darauf stehen wir auf dem Platz, und unser erstes Spiel wird angepfiffen. Da man den Ball im Sand nicht prellen kann, muss man ihn sofort weiterpassen, sodass das Spiel viel schneller ist als ein normales Handballmatch. Das ist zwar total anstrengend, macht aber auch superviel Spaß. Die ganze Zeit dröhnt laute Partymusik aus den Boxen, und die Stimmung ist nicht nur bei den Zuschauern, sondern auch bei den Spielern auf dem Platz fröhlich und ausgelassen.

»Na, hat dich deine Mama früher nicht oft genug im Sandkasten spielen lassen?«, ärgere ich Nele, als sie sich nach einem Sprungwurf in den Sand fallen lässt. Da wir wie die Schweine schwitzen, bleibt der Sand sofort auf der Haut kleben, und wir sehen aus wie panierte Schnitzel.

»Dafür stecke ich mir den Sand nicht mehr in den Mund. Mach mal lieber dein Gesicht sauber, du Schmuddelkind«, kontert Nele.

Nachdem es in letzter Zeit so viele Spannungen zwischen uns gegeben hat, genieße ich es, dass wir heute wieder so entspannt und vertraut miteinander umgehen. In den Pausen zwischen unseren Spielen feuern wir die Jungs an, hängen am See ab und quatschen und lachen ausgelassen.

Während Noahs und Kukis Mannschaft in ihrer Altersklasse bei den Jungs das Turnier gewinnt, werden wir bei der weiblichen B-Jugend immerhin Zweiter. Ein Grund mehr, auf der anschließenden Party richtig abzufeiern!

★★

»So lässt dich Mama nie im Leben aus dem Haus«, sagt Emma, während sie wenige Stunden später mit glänzenden Augen mein Partyoutfit bewundert. »Darauf würde ich mein Handy verwetten.«

Eine Niere als Wetteinsatz hätte bei Emma nicht viel zu bedeuten. Aber ihr Handy? Da muss sie sich schon sehr sicher sein. Und leider hat sie recht. In den Klamotten lässt mich meine Mutter wahrscheinlich nicht mal in die Nähe des Fensters. Ich habe mich spontan dazu entschieden, meine neuen Sachen heute schon mal anzuziehen. Wie zur Probe, bevor das Outfit bei meinem Date mit Luke zum Einsatz kommt.

»Mist. Aber ich kann ja wohl schlecht an den Rock noch was dranstricken«, überlege ich laut.

»Wie auch?« Emma zieht eine Grimasse. »Dafür müsstest du erst mal stricken können.« Sie legt nachdenklich den Zeigefinger an die Nasenspitze. »Warum ziehst du nicht einfach eine Leggins unter den Rock?«

»Geniale Idee! Emma, was würde ich nur ohne dich

machen?« Dankbar drücke ich meiner Schwester einen fetten Schmatzer auf die Wange.

Ich krame eine schwarze knielange Leggins aus meiner Wäscheschublade hervor und suche in meinem Kleiderschrank nach einer passenden Strickjacke, die den weiten Ausschnitt des Tops verdeckt. Fertig umgezogen betrachte ich mich schließlich im Spiegel.

Obwohl ich sonst immer was an mir auszusetzen habe, bin ich heute ganz zufrieden. Die Klamotten haben damit allerdings nichts zu tun. Nach dem Sport und der anschließenden Dusche sind meine Wangen ganz rosig, und meine braunen Augen leuchten regelrecht. Und das Allerbeste: Ausnahmsweise ist heute nicht ein einziger Pickel in meinem Gesicht zu sehen. Das ist fast wie ein Sechser im Lotto. Nicht dass ich sonst aussehen würde wie ein Streuselkuchen, andere aus meiner Klasse sind da schlimmer dran, aber dass meine Haut so makellos aussieht wie heute, ist verdammt selten. An meinen dunkelbraunen Haaren, die mir in sanften Wellen über die Schultern fallen, habe ich hingegen nie was rumzumeckern.

»Hübsch siehst du aus«, findet auch meine Mutter, die mich netterweise zur Party fährt.

»Danke. Hier kannst du mich übrigens rauslassen«, sage ich zu Mama, obwohl wir noch ein gutes Stück von dem Grillplatz am Seeufer, wo die Party stattfindet, entfernt sind.

»Ist es dir peinlich, von deiner Mutter hergefahren zu werden?« Bevor ich antworten kann, kommt sie mir jedoch zuvor: »Ist schon okay, ich verstehe das. Das war bei uns früher auch nicht anders.«

Bevor sie irgendwelche Anekdoten aus ihrer Jungend

hervorkramen kann, verabschiede ich mich schnell von ihr. Während ich dem wegfahrenden Auto hinterherwinke, vergewissere ich mich, dass niemand in der Nähe ist. Dann verschwinde ich hinter einem Gebüsch, wo ich die Leggins und die Strickjacke ausziehe. Anschließend stopfe ich die Klamotten in meine große Beuteltasche und mache mich auf den Weg zur Party. Plötzlich bereue ich es, dass ich nach dem Duschen nicht einfach in meine Lieblingsjeans und das erstbeste T-Shirt geschlüpft bin. Dann wäre ich jetzt einfach zur Party marschiert und hätte mich unter die Leute gemischt, ohne auch nur einen Gedanken daran zu verschwenden, ob mich jemand blöd anglotzt.

Vielleicht sollte ich die Leggins und die Strickjacke einfach wieder anziehen?

Zu spät. Noah hat mich schon entdeckt. Nachdem er bei meinem Anblick kurz gestutzt hat, kommt er auf mich zu.

»Charly, da bist du ja endlich«, begrüßt er mich. »Ich hab dich auf den ersten Blick gar nicht erkannt.«

Hm, ist das jetzt gut oder eher schlecht? Ich versuche an seinem Gesicht abzulesen, was er gerade denkt. Findet er, dass ich bescheuert aussehe? Ich könnte das ehrliche Urteil eines Freundes verdammt gut brauchen. Aber das Einzige, was Noahs Miene verrät, ist riesengroßes Erstaunen. Kein Wunder, ich glaube, seit meiner Einschulung hat Noah mich nicht mehr in einem Rock gesehen.

Ich stoße einen leisen Seufzer aus. »Warum habe ich nur das Gefühl, dass alle mich anstarren?«

»Ganz einfach: weil sie es tun.« Kuki, der mit Nele an der Hand hinter Noah aufgetaucht ist, grinst breit. »Aber vertraue mir, wenn jeder mal geglotzt hat, wird es besser.

Nicht mal vor dem Affengehege im Zoo halten es die Besucher ewig aus.«

»Sehr tröstlich«, sage ich ironisch. »Und danke für den schmeichelhaften Vergleich mit dem Affengehege. Jetzt fühle ich mich schon viel besser.«

»Kein Ding.« Kuki grinst. Dann schlägt er Noah auf die Schulter. »Los, Alter, wir besorgen uns was zu trinken.«

Ich sehe den beiden nach, als sie gemeinsam davongehen. Wenn sie zur Strandbar wollen, haben sie allerdings die falsche Richtung eingeschlagen. Gerade will ich ihnen hinterherrufen, da dreht Noah sich noch mal kurz um. Für den Bruchteil einer Sekunde verhaken sich unsere Blicke, und ich habe das Gefühl, dass er mir irgendwas sagen möchte. Doch dann wendet er sich wieder ab und geht weiter.

Nele, die normalerweise nie mit ihrer Meinung hinter dem Berg hält, hat bis jetzt noch keinen Mucks von sich gegeben. Stattdessen starrt sie mich an, als hätte sie eine Erscheinung.

»Noch nie einen Rock gesehen?« Meine Stimme klingt aggressiver als beabsichtigt. Plötzlich beginnt die alte Vertrautheit zwischen uns wieder Risse zu bekommen. »Mädchen tragen so etwas.«

»Ja, Mädchen im Allgemeinen schon, du aber sonst nicht.« Meine Freundin tritt einen Schritt zurück und begutachtet mich von oben bis unten. Unbehaglich trete ich von einem Fuß auf den anderen. Irgendwie komme ich mir seltsam verkleidet vor.

»Ist … ungewohnt«, sagt Nele, nachdem sie mit ihrer

Musterung fertig ist. »Aber steht dir.« Versöhnlich legt sie den Arm um mich. »Komm, lass uns feiern!«

Der Grillplatz, an dem die Party stattfindet, befindet sich ein wenig oberhalb des Sees. Von hier aus hat man einen tollen Blick über das Wasser. Ein paar Enten und Schwäne, die der Lärm nicht zu stören scheint, drehen unbeirrt ihre Runden. Sonst gibt es hier draußen zum Glück niemanden, der sich über die Ruhestörung beschweren könnte. Schon allein deshalb ist der Grillplatz am See die perfekte Partylocation. Noch ist die Tanzfläche, die von bunten Strandkörben und Liegestühlen begrenzt wird, fast leer. Aber das wird sich sicher schnell ändern. Die eigentliche Grillstelle befindet sich ein Stück weiter vom See entfernt. Dort brutzelt unser Jugendwart über einem großen Schwenkgrill Würstchen, die verführerisch duften.

»Hast du Hunger?«, fragt Nele.

Ich schüttele den Kopf. »Aber Durst ohne Ende.«

Neben einer großen aufblasbaren Palme ist aus leeren Getränkekästen eine Strandbar errichtet worden, die mit Dutzenden Hawaiigirlanden dekoriert ist. Hier kann man sich außer Cola, Fanta, Malzbier und Wasser auch exotisch aussehende Cocktails mixen lassen. Ganz ohne Alkohol. Unsere Trainer sind der Meinung, dass Sport und Alkohol nicht zusammenpassen. Auch nicht bei denen, die über sechzehn sind.

Nele und ich holen uns jeder einen Cocktail und machen es uns damit in zwei Liegestühlen gemütlich.

Genießerisch sauge ich an meinem Strohhalm. »Hmm, lecker. Ich weiß zwar nicht, wie Caipirinha *mit* Alkohol schmeckt, aber das hier kann man gar nicht toppen.«

Der Inhalt von Neles Glas ist unten rot und oben orange, dazwischen befindet sich ein total schöner Farbverlauf.

»Und was trinkst du da?«

»Sex on the beach.« Nele grinst. »Ich bin sicher, Kuki würde das gefallen.«

»Habt ihr denn schon zusammen …?«

Noch vor ein paar Wochen wäre die Frage, die ich stellen möchte, zwischen uns ganz normal gewesen, aber nun bin ich mir nicht sicher, ob sie zu persönlich ist. Nele und ich haben uns schon eine ganze Weile nicht mehr so richtig unterhalten. Klar, haben wir miteinander geredet. Über die Schule, über Handball und was halt gerade so anliegt. Aber nicht über so intime Dinge.

»Du meinst, ob wir schon zusammen geschlafen haben? Nein, haben wir nicht. Kuki würde zwar gerne, aber er versteht, dass ich damit noch warten möchte.«

»Glaubst du denn, er ist der Richtige?«

»Mal abwarten.« Nele zuckt mit den Schultern. »Frag mich das in ein paar Monaten noch mal. Im Moment fühlt es sich jedenfalls richtig an, so wie es ist.«

Wir quatschen noch ein bisschen über dies und das. Nele ist voll im Hochzeitsfieber, sie erzählt mir von den Vorbereitungen, bei denen sie ihrer Cousine helfen will, und sie zeigt mir auf ihrem Handy das Kleid, das sie sich für die Hochzeit bestellt hat – es ist grün und passt bestimmt hammermäßig gut zu ihren Augen –, und ich schimpfe ein bisschen über Lukes Magen-Darm-Grippe. Meine Sorge, dass er seine Krankheit nur vorgetäuscht haben könnte, erwähne ich mit keiner Silbe. Irgendwie will ich mir selbst die Stimmung nicht versauen. Stattdessen reiße ich lieber Witze: »Musste er den Mist ausgerechnet gestern bekommen?!? Das ist doch echt zum Kotzen.«

»Und auch ziemlich beschissen«, sagt Nele, die genau wie ich Spaß an diesem Wortspiel zu haben scheint, grinsend. Doch dann wird sie plötzlich wieder ernst. »Ich würde es ja lieber für mich behalten, aber ich glaube, du solltest das wissen. Patrick hat vorhin erzählt, dass er gestern mit Luke und ein paar anderen aus der Stufe bowlen war. Aber vielleicht habe ich da auch was falsch verstanden.«

»Ja, bestimmt hast du da was falsch verstanden.« Wenn ich mir doch nur halb so sicher wäre, wie ich klinge.

Ich habe keinen Bock auf dieses blöde Misstrauen. Aber irgendwie ist es damit ein bisschen wie mit Unkraut: Ist es erst einmal da, wird man es nur schwer wieder los. Trotzdem will ich mir davon nicht die Party verderben lassen und schiebe den Gedanken an Luke und seine ominöse Krankheit so weit es geht von mir weg.

Obwohl es total schön ist, mal wieder in Ruhe zu quatschen, zieht es Nele und mich irgendwann auf die Tanzfläche, wo einige Mädchen aus unserer Mannschaft schon richtig abgehen.

»Der DJ ist super«, brüllt Nele, während sie ausgelassen tanzt.

»Echt geile Musik«, brülle ich zurück und lasse mich genau wie sie von dem Rhythmus und der guten Stimmung mitreißen.

Während die Jungs sich um einen Strandkorb geschart

haben und dort abhängen, haben wir Mädchen die Tanzfläche fast für uns allein. Patrick ist der einzige Junge, der sich traut. Ob ich versuchen soll, ihn wegen des gestrigen Bowlingabends auszuquetschen? Lieber nicht. Außerdem ist er im Augenblick sowieso viel zu beschäftigt. Er klebt Becci, unserer Mannschaftskapitänin, förmlich an den Hacken und versucht immer wieder, sie von hinten anzutanzen.

»Da ist aber einer schwer am Baggern.« Nele zwinkert mir zu. »Wer weiß, vielleicht sind Kuki und ich ja bald nicht mehr das einzige Handballpärchen.«

»Mal abwarten.« Irgendwie habe ich kein gutes Gefühl bei der Sache. Bis jetzt hat Becci Patricks Annäherungsversuche ganz witzig gefunden und sie lachend abgewehrt. Aber nun rückt er ihr immer mehr auf die Pelle. Als er von hinten den Arm um sie legen will, stößt sie ihn wütend von sich. »Lass das!«

»Ach, komm, jetzt stell dich doch nicht so an.« Patrick grinst dämlich. »Du hast doch keinen Freund, oder?«

»Das geht dich ja wohl einen Scheißdreck an!«, faucht Becci. »Behalt gefälligst deine Flossen bei dir.«

Nele gibt mir ein Zeichen, und wir tauschen mit Becci auf der Tanzfläche die Plätze, um sie vor Patrick abzuschirmen.

»Alles okay bei dir, Becci?«, frage ich besorgt.

Sie zieht eine Grimasse und nickt. »So ein Idiot.«

»Was ist denn bloß los mit dem?« Aus dem Augenwinkel registriere ich, dass Patrick immer noch ganz in der Nähe ist und Becci wie ein Mondkalb anglotzt. »Er benimmt sich doch sonst nicht so bescheuert.«

Nele zuckt mit den Schultern. »Tja, man sollte halt nicht so viel trinken, wenn man nichts verträgt.«

»Wie meinst du das?«, frage ich verwundert. Keinen Plan, wovon sie redet.

»Hat Noah dir nichts davon erzählt? Die Jungs haben 'nen Kasten Bier und ein paar Flaschen Wodka reingeschmuggelt.«

Alles klar. Jetzt kapiere ich auch, warum der Strandkorb eine solche Anziehungskraft hat. Wahrscheinlich sind da drin die geheimen Alkoholvorräte gebunkert.

»Herzlichen Dank auch.« Kathi, unsere Torfrau, die neben uns tanzt, schüttelt ärgerlich den Kopf. »Wenn das rauskommt, ist die Party schneller vorbei, als die Deppen 'ne Bierflasche öffnen können.«

Die Trainer haben es sich zusammen mit unserem Jugendwart neben dem großen Schwenkgrill gemütlich gemacht. Sehen können sie uns von dort aus nicht. Im Prinzip sind sie auch ganz gechillt und lassen uns in Ruhe feiern. Aber hin und wieder machen sie einen Kontrollgang. Eine Szene wie eben sollten sie besser nicht mitbekommen. Das hätte todsicher Konsequenzen.

Leider hat Patrick immer noch nicht Leine gezogen. Im Gegenteil. So wie's aussieht, hat ihn die Abfuhr nur noch mehr angestachelt. Nun zwängt er sich an Nele und Kathi vorbei und steuert im Zickzackkurs auf Becci zu.

Das riecht nach Ärger. Hilfesuchend halte ich nach Noah und Kuki Ausschau, aber da hat Patrick schon nach Beccis Arm gegriffen. Sie schlägt ihm so heftig auf die Finger, dass es klatscht. »Sag mal, checkst du es nicht? Ich möchte das nicht. Verstanden?!« Ihre Stimme ist so schrill, dass sie sogar die laute Musik übertönt. Noch eine falsche

Bewegung oder ein dummer Spruch, und sie wird Patrick an die Gurgel gehen.

Nun haben die Jungs endlich mitbekommen, dass es Probleme gibt. Sie stürmen auf die Tanzfläche und versuchen Patrick von Becci wegzulotsen, aber der denkt gar nicht daran, das Feld zu räumen. Es kommt zu einem Handgemenge, und auf einmal droht die Situation zu eskalieren. Auch Becci, die Patrick ordentlich die Meinung geigen will, ist kaum noch zu bändigen.

»Achtung! Die Trainer kommen!«, ruft in diesem Moment jemand.

Oh nein, ausgerechnet jetzt! Das war's dann wohl mit der Party.

Mittlerweile haben alle aufgehört zu tanzen. Rings um mich herum sehe ich lauter betretene Gesichter, und es wird aufgeregt getuschelt. Aber auf die Schnelle scheint niemand eine brauchbare Idee zu haben, wie man das drohende Unheil abwenden könnte.

Auch Kuki und Noah flüstern miteinander. Dann wendet Kuki sich an Patrick, der immer noch voll auf Becci fixiert ist.

»Hey, Alter«, er schlägt ihm kumpelhaft auf die Schulter, »vergiss doch mal für einen Moment die Weiber. Wir haben noch gar nicht richtig unseren Sieg gefeiert.«

Ehe Patrick protestieren kann, hieven Kuki und Noah ihn mit vereinten Kräften in die Höhe, und die anderen Jungs, die nun auch geschnallt haben, was die beiden vorhaben, packen mit an. Irgendjemand hat den Pokal, den die Mannschaft heute gewonnen hat, schnell herbeigeschafft und Patrick in die Hände gedrückt.

Und es scheint tatsächlich zu funktionieren!

Als die Trainier auf der Bildfläche erscheinen, thront Patrick mit einem breiten Grinsen glücklich wie ein Dreijähriger im IKEA-Bällebad auf den Schultern seiner Mannschaftskameraden und lässt sich wie ein König auf einer Sänfte durch die Gegend tragen.

»We are the champions!«, stimmt Kuki ziemlich schief an, und alle grölen mit.

Die Trainer lachen, winken kurz zu uns rüber und verkrümeln sich dann wieder.

Puh, Schwein gehabt. Erleichtert atme ich auf. Das hätte echt ins Auge gehen können.

Nach einem kleinen Siegeszug einmal zum See hin und wieder zurück ist die Stimmung zum Glück schon um einiges entspannter. Keiner hat Bock auf noch mehr Stress, alle wollen einfach nur feiern. Auch Becci, die zum Glück nicht nachtragend ist und den unschönen Vorfall in der Zwischenzeit abgehakt hat. Hoffentlich hat Patrick sich den Rest des Abends besser im Griff. Aber verlassen will sich darauf niemand. Darum sind alle total erleichtert, als sich Tobias, Patricks bester Freund, freiwillig zum Babysitten bereit erklärt. Er verspricht, Patrick sowohl von Becci als auch vom Alkohol fernzuhalten. Was nach einem ziemlich guten Plan klingt.

Nach und nach kommen alle wieder etwas runter, und die Party nimmt nun langsam wieder an Fahrt auf.

Eigentlich habe ich gedacht, dass ich mich nach dem anstrengenden Tag kaum noch bewegen kann, aber die Musik setzt bei mir ungeahnte Kraftreserven frei. Ich würde am liebsten die ganze Nacht durchtanzen. Wenn bloß meine Füße nicht so höllisch wehtun würden.

»Pause?«, fragt Noah, der mit einer Bierflasche in der

Hand plötzlich neben mir steht. Mittlerweile ist es dunkel geworden, und die Lampions und Fackeln, die angezündet worden sind, verbreiten eine wunderschöne Atmosphäre.

Ich nicke zustimmend. »Unbedingt. Ich spüre meine Füße kaum noch.«

»Die Liegestühle und Strandkörbe sind alle besetzt. Wollen wir uns ein bisschen ans Ufer setzen?«, schlägt Noah vor.

»Gute Idee. Vielleicht haben Nele und Kuki ja auch Lust mitzukommen.«

»Eher nicht.« Noah zeigt grinsend auf einen blau-weiß gestreiften Strandkorb, der zwischen der Tanzfläche und dem geheimen Getränkelager steht.

Ich muss zweimal hineinsehen, um zu erkennen, dass es Kuki und Nele sind, die dort eng miteinander verschlungen herumknutschen.

»Okay, die sind wohl beschäftigt.«

Nachdem Noah seine leere Bierflasche weggebracht hat, schlendern wir schweigend ein Stück am See entlang. Je weiter wir uns von der Party entfernen, desto leiser wird die Musik, und auch das Licht wird schwächer.

»Hier?«, fragt Noah und bleibt stehen.

»Jepp.«

Noah setzt sich in den Sand, und ich lasse mich neben ihn plumpsen. Ohne Minirock könnte ich es mir jetzt wie er einfach im Schneidersitz gemütlich machen. Auf der Suche nach einer bequemen Position strecke ich die Beine aus und überkreuze die Fußknöchel. So geht's.

»Ein perfekter Tag«, seufze ich zufrieden. »Wenn man von Patricks dämlicher Aktion mal absieht. Die hätte er sich echt sparen können. Aber das Turnier ist und bleibt einfach der Hammer.«

»Stimmt. Eigentlich denkt man jedes Mal, dass es nicht besser werden kann, aber dann wird es im nächsten Jahr doch wieder getoppt.«

Trotz der warmen Sommernacht weht vom See kühle Luft herüber, und ich fröstele leicht.

»Ist dir kalt?«, fragt Noah, dem die Gänsehaut auf meinen Armen offenbar nicht entgangen ist.

»Ein bisschen.« Meine Tasche mit der Strickjacke liegt noch bei den Liegestühlen, aber ich habe keine Lust, sie zu holen. Dafür ist dieser Augenblick viel zu schön. Schade, dass der Minirock keine Taschen hat, denn das hier ist definitiv ein Glücksmoment.

Noah zieht seinen schwarzen Hoodie aus und legte ihn mir über die Schultern.

»Nicht dass du noch krank wirst«, ahmt er mit mahnend erhobenem Zeigefinger meine Mutter nach.

Ich kichere. »Danke.« Zufrieden kuschele ich mich in den weichen Stoff des Sweatshirts und atme dabei Noahs unverwechselbaren Geruch ein.

Nun ist mir angenehm warm, und in meinem Bauch kribbelt es. Vielleicht liegt das am Vibrieren der Bässe, denn selbst hier ist die Musik noch leise zu hören.

»Guck mal, da oben ist der Große Wagen.«

»Wo?« Ich starre in die Richtung, in die Noahs Finger zeigt. Aber außer jeder Menge scheinbar wahllos am Himmel verteilter Sterne kann ich nichts entdecken.

»Da ist die Hinterachse, da die Vorderachse.«

Ich legte den Kopf noch weiter in den Nacken und versuche, an der Stelle, wo Noah hindeutet, etwas zu erkennen.

»Jetzt sehe ich es! Ich sehe den Wagen!« Ich freue mich wie ein kleines Kind und kann mich nur mit Mühe beherrschen, nicht vor Begeisterung in die Hände zu klatschen.

»Und jetzt verlängerst du die Hinterachse des Wagens fünfmal nach oben. Da siehst du einen Stern, der besonders hell ist.«

Tatsächlich! Zwischen all den funkelnden Sternen leuchtet einer ein bisschen mehr als die anderen.

»Das ist der Nordstern«, erklärt Noah. »Seefahrer haben ihn früher zur Orientierung benutzt. Wenn du von dem Stern aus senkrecht ein Lot nach unten fällst, weißt du, wo Norden ist.«

Falls ich mal mit einem Schlauchboot mutterseelenallein in Seenot geraten sollte, weiß ich nun zumindest, wie ich herausfinden kann, wo Norden ist. Nicht dass mir das dann irgendwie weiterhelfen würde, aber egal.

»Kennst du außer dem Großen Wagen noch mehr Sternbilder?«, will ich von Noah wissen. Ich könnte ihm noch stundenlang zuhören.

»Den Kleinen Wagen kenne ich auch noch.«

»Na klar. Was auch sonst?«, ziehe ich ihn auf. »Kerle stehen eben auf alles, was Räder hat.«

»Vielleicht sehen wir ja eine Sternschnuppe«, übergeht Noah schmunzelnd meine Antwort.

»Das wäre cool.«

Eine Weile starren wir beide schweigend in den Himmel. »Daaa!«, rufen wir fast gleichzeitig.

»Hast du dir was gewünscht?«, fragt Noah leise.

»Mist. Nein. Es ist alles so schnell gegangen, das hab

ich total vergessen. Zuerst habe ich gedacht, es wäre ein Flugzeug.«

»Macht nichts«, Noah lächelt mich an, »ich habe mir was für uns beide gewünscht.«

Ich lächle zurück und spüre dabei erneut ein leichtes Kribbeln im Bauch. Bestimmt ist daran die Sternschnuppe schuld. Außerdem tut mir von der langen In-den-Himmel-Guckerei der Nacken weh. Ermattet lasse ich mich in den Sand zurückfallen, der von der Hitze des Tages noch warm ist. Erst jetzt merke ich so richtig, wie k.o. ich bin. Meine Beine fühlen sich schwer an, und meine Schultern sind total verspannt.

»Boah, bin ich platt«, stöhne ich.

»Tja, du bist halt auch nicht mehr die Jüngste«, neckt mich Noah.

»Ach komm, du bist doch heute Nachmittag schon wie ein alter Opa über das Spielfeld geschlichen.«

»Das nimmst du sofort zurück, sonst …«

»Sonst was?«, frage ich grinsend.

»Sonst kenne ich kein Erbarmen. Ich weiß doch, wie kitzelig du bist.«

Bevor ich überhaupt die Möglichkeit habe, Noah zu versichern, dass er natürlich nicht wie ein alter Opa, sondern eher wie ein lahmer Gaul gelaufen ist, stürzt er sich lachend auf mich. Sein Pulli rutscht mir bei diesem Überraschungsangriff von den Schultern, und ich spüre den festen Druck seiner Hände, die meine Oberarme umschließen, um mich am Zappeln zu hindern. Die kleinen Härchen an meinen Armen richten sich auf, und ich bekomme, obwohl mir gar nicht kalt ist, eine Gänsehaut. Der kratzige Stoff von Noahs Jeans reibt an meinen nackten Beinen, und aus dem festen Klammergriff, der nicht länger nötig ist, weil ich keine Gegenwehr mehr leiste, ist plötzlich eine Umarmung geworden. Noah und ich haben uns schon tausende Male umarmt, aber noch nie *so*.

Und dann spüre ich plötzlich seine Lippen auf meinen. Warm, weich und unglaublich zärtlich. Mein Gehirn schaltet sich ab, so als wäre in meinem Kopf eine Sicherung durchgebrannt, dafür fühle ich nun umso intensiver. Es ist wie ein Rausch. Wie eine Droge, die süchtig macht und von der ich nicht genug bekommen kann. Jeder Nerv und jede einzelne Zelle meines Körpers scheint unter Noahs Kuss zu vibrieren.

Keine Ahnung, welches kosmische Ereignis da gerade im Gang ist. Raum und Zeit scheinen plötzlich nicht mehr zu existieren. Als sich unsere Lippen voneinander lösen, bin ich völlig benommen und wie in einer anderen Welt.

»Das muss eine Express-Sternschnuppe gewesen sein«, raunt Noah ganz dicht an meinem Ohr.

Bevor ich etwas darauf erwidern kann, bringen plötzlich laute Rufe die Seifenblase, die uns umgibt, zum Platzen.

»Noah! Charly! Wir müssen los!«

Und genauso schnell, wie die Sternschnuppe vom Himmel gefallen ist, ist der Moment zwischen Noah und mir verflogen. Kurz frage ich mich sogar, ob ich mir das alles nur eingebildet habe.

»Das war Kuki.« Noahs Stimme klingt kratzig. »Bestimmt ist seine Mutter da, um uns abzuholen.«

»Hm.«

Ohne uns anzusehen, springen wir auf und klopfen den Sand von unseren Klamotten. Ich drücke Noah wortlos seinen Hoodie in die Hand, dann laufen wir mit jeder

Menge Sicherheitsabstand zwischen uns zum Grillplatz zurück.

Zum Glück ist Kuki total aufgekratzt und quatscht auf der Rückfahrt im Auto pausenlos. So fällt es nicht auf, dass Noah und ich ungewöhnlich still sind.

Völlig aufgewühlt starre ich aus dem Fenster in die Dunkelheit.

»Alles okay?«, flüstert Nele, die neben mir sitzt und natürlich doch etwas gemerkt hat.

»Jepp«, antworte ich leise, obwohl ich das Gefühl habe, dass absolut gar nichts okay ist.

Beim Aussteigen vermeide ich es, Noah in die Augen zu sehen, und auch er scheint es plötzlich verdammt eilig zu haben, nach Hause zu kommen. Ein kurzes Winken, dann ist er verschwunden.

Später im Bett liege ich noch lange wach und denke über diesen merkwürdigen Abend nach. Was war das denn bitte? Noah und ich? Aber das geht doch nicht. Wir sind beste Freunde, fast wie Bruder und Schwester, und wir kennen uns schon ewig. Allerdings hat sich dieser Kuss vorhin alles andere als freundschaftlich angefühlt. Die Gänsehaut, das Kribbeln im Bauch, das Herzklopfen … Ich schüttle den Kopf. Das waren bestimmt alles ganz normale Körperreaktionen auf einen Kuss. So eine Art Reflex. Wie wenn man jemandem mit einem Hämmerchen auf eine bestimmte Stelle am Knie schlägt.

Unruhig werfe ich mich von einer Seite auf die andere. Costa gibt im Schlaf leise Schmatzgeräusche von sich. Ob er wohl träumt?

Doch schnell wandern meine Gedanken zurück zu Noah. Wie konnte es überhaupt zu diesem Kuss kommen?

Obwohl Noahs Eltern das relativ locker sehen, weiß ich, dass er selten etwas trinkt und darum keinen Alkohol gewöhnt ist. Vielleicht hatte er ja doch ein Bierchen zu viel? Und dann auch noch dieser blöde Minirock … Plötzlich werde ich noch unsicherer. Wahrscheinlich hätte er der Charly in Jeans und T-Shirt statt eines Kusses einfach nur High five gegeben. Oder Noah hat seine Gefühle für Chiara einfach auf mich projiziert. Es war ja schon wahnsinnig romantisch am See. Und ich war eben da. Chiara nicht. Meine Gedanken schweifen weiter zu Luke. Monatelang habe ich ihn aus der Ferne angeschmachtet und von ihm geträumt. Nun bin ich so kurz davor, dass meine Träume Wirklichkeit werden. Unser erstes Date. Wie konnte ich da am Vorabend mit einem anderen Jungen herumknutschen? Und was, wenn der Kuss Noahs und meine Freundschaft nun für immer ruiniert hat? Ich bin völlig neben der Spur. Sogar jetzt, Stunden später, fühlt sich mein ganzer Körper noch wie elektrisiert an, wenn mir dieser fast schon unwirkliche Moment am See in den Sinn kommt. Verdammt, und das alles nur wegen eines einzigen Kusses. Was habe ich mir bloß dabei gedacht?

Gar nichts. Aber das macht es nur noch schlimmer.

Kapitel 11

Am nächsten Morgen wache ich viel zu früh auf. Gerade mal kurz vor halb sieben, stelle ich mit einem Blick auf die Leuchtziffern meines Weckers fest. Also quasi noch mitten in der Nacht. Und das an einem Sonntag. Wo gibt's denn so was? Noch dazu nach einer Party.

Oh nein!!! Die Party … Plötzlich bekommt der Begriff Morgengrauen eine völlig neue Bedeutung, denn mit einem Schlag fällt mir alles wieder ein. *Noah, der Kuss, unsere merkwürdige Verabschiedung …*

Mit einem gequälten Seufzer ziehe ich mir die Bettdecke über den Kopf. Aber leider lässt sich die Erinnerung an den vergangenen Abend nicht so leicht aussperren. In der dunklen Höhle fallen die Gedanken wie Zombies gnadenlos über mich her und versuchen, mich zu zerfleischen. O Gott, nichts wie raus hier!

Seufzend stehe ich auf und ziehe die Vorhänge zur Seite. Ohne dass ich etwas dagegen tun kann, wandert mein Blick zu Noahs Fenster. Die Jalousie ist noch unten. Klar, wahrscheinlich pennt er noch tief und fest. Er hat sich wegen unseres Kusses ganz bestimmt nicht schlaflos im Bett herumgewälzt. Wahrscheinlich hat er ihn längst vergessen. Was mich zugleich wütend als auch irgendwie seltsam traurig macht.

Nachdem ich mir die Zähne geputzt habe, tapse ich auf nackten Füßen im Nachthemd in die Küche, wo es nach Kaffee und frisch aufgebackenen Brötchen riecht. Meine Mutter macht gerade das Sonntagsfrühstück.

»Geht's dir gut?«, fragt sie, stellt einen Teller mit Aufschnitt zur Seite und mustert mich misstrauisch.

Boah, ist das unheimlich. Außer »Guten Morgen« habe ich doch noch gar nichts gesagt. Kann sie etwa Gedanken lesen?

»Warum sollte es mir nicht gut gehen?«

»Weil du am Wochenende sonst nie freiwillig so früh aufstehst.«

»Ich war einfach nicht mehr müde«, behaupte ich, kann aber ein herzhaftes Gähnen nicht unterdrücken.

Beim gemeinsamen Frühstück mit meinen Eltern erzähle ich ganz ausführlich von dem Turnier, damit sie keine Zeit haben, Fragen über die Party zu stellen. Danach verziehe ich mich schnell auf mein Zimmer.

Es ist echt zum Verrücktwerden, immer wieder kommt mir Noahs Kuss in den Sinn. Um mich abzulenken, räume ich sogar ganz ohne Androhung von Strafe mein Zimmer auf. Aber irgendwann ist auch das letzte Schulbuch im Regal verstaut und das letzte schmutzige T-Shirt in der Wäschetonne gelandet. Und jetzt?

Verdammt, was mache ich denn sonst, wenn ich Sorgen oder Probleme habe? Eigentlich immer dasselbe: Erst 'ne Runde mit Noah joggen, um mich abzureagieren, und anschließend mit Nele quatschen, um meine Gedanken zu sortieren. Vielleicht wäre die Idee mit dem Joggen gar nicht so schlecht, überlege ich, während ich meine Socken nach Farben sortiere. Das wollte ich schon immer mal machen. Sicher ist es besser, »die Sache« mit Noah schnell zu klären. Denn je länger wir damit warten, desto komischer könnte es zwischen uns werden.

Ich greife nach meinem Handy und schreibe Noah eine WhatsApp.

Lust, joggen zu gehen?

Doch dann zögere ich plötzlich, und anstatt die Nachricht abzusenden, lösche ich sie schnell wieder. Vielleicht doch keine so gute Idee. Besser ich quatsche erst einmal mit Nele und höre mir an, was sie zu der Situation sagt. Doch als ich ihre Nummer wähle, meldet sich nur die Mailbox.

Ich hinterlasse ihr eine Nachricht: »Hallo Nele. Ich muss unbedingt mit dir reden. Ruf mich bitte zurück.«

Eine halbe Stunde später das gleiche Spiel. Ich versuche es immer wieder, wobei die Abstände zwischen meinen Anrufen mit jedem vergeblichen Versuch kürzer werden, bis ich schließlich fast ununterbrochen Neles Handynummer wähle – aber ich erreiche sie einfach nicht. Sie hat mir gestern erzählt, dass sie heute bei ihrer Cousine ist, um ihr beim Basteln der Tischdekoration für die Hochzeit zu helfen. Und die wohnt ziemlich ländlich. Falls Nele das Handy jedoch nicht in eine Jauchegrube gefallen ist, sie von einem Wildschwein angegriffen wurde oder sich beim

Basteln mit Sekundenkleber die Hände zusammengekleistert hat, sollte sie trotzdem in der Lage sein, mal kurz mit mir zu telefonieren. Irgendwann gegen Mittag – außer meinen Socken habe ich mittlerweile auch den Rest meines Kleiderschrankes nach Farben sortiert, kommt dann endlich der ersehnte Rückruf.

»Hi Charly, was gibt's?«

»Mensch, Nele, warum gehst du denn nicht ans Handy? Ich versuche schon seit Ewigkeiten, dich zu erreichen.«

»Charly? Charly? Hörst du mich? Der Empfang ist hier total schlecht.«

»Ja, ich höre dich sehr gut.« Schlechter Empfang hin oder her, ich brauche jetzt dringend mentale Unterstützung. Bevor die Verbindung komplett abreißen kann, komme ich lieber sofort zur Sache: »Weißt du, gestern auf der Party, da ähm, da war zwischen Noah und mir dieser Kuss.«

»Ja, du hast recht. Wir machen besser Schluss.«

Hääää?

»Kannst du nicht woanders hingehen?«, brülle ich wie eine Geisteskranke ins Handy. »Die Verbindung ist echt beschissen.«

»Charly, ich verstehe dich nicht. Charly? Wer soll sich verpissen?«

Okay, das hat so echt keinen Zweck. Die Gespräche mit meiner Oma sind früher genauso abgelaufen. Allerdings musste man Oma Gerda in diesen Fällen nur daran erinnern, ihre Hörgeräte ins Ohr zu stecken, dann ging's. Bis sie eines Abends ihre Hörgeräte mit dem Gebiss vertauscht hat und in ein Wasserglas geworfen hat. Aber das ist eine andere Geschichte.

»Lass uns morgen in der Schule quatschen«, kapituliere ich schließlich und hoffe, dass Nele mich gehört hat.

»Viel Spaß mit Luke«, sagt sie, bevor sie auflegt.

Frustriert werfe ich mein Kopfkissen gegen die Wand und verfehle dabei nur um Haaresbreite einen Bilderrahmen. Das Telefonat mit Nele ist so etwas wie der rettende Strohhalm gewesen, an den ich mich geklammert habe. Natürlich kann sie auch keine Wunder vollbringen, aber sie hätte mir zumindest dabei helfen können, die Dinge in meinem Kopf zu sortieren.

Außerdem wollte ich Nele auch noch bei einem ganz anderen Thema um Rat bitten. Die Frage, was ich heute Abend anziehen soll, bereitet mir nämlich ebenfalls Kopfzerbrechen. Zumindest weiß ich schon mal, was ich NICHT anziehen werde: den Minirock und das Top, denn die sind beim gestrigen Probedurchlauf eindeutig durchgefallen. Ich habe mich einfach nicht wohlgefühlt, so als würde ich vorgeben, jemand zu sein, der ich in Wirklichkeit gar nicht bin. Wie eine Blenderin oder ein Klon von Chiara. Schon möglich, dass ich in dem Outfit gar nicht so übel ausgesehen habe, aber ich hätte gleich im Geschäft auf mein Bauchgefühl hören sollen. Solche engen, knappen Outfits sind einfach nicht mein Ding. Und ich will auch keine Show abziehen müssen, um bei einem Jungen zu landen. Entweder ich gefalle ihm so, wie ich bin, oder eben nicht.

Wieder landen meine Gedanken, ohne dass ich es verhindern kann, bei Noah. Es war sicher kein Zufall, dass er mich ausgerechnet gestern geküsst hat. Bei der »echten Charly« wäre er bestimmt nie auf die Idee gekommen. Da hätte ihn die Sternschnuppe schon am Kopf treffen müssen. Was fast schon ein bisschen beleidigend ist.

Verärgert knülle ich das Top und den Rock zusammen und stopfe die Sachen in die hinterste Schrankecke, wo sich bereits in einer Tüte luftdicht verpackt Lukes T-Shirt befindet. Allmählich wird es ganz schön eng da drin.

Eng wird es langsam auch mit der Outfitfrage. Nach dem Duschen fällt meine Wahl auf meine schwarze Skinny-Jeans und ein Jeanshemd.

Gute Entscheidung, denke ich beim Blick in den Spiegel zufrieden.

Was aber noch lange nicht heißt, dass das Thema damit abgehakt ist. Denn auch Gutes kann man schließlich immer noch perfekt machen, und so ziehe ich mich in allerletzter Sekunde noch einmal komplett um. Leider stellt sich dabei heraus, dass die erste Idee dann doch die bessere war, und so mache ich das Ganze in Windeseile wieder rückgängig. Das alles kostet jedoch wertvolle Zeit. Zeit, die ich eigentlich gar nicht mehr habe. Ich weiß auch nicht, wie das passieren konnte. Der Tag hat sich gezogen wie Kaugummi, und nun bricht, kurz bevor ich aus dem Haus muss, plötzlich Hektik aus …

Als ich völlig außer Atem die Bushaltestelle erreiche, sehe ich gerade noch die Rücklichter des abfahrenden Busses. Das kann doch wohl nicht wahr sein! Auf nichts ist mehr Verlass. Sonst hat der Bus doch immer Verspätung, warum muss er ausgerechnet heute pünktlich sein?! Das ist unfair. Völlig außer mir hämmere ich mit der Faust auf die Tafel mit dem Busfahrplan. Der Schmerz, der mich dabei durchzuckt, bringt mich zum Glück wieder etwas runter.

Und nun? Meine Eltern sind bei Freunden eingeladen.

Was einerseits gut ist, weil sie mich beim Verlassen des Hauses nicht mit Fragen löchern konnten. Andererseits heißt das aber leider auch, dass nun niemand da ist, der mich mit dem Auto in die Stadt fahren kann, und der Bus fährt sonntags nur alle Jubeljahre. Also werde ich wohl oder übel das Fahrrad nehmen müssen.

Ohne noch länger zu zögern, mache ich kehrt und renne nach Hause. Dort angekommen, schreibe ich Luke schnell eine WhatsApp, dass ich ein bisschen später komme. Er antwortet sofort: *Kein Problem. Ich kauf schon mal die Tickets.*

Ich schicke ihm ein Daumen-hoch-Emoji zurück, dann schwinge ich mich auf mein Fahrrad. Während ich hektisch in die Pedale trete, bemerke ich, dass sich inzwischen dunkle Wolkenberge am Himmel aufgetürmt haben. Es ist auch irgendwie kühler geworden, und der Wind zerrt an meiner Jacke und an meinen Haaren. Ich kann die Leuchtreklame des Kinos bereits sehen, da kommt es, wie es kommen muss: Plötzlich fängt es an, wie aus Eimern zu schütten. Innerhalb von Sekunden bin ich patschnass. Na toll, warum habe ich vorhin eigentlich geduscht? Reine Zeit- und Wasserverschwendung.

Ist doch alles nicht zu fassen. So viel Pech kann man gar nicht haben! Jetzt fehlt nur noch, dass das Movie Star wegen Renovierungsarbeiten geschlossen ist.

Als ich triefend den Eingangsbereich betrete, schlägt mir ein Schwall warmer Luft entgegen, der nach Popcorn duftet. Das Foyer ist nicht besonders voll, hier und da stehen ein paar Besucher einzeln oder in kleinen Grüppchen herum.

Ich halte Ausschau nach Luke und entdecke ihn

schließlich in der Nähe der Snacktheke. Wie er sich da so lässig an einen der Stehtische lehnt, sieht er einfach zum Dahinschmelzen aus. Prompt macht mein Herz einen aufgeregten Hüpfer. Das weiße oversized T-Shirt betont Lukes sonnengebräunte Haut, und seine halblangen Haare runden den Surferlook ab.

Meine Hände fühlen sich ganz feucht an. Keine Ahnung, ob das an der Nervosität oder am Regen liegt.

Nun hat Luke mich auch gesehen, und sein Mund verzieht sich zu einem Lächeln, während er mir zuwinkt. Eigentlich sind es nur ein paar Meter, die ich bis zu ihm zurücklegen muss, aber da er mich die ganze Zeit dabei anschaut, ziehen sie sich wie Kaugummi. Bestimmt sehe ich furchtbar aus. Ich spüre förmlich, wie die nassen Haarsträhnen an meinem Kopf kleben.

»Oje, du Arme«, sagt Luke anstelle einer Begrüßung, als ich endlich bei ihm angekommen bin.

Sein mitleidiger Blick gibt mir den Rest. Jetzt fühle ich mich erst recht beschissen, wie eine nasse Katze, die man aus dem Fluss gezogen hat. Das Wasser tropft von meinen Klamotten und sammelt sich unter mir auf dem Boden in einer kleinen Pfütze.

Wenn ich jetzt sagen müsste, wie das Date läuft, würde ich nur gequält das Gesicht verziehen. Zumindest ist da noch gaaaanz viel Luft nach oben.

»Sorry, ging nicht schneller«, entschuldige ich mich. »Der blöde Bus ist mir vor der Nase weggefahren.«

»Kein Ding.« Luke lächelt. »Ich hab uns schon mal was zum Knabbern besorgt. Da ich nicht wusste, ob du lieber Popcorn oder Nachos isst, habe ich einfach beides genommen.«

»Toll, danke.« Ich ziehe mein Portemonnaie aus der Jackentasche. »Du hast ja auch schon die Eintrittskarten bezahlt. Was bekommst du denn?«

Luke hebt abwehrend die Hand. »Nee, lass mal stecken. Du bist natürlich eingeladen.«

»Oh, danke«, erwidere ich unsicher. »Echt nett von dir.«

»Ich habe den Film ausgesucht, du entscheidest den Rest.« Luke sieht mich abwartend an. »Also, Charly, wonach ist dir?«

Na ja, Händchenhalten wäre für den Anfang nicht schlecht, und gegen einen Kuss hätte ich im Prinzip auch nichts einzuwenden, es sei denn …

»Nachos oder Popcorn?«, reißt mich Luke in diesem Moment aus meinen Gedanken.

Uuups. Offenbar hat der starke Regen nicht nur meine Klamotten, sondern auch meine Gehirnzellen aufgeweicht.

»Popcorn«, antworte ich hastig. Die Entscheidung ist mir zum Glück leichtgefallen, denn die Käsesoße auf den Nachos ist so gar nicht mein Ding.

Luke drückt mir daraufhin einen XXL-Becher Cola und den riesigen Eimer Popcorn in die Hände.

»Hat der Film Überlänge – vielleicht so ein bis zwei Tage?«, scherze ich angesichts der riesigen Proviantmenge. »Auf jeden Fall werden wir nicht verhungern.«

Mit unseren Snacks bewaffnet bahnen wir uns einen Weg durch das Foyer. Als wir den Kinosaal betreten, wirft Luke einen Blick auf die Eintrittskarten.

»Reihe vierzehn. Platz sechzehn und siebzehn«, sagt er.

Wir sind spät dran, die meisten Besucher haben es sich schon auf ihren Sitzen gemütlich gemacht. Um zu unseren

Plätzen zu gelangen, müssen wir in unserer Reihe wie bei einem Hindernisparcours über Beine und Taschen hinwegsteigen. Doch plötzlich treffen wir auf ein Hindernis, das sich nicht so leicht überwinden lässt.

»Ach, Charlotte, das ist ja ein Zufall! Schön, dich zu sehen.«

Da bin ich aber entschieden anderer Meinung. Wir haben ja viele nette Nachbarn, Herr und Frau Bettermann gehören allerdings nicht dazu. Sie stecken ihre Nase überall rein, vor allem in Dinge, die sie nichts angehen.

»Deine Mutter hat gar nicht erzählt, dass du einen Freund hast«, sagt Frau Bettermann nun und versperrt uns wie eine Türsteherin den Weg. Mit ihrem Fake-Lächeln taxiert sie Luke dabei von oben bis unten.

Vor Scham würde ich am liebsten im Erdboden versinken. Diese alte Hexe! Das schreit förmlich nach Rache. Costa wird bei unserem nächsten Spaziergang bestimmt gerne sein großes Geschäft in Frau Bettermanns frisch geharkten Blumenbeeten verrichten.

Sicher wird die blöde Kuh Mama morgen früh brühwarm alles erzählen.

»Luke ist nicht mein Freund«, beeile ich mich zu sagen.

Herr Bettermann lacht dröhnend und zwinkert mir vertraulich zu. »Was nicht ist, kann ja noch werden. Nicht wahr?«

»Ganz genau«, antwortet Luke an meiner Stelle. »Wir sollten uns jetzt besser setzen. Der Film geht gleich los.«

Ich werfe ihm einen dankbaren Blick zu.

»Dann viel Spaß und einen schönen Abend noch«, verabschiede ich mich von den Bettermanns und stiefele schnell hinter Luke her zu unseren Plätzen.

Was nicht ist, kann noch werden. Yes! Das klingt doch gar nicht mal so schlecht. Zumindest hat Luke nicht ausgeschlossen, dass aus uns ein Paar werden könnte. Aber vielleicht wollte er mich vor den Bettermanns auch nur in Schutz nehmen.

Plötzlich fällt mir auf, dass ich immer noch nicht weiß, welchen Film wir uns eigentlich anschauen. Egal, ich lasse mich einfach überraschen.

Kaum haben wir uns gesetzt, geht das Licht aus, und die Werbung beginnt.

Kino ohne Werbung geht für mich gar nicht. Das ist wie Weihnachten ohne Advent. Aber heute bin ich viel zu nervös und zappelig, um die Vorfreude richtig zu genießen. Was Luke wohl von dem Kinobesuch und von mir erwartet?

Ich umklammere meinen Colabecher und nuckele nervös an dem Strohhalm herum. Kurz darauf signalisiert ein lautes Schlürfgeräusch, dass der Becher leer ist.

»Oh, du hattest aber ganz schön Brand, was?«, sagt Luke mit gesenkter Stimme.

»Tja, Radfahren macht eben durstig«, flüstere ich zurück.

»Und hungrig wohl auch«, scherzt Luke, als ich mich nun über das Popcorn hermache.

Während ich hastig eine Ladung Popcorn nach der anderen in mich hineinstopfe, linse ich in der Dunkelheit immer wieder verstohlen zu Luke. Echt beneidenswert, im Gegensatz zu mir ist er – zumindest äußerlich – völlig entspannt. Er hat die Beine, so weit es der Sitz vor ihm zulässt, von sich gestreckt, und sein rechter Arm ruht locker auf meiner Rückenlehne.

Der Film fängt gerade an, da macht sich meine Blase bemerkbar. Was nicht weiter verwunderlich ist, wenn man bedenkt, dass ich einen Dreiviertelliter Cola quasi auf ex in mich hineingeschüttet habe. Ich schlage die Beine übereinander und rutsche unruhig auf meinem Sitz herum. Meine nassen Klamotten kleben dabei unangenehm an meinem Körper, und meine Blase fühlt sich an, als würde sie jeden Moment platzen. Nie im Leben werde ich das bis zum Ende der Vorstellung aushalten!

Schließlich kapitulierte ich. Hoffentlich denkt Luke jetzt nicht, dass ich keine Lust auf den Film habe oder so. Aber in die Hose zu pinkeln ist ja auch keine Lösung.

»Ich geh mal eben auf die Toilette«, flüstere ich Luke zu, bevor ich aufstehe und mir in leicht gebückter Haltung einen Weg durch die Reihe kämpfe.

»Entschuldigung.«

»Dürfte ich mal bitte?«

»Verzeihen Sie.«

Boah, ist das peinlich.

Nachdem ich in Rekordzeit von der Toilette zurück bin, hält Luke mir die Schale mit den Nachos einladend unter die Nase.

»Willst du?«

»Ach nee, lass mal.« Mein Magen rumort sowieso schon so komisch, und der Geruch der ekligen Käsesoße macht es nicht gerade besser. »Ich bleibe lieber beim Popcorn«, sage ich und wühle, sehr zum Missfallen meines Sitznachbarn auf der anderen Seite, geräuschvoll in dem Popcorneimer herum. Komisch, so viel ist da gar nicht mehr drin. Hab ich etwa vor lauter Nervosität den Rieseneimer fast allein leer gefuttert?

Wie peinlich ist das denn?!? Luke muss mich ja für völlig verfressen halten. Aber der hat seine Aufmerksamkeit längst wieder auf die Leinwand gerichtet. Ich kenne weder die Hauptdarsteller, noch weiß ich, worum es eigentlich geht. Aber es handelt sich zweifelsfrei um einen Actionfilm. In fast jeder Szene gibt es eine Verfolgungsjagd, und wenn nicht gerade wild herumgeballert wird, fliegt ein Auto wie ein Silvesterböller durch die Luft. Das ist eigentlich so gar nicht die Art von Film, die ich gerne schaue. Trotzdem halte ich es vor Spannung kaum aus. Allerdings hat das nichts mit dem zu tun, was auf der Leinwand passiert. Mein Herz schlägt mir bis zum Hals. Was wird wohl als Nächstes passieren? Lukes Arm ist ein bisschen nach unten gerutscht, nur noch ein paar Zentimeter, dann liegt seine Hand auf meiner Schulter.

Nach einer besonders heftigen Explosion, bei der ein ganzer Wohnkomplex in die Luft gesprengt wird, ist Lukes Hand auf meiner Schulter angekommen. Ich spüre die Wärme seiner Finger durch den Stoff meines Jeanshemds. Dann beugt er sich zu mir rüber. Entweder er will mir was ins Ohr flüstern, oder er wird mich gleich küssen. Sein Gesicht kommt näher und näher. Ich spüre seinen warmen Atem, der meine Wange streift. Er riecht nach Nachos … und ziemlich durchdringend nach Käse.

»O Gott, ist mir übel«, kann ich gerade noch hervorbringen, bevor ich aus dem Kinosaal stürze und mich in den nächstbesten Mülleimer übergebe.

Kapitel 12

Normalerweise finde ich es gar nicht so schlimm, montagmorgens in die Schule zu gehen, denn nach dem Wochenende gibt es immer viel zu erzählen. Doch dieses Mal ist das anders.

»Musst du nicht langsam mal los?«, fragt meine Mutter, die geschäftig in der Küche herumhantiert. »Oder fällt die erste Stunde heute bei dir aus?«

»Nicht dass ich wüsste.« Ich beiße lustlos in mein Brot, an dem ich schon seit einer Viertelstunde herummümmele.

Vielleicht sollte ich einfach sagen, dass ich krank bin. Was noch nicht einmal komplett gelogen wäre. Mein Magen fühlt sich immer noch komisch an, was bestimmt nicht nur an der Riesenmenge Popcorn liegt, die ich gestern Abend erst zu mir und dann direkt wieder von mir gegeben habe. Doch so verlockend die Vorstellung auch ist, einfach wieder ins Bett zu krabbeln und sich die Decke über den Kopf zu ziehen, es wäre höchstens ein kleiner Aufschub. Ich werde Noah und Luke nicht ewig aus dem Weg gehen können. Besser, ich bringe das so schnell wie möglich hinter mich, auch wenn es mir vor beiden Begegnungen graut.

Aber das ist längst nicht alles, was mir Bauchweh bereitet. Vielleicht hat Luke ja einem seiner Freunde von unserem verkorksten Date erzählt. Und der hat wiederum einem anderen Freund davon erzählt und so weiter und so weiter. Die Geschichte wird sich wie ein Lauffeuer an der Schule verbreiten, und bestimmt lachen alle über mich. Sollte Luke jemals auch nur einen winzigen Funken Interesse an mir gehabt haben, ist er in dem Moment erloschen, als er mich nach meinem stürmischen Abgang im Kinofoyer gefunden hat. Wer ist schon scharf auf ein Mädchen, das mit dem Kopf in einem Mülleimer steckt und sich die Seele aus dem Leib kotzt?

Costa, der zu spüren scheint, dass es mir nicht gut geht, stupst mich mit seiner feuchten Hundeschnauze an. Ich hocke mich neben ihn, vergrabe mein Gesicht in seinem drahtigen Fell und raune ihm leise ins Ohr: »Ach, mein Süßer, du weißt gar nicht, wie gut du es hast.«

Costa antwortet mit einem leisen Winseln.

»Ganz genau«, stimme ich ihm zu. »Es ist wirklich zum Heulen.«

Nachdem ich mich von meiner Mutter verabschiedet habe, verlasse ich mit meinem Rucksack das Haus und warte mit klopfendem Herz darauf, dass sich Noahs Haustür öffnet. Ich habe einen Riesenbammel vor der Begegnung. Obwohl ich so herumgetrödelt habe, bin ich pünktlich. Aber auf der gegenüberliegenden Straßenseite rührt sich nichts. Ich warte zwei Minuten, drei Minuten … nach fünf Minuten gebe ich es schließlich auf und setze mich in Bewegung. Noah will heute anscheinend nicht mit mir zur Schule gehen. Und man braucht nicht viel Fantasie, um sich zusammenzureimen, warum das so ist.

Als ich mit gesenktem Kopf und hängenden Schultern das Foyer betrete, laufe ich ihm jedoch mehr oder weniger direkt in die Arme. Er steht am Vertretungsplan und unterhält sich mit einem anderen Schüler aus seiner Stufe. Als er mich sieht, verabschiedet er sich mit einem Nicken von ihm, dann lächelt er mich etwas unsicher an.

»Morgen, Charly. Ziemlich verrücktes Wochenende, was?«

Ich nicke vage, obwohl ich nicht weiß, worauf er anspielt. Meint er unseren Kuss? Oder hat sich die Geschichte von meinem Horrordate sogar schon bis zu ihm rumgesprochen?

Wir gehen ein paar Schritte und bleiben hinter einem Pfeiler stehen. Hier ist es etwas ruhiger. *Vielleicht zu ruhig?* Ob man mein Herz klopfen hören kann?

»Es tut mir leid …«, beginnt Noah.

Bevor er den Satz beenden kann, komme ich ihm schnell zuvor: »Ja, mir tut es auch leid.« Ich lache kurz auf. Ob vor Panik oder Erleichterung, weiß ich selbst nicht so genau. Mein Mund ist sowieso schneller als mein Gehirn. »Aber es ist ja eigentlich gar nichts passiert. So ein harmloser Kuss hat schließlich nichts zu bedeuten.«

Noah fixiert irgendeinen Punkt hinter meiner linken Schulter. Keine Ahnung, was da so interessant ist. »Eigentlich wollte ich sagen, dass es mir leidtut, dass ich dir nicht Bescheid gesagt habe. Ich bin heute mit dem Rad zur Schule gefahren. Hoffentlich hast du nicht zu lange auf mich gewartet. Ich hatte völlig vergessen, dass ich heute Nachmittag einen Zahnarzttermin habe und von hier aus direkt weiterdüsen muss.« Er macht eine kurze Pause. »Aber du hast natürlich völlig recht. Wir sollten keine große Sache daraus machen. Ein Kuss ist einfach nur ein Kuss, mehr nicht.«

»Ganz genau«, pflichte ich ihm bei. »Ich meine, wir beide ein Paar? Ich lache mich tot. Das wäre ja fast so, als wenn ich mit meinem Bruder eine Beziehung hätte.«

Noahs Lachen klingt etwas gezwungen. »Ja, die Vorstellung ist ganz schön strange.«

Natürlich ist die Vorstellung *strange.* Aber irgendwie tut es weh, das aus seinem Mund zu hören. Schließlich war da diese Wahnsinnskribbeln, als wir uns geküsst haben. Hat er das etwa nicht gespürt? Nervös trete ich von einem Fuß auf den anderen. »Wenn das Bier nicht gewesen wäre, hättest du mich vermutlich eh nie geküsst.«

»Stimmt«, gibt Noah mir recht. »Ich bin einfach keinen Alkohol gewöhnt.«

»Gut, dass wir das geklärt haben.«

»Genau.«

»Freunde?«, frage ich und sehe ihm nun zum ersten Mal in die Augen. Aber Noah weicht meinem Blick aus.

Während ich auf seine Antwort warte, ist in mir das komplette Chaos ausgebrochen. Was, wenn er nichts mehr mit mir zu tun haben will? Wenn unser Verhältnis nie wieder so wird wie vor der Party? Und warum lässt er sich mit seiner Antwort so viel Zeit? Seine Miene ist völlig ausdruckslos.

»Freunde«, sagt er endlich.

Puuuuh.

Ich schlage Noah kumpelhaft auf die Schulter, was ziemlich komisch rüberkommt. Schließlich haben wir das noch nie gemacht. Aber offenbar gibt es für alles ein erstes Mal.

Noah wechselt seinen Rucksack von der rechten auf die linke Seite. »Chiara hat mich vorhin, als ich am Vertretungsplan gestanden habe, übrigens gefragt, ob ich mich heute Nachmittag mit ihr treffe, um ihr Mathe zu erklären.«

»Und was hast du gesagt?«, frage ich gespannt. Eigentlich kann es mir ja egal sein, denn Luke wird vermutlich eh nichts mehr von mir wissen wollen. Aber die Hoffnung stirbt bekanntlich zuletzt, und irgendwie ist mir Noahs Antwort wichtig …

»Was soll ich schon gesagt haben? Dass ich heute keine Zeit habe, weil ich einen Zahnarzttermin habe.« Ich kenne diesen Gesichtsausdruck. Hinter dem verschanzt Noah sich immer, wenn er bockig ist. »Und dass sie ihren Bruder fragen soll«, fügt er noch hinzu.

»Bist du verrückt?« Ich zeige ihm einen Vogel.

»Du hast recht. Das war ein dämlicher Vorschlag. Luke ist in Mathe eine absolute Niete.«

Als Lukes Name fällt, versuche ich an Noahs Gesicht zu erkennen, ob sich das Kinodesaster schon bis zu ihm rumgesprochen hat. Aber entweder er ist komplett ahnungslos oder ein guter Schauspieler.

»Ich glaube, in Wirklichkeit geht es Chiara gar nicht um Mathe.« Noahs Stimme klingt vorwurfsvoll.

Blitzmerker. Wie schafft er es bloß, hochkomplizierte

Gleichungen zu lösen, obwohl er kaum eins und eins zusammenzählen kann?

»Und wäre das so schlimm?« Ich hab die Nase voll von diesem Hin und Her, also versuche ich, ihn aus der Reserve zu locken. »Eins der beliebtesten Mädchen der Schule ist an dir interessiert. Sie ist hübsch, sie ist nett, und sie steht auf dich – und du tust so, als wäre das eine Zumutung.«

»Du meinst also, ich soll mit Chiara etwas anfangen?«

Eben habe ich mir noch gewünscht, Noah würde mich endlich mal richtig ansehen. Nun wäre es mir lieber, er würde es nicht tun. Unbehaglich winde ich mich unter seinem forschenden Blick. »So habe ich das nicht gesagt. Gib Chiara doch erst mal Mathenachhilfe, und dann schaut, was sich daraus entwickelt.«

In diesem Moment rennt ein Unterstufenschüler schwer bepackt mit einem Rucksack auf dem Rücken und einem Turnbeutel unter dem Arm laut keuchend an uns vorbei. Offenbar ist der Arme spät dran. Apropos: Plötzlich fällt mir auf, dass es rings um uns herum verdammt ruhig geworden ist. Kein Stimmengewirr, kein Gekreische oder laute Hallo-Rufe. Als ich mich umsehe, stelle ich entsetzt fest, dass Noah und ich die Einzigen sind, die noch im Foyer stehen. Verdammt. Wir müssen die Klingel überhört haben.

»Lass uns ein andermal weiterreden.« Hektisch greife ich nach meinem Rucksack. »Shit, ich muss los. Ich hab jetzt eine Doppelstunde Deutsch, und die Rosenstolz wartet doch nur darauf, mir wieder eins reinzuwürgen.«

Ohne ein weiteres Wort drehe ich mich um und renne los. Als ich mit hechelnder Zunge den Klassenraum erreiche, hat die Stunde schon begonnen. So unauffällig wie möglich versuche ich mich an meinen Platz zu schleichen. Dummerweise habe ich keinen Tarnumhang, mit dem ich mich unsichtbar machen kann, und mein Zuspätkommen fällt natürlich sofort auf.

»Schön, dass du uns auch noch mit deiner Anwesenheit beehrst, Charlotte.« Die Ironie ist kaum zu überhören. Die tiefen Bässe in der Stimme allerdings auch nicht. »Setz dich bitte.«

Als ich überrascht aufsehe, fällt mir ein Stein vom Herzen. Denn nicht die olle Rosenstolz, sondern Herr Bieler steht vorne am Lehrerpult.

»Wie ich eben bereits sagte: Frau Rosenstolz ist krank, und ich übernehme die Vertretung«, erklärt er gerade. »Im Buch auf Seite siebenunddreißig findet ihr die Aufgaben, die ihr bitte in Freiarbeit erledigt.«

»Mensch, wo hast du denn gesteckt?«, flüstert Nele mir hinter ihrem aufgeschlagenen Deutschbuch zu. »Ich dachte schon, du tauchst gar nicht mehr auf.«

»Ich musste noch was mit Noah bequatschen«, wispere ich zurück.

»Hat das was mit der Party am See zu tun? Du warst auf der Rückfahrt so komisch. Habt ihr euch gestritten? Und wie war dein Date mit Luke?«

»Ruhe bitte, meine Damen.« Um seinen Worten mehr Nachdruck zu verleihen, wirft Herr Bieler seinen Schlüsselbund mit einem lauten Klirren auf das Lehrerpult. »Ihr stört eure Mitschüler.«

Fragt sich nur, was unsere lieben Mitschüler mehr stört: unser leises Flüstern oder der Krach, den er mit seinem

Schlüssel veranstaltet. Lehrer haben manchmal wirklich eine merkwürdige Logik.

Ich sehe Nele an, dass sie vor Neugier fast platzt. Andersherum würde mir das genauso gehen. Aber als ich ihr noch etwas zuflüstern will, schaut Herr Bieler drohend in unsere Richtung. Und eine weitere Strafarbeit ist jetzt echt das Letzte, was ich brauche. Darum zucke ich nur mit den Schultern und werfe Nele einen bedauernden Blick zu.

Als die Doppelstunde endlich vorbei ist und es zur Pause klingelt, schleift Nele mich fast aus dem Klassenraum. Kaum sind wir auf dem Schulhof angekommen, verschwendet sie keine Zeit und kommt sofort zur Sache: »Also was ist denn nun zwischen dir und Noah auf der Party vorgefallen? Hattet ihr Stress?«

»Nee. Eher so eine Art … Missverständnis.«

»Was für ein Missverständnis?«

»Also, da war dieser Kuss …«

»Ihr habt euch gekü-?«, quietscht Nele.

»Pssst.« Schnell halte ich ihr den Mund zu und vergewissere mich, dass niemand etwas mitbekommen hat. »Das müssen ja nicht gleich alle wissen.«

»Wie kann ein Kuss denn ein Missverständnis sein?« Nele, die jetzt zum Glück leiser spricht, schüttelt ungläubig den Kopf.

»Missverständnis ist vielleicht nicht ganz das richtige Wort. Jedenfalls hat der Kuss nichts zu bedeuten, das haben Noah und ich heute Morgen schon geklärt. Wenn er nichts getrunken hätte, wäre es gar nicht dazu gekommen.«

»Wenn du meinst.«

Irgendwas in Neles Stimme lässt mich aufhorchen. »Warum sagst du das so komisch?«, frage ich.

»Weil ich mir nur schwer vorstellen kann, dass Malzbier eine solche Wirkung hat.«

»Malzbier?« So genau habe ich mir Noahs Bierflasche auf der Party natürlich nicht angeschaut. »Bist du sicher?«

»Hundertprozentig. Kuki hat mir nämlich erzählt, dass Noah und Basti die Einzigen gewesen sind, die weder Bier noch Wodka getrunken haben.«

»Vielleicht täuscht Kuki sich ja.« Irgendwas in meinem Inneren hofft jedoch komischerweise, dass er es nicht tut.

»Nee, ganz sicher nicht. Du kennst doch Kuki. Er hat Noah sogar noch versucht zu überreden, wenigstens *ein* Bier zu trinken. Weil sie sich doch solche Mühe gegeben haben, das Zeug auf die Party zu schmuggeln.«

»Na gut, dann war es halt mein Outfit, oder was weiß ich, was Noah dazu gebracht hat, mich zu küssen.« Ich verschränke die Arme vor der Brust.

»Und was ist mit dir?«

»Was soll mit mir sein?«

Nele verdreht über so viel Begriffsstutzigkeit die Augen. »Na, hast du ihn zurückgeküsst?«

»Na ja, ich glaub schon. Könnte man so sagen.« An der Wärme, die mir ins Gesicht steigt, spüre ich, dass ich gerade feuerrot werde. »Aber nur aus Reflex. Und kein Wort zu Kuki, verstanden?«

»Versprochen.« Sie hebt die Hand zum Schwur. »Aber glaubst du nicht, dass Noah ihm sowieso davon erzählt hat?«

»Ach was, die reden höchstens über Sport und vielleicht noch über Computerspiele.«

»Wie war der Kuss denn eigentlich?«, fragt Nele nun neugierig. »Was hast du dabei gefühlt?«

»Kuss ist Kuss. Was soll ich schon dabei gefühlt haben? Außerdem ist die Sache erledigt«, fahre ich sie an. Irgendwie komme ich mir ertappt vor. Wie früher, wenn mich meine Mutter spätabends beim Lesen unter der Bettdecke erwischt hat. Ich brauche nur an den Kuss zu denken, schon spüre ich wieder dieses Kribbeln im Bauch. Und das ist nur ein schwacher Abklatsch der Gefühle, die ich an dem Abend am See hatte. Aber zu bedeuten hat das gar nichts, da bin ich mir sicher. Oder zumindest ziemlich sicher. Meine Güte, bin ich durch den Wind! Aber dafür kann meine Freundin schließlich nichts. Erschrocken über die Heftigkeit meiner eigenen Reaktion, entschuldige ich mich schnell: »Sorry, Nele, war nicht böse gemeint. Das Thema nervt einfach. Lass uns lieber über etwas anderes reden.«

»Na gut. Wenn du meinst«, brummt sie. Offenbar ringt Nele mit sich, ob sie beleidigt sein soll. Aber schließlich siegt ihre Neugier. »Okay, dann hau mal raus: Wie ist dein Date mit Luke gelaufen?«

»Grauenvoll. Eine absolute Vollkatastrophe.« Ich schlage die Hände vors Gesicht, dann weihe ich sie in jedes noch so peinliche Detail des gestrigen Abends ein. »Er wird nie wieder ein Wort mit mir reden, so viel steht fest. Es war echt furchtbar.«

»Was war furchtbar?«, fragt plötzlich eine Stimme aus dem Off.

Wir sind so in unser Gespräch vertieft gewesen, dass wir Kuki gar nicht kommen gesehen haben.

Ich ziehe eine Grimasse. »Einfach alles.«

»Sag doch gleich, dass du nicht mit mir darüber reden willst. Das tut weh.« Kuki zieht eine beleidigte Schnute. »Aber ich gebe dir trotzdem einen Tipp, sogar völlig kostenlos. Wenn alles furchtbar ist, nimm's einfach nicht so schwer.« Er klopft mir von hinten aufmunternd auf die Schulter.

»Kuki, du stöööörst«, fahre ich ihn an. »Zieh Leine.«

»Eigentlich bin ich nur hier, um mir was abzuholen.« Er wendet sich Nele zu und drückt ihr einen fetten Kuss auf den Mund. »So, jetzt hab ich bekommen, was ich wollte, und ihr seid mich wieder los.«

Nachdem Kuki verschwunden ist, versucht Nele, mich noch etwas aufzumuntern. Mit ziemlich bescheidenem Erfolg. Denn sosehr sie sich auch bemüht, die Ereignisse des vergangenen Abends schönzureden, die Lage ist und bleibt hoffnungslos. Und dann ertönt auch schon die Klingel, und wir müssen zurück in den Unterricht.

Als Nele und ich Seite an Seite die Treppe zum ersten Stock hochgehen, ist hinter uns ein leises Kichern und Tuscheln zu hören. Ich drehe mich um und sehe vier von Emmas Klassenkameradinnen, die die Köpfe zusammenstecken. Eine von ihnen – ich glaube, sie heißt Josie – lässt gerade die Hand sinken, und ich könnte schwören, dass sie mit dem Finger auf mich gezeigt hat.

Okay, so weit zur Theorie, dass Jungs nur über Sport und Computerspiele reden. Offenbar hat Luke die Geschichte von unserem Horrordate schon in Umlauf gebracht, und nun wird sie per Stille Post auf den Schulfluren verbreitet.

Ich fühle mich sterbenselend und schleppe mich mit

letzter Kraft weiter. Wenn ich mich doch bloß unsichtbar machen könnte!

Im ersten Stock stehen ein paar Schüler vor einem verschlossenen Klassenraum, wahrscheinlich warten sie dort auf einen Lehrer. Als wir schon an ihnen vorbei sind, werfe ich über die Schulter schnell noch einen Blick zurück. Einige von ihnen glotzen in meine Richtung und grinsen dämlich. Oder leide ich jetzt schon unter Verfolgungswahn? Nein, ich bilde mir das ganz sicher nicht ein.

Mit gesenktem Kopf schleiche ich neben Nele weiter die Treppe hoch. Der reinste Spießrutenlauf. Ich wünschte, es käme eine gute Fee vorbei, die mir einfach so auf die Schnelle ein paar Wünsche erfüllen würde. Dann würde ich sie als Erstes das Kino-Date rückgängig machen lassen und danach …

»Hallo ihr zwei, habe ich was verpasst?« Chiara hakt sich bei mir ein. »Ich sollte jeden Montagmorgen zum Arzt gehen. Das hat was.«

Nele verdreht die Augen und gibt ein genervtes Schnauben von sich.

»Nein, du hast nichts verpasst«, antworte ich Chiara schnell, bevor Nele einen fiesen Kommentar abgeben kann. Noch mehr Drama verkrafte ich nicht. »Die Rosenstolz war nicht da, und wir hatten beim Bieler Vertretung.«

Chiara macht eine wegwerfende Handbewegung. »Ach, das meine ich doch nicht. Wie war denn gestern dein Date mit meinem Brüderchen? Luke war ziemlich früh zu Hause. Als ich ihn gefragt habe, warum er schon da ist und wie es gewesen ist, wollte er nicht mit der Sprache rausrücken. Er hat gesagt, ich soll dich fragen.«

Wenn sie heute Morgen pünktlich gewesen wäre, wüsste sie, wie etwa die Hälfte aller anderen Schüler, längst über meine Blamage Bescheid.

»Nicht so toll«, sage ich matt. »Mir war im Kino etwas übel.« Ich finde, das ist eine sehr diplomatische Umschreibung für die Ereignisse des vergangenen Abends.

»Oh, das ist ja blöd.« Chiara macht einen Schritt zur Seite und mustert mich misstrauisch. »Dir geht's aber wieder besser, oder? So kurz vor der Party kann ich so einen Magen-Darm-Scheiß echt nicht brauchen.«

»Keine Sorge, alles wieder gut«, beruhige ich sie und kann selbst kaum glauben, was ich da gerade gesagt habe. *Alles wieder gut?* Toller Scherz ...

»Charly, du hast da übrigens was auf deiner Schulter.« Chiara zupft hinten an meinem T-Shirt herum und drückt mir kurz darauf einen Aufkleber in die Hand, der wohl an meinem Rücken geklebt hat. Vermutlich stammt er von irgendeiner Verpackung. Es ist ein großes, rotes Ausrufezeichen mit dem Schriftzug: *Megaschnäppchen. Jetzt zugreifen!*

Kein Wunder, dass mich alle blöd angeglotzt haben.

»Kuki, na warte«, presse ich zwischen zusammengebissenen Zähnen hervor. Sein aufmunterndes Schulterklopfen von vorhin war ein ganz mieser Trick.

Ich funkele Nele, die sich mit Mühe das Lachen verbeißt, wütend an.

»Sorry.« Wie ein Fußballspieler, der den Schiri davon überzeugen will, dass er kein Foul begangen hat, hebt sie die Hände. »Ich habe das nicht gesehen. Ehrlich.«

»Gewöhn dich lieber schon mal an den Gedanken, dass du bald wieder Single bist, denn das wird Kuki nicht überleben«, knurre ich.

Als ich das heftige Zucken um ihre Mundwinkel sehe,

muss ich, ob ich will oder nicht, lachen. Nele und Chiara stimmen mit ein. Mann, was bin ich erleichtert. Der schwere Felsbrocken, der bis eben auf meiner Brust gelegen hat, ist verschwunden, und ich kann endlich wieder richtig atmen.

Ich bin wirklich dankbar, dass Luke meinen peinlichen Auftritt offenbar für sich behalten hat. Trotzdem habe ich den ganzen Vormittag Bammel davor, ihm zu begegnen. Mittags in der Cafeteria ist es dann so weit.

Nele und ich sitzen an einem Tisch in der Ecke, als die Tür aufgeht und Luke hereinkommt. Ich rechne damit, dass er mich einfach ignoriert und zur Essensausgabe durchmarschiert, doch stattdessen kommt er geradewegs auf mich zu. Nervös umklammere ich mein Besteck.

»Hm, lass mal sehen. Was gibt es denn heute?« Luke stellt sich neben mich und begutachtet in aller Seelenruhe meinen Teller.

Ich frage mich, was das werden soll. Worauf wartet er nur? Will er mich etwa in aller Öffentlichkeit bloßstellen? Als wäre der gestrige Abend nicht schon demütigend genug gewesen. Unsicher sehe ich zu ihm auf, und auch Nele scheint nicht recht zu wissen, was sie von der Situation halten soll. Sonst hätte sie längst was gesagt.

»Spaghetti mit Tomatensoße. Bist du dir sicher, dass dein Magen das verträgt?« An seinem Gesichtsausdruck erkenne ich, dass er mich nur necken will und die Frage nicht böse gemeint ist.

»Ich hoffe es«, sage ich mit einem erleichterten Grinsen. »Aber ich habe sicherheitshalber schon mal nach dem nächsten Mülleimer Ausschau gehalten.«

Luke, der kurz zur Seite getreten ist, um eine Schülerin mit ihrem Tablett vorbeizulassen, grinst ebenfalls. »Nein, jetzt ernsthaft: Geht's dir wieder gut?«

»Ja, Gott sei Dank.«

»Ich hoffe, es lag nicht an mir, dass dir schlecht geworden ist.«

»Quatsch, natürlich nicht«, antworte ich nachdrücklich und spüre, wie ich rot werde. »Du kannst dir gar nicht vorstellen, wie peinlich mir das ist …«

»Ach Blödsinn, vergiss es«, unterbricht mich Luke. »Wenn du wüsstest, wo ich schon überall hingekotzt hab.«

»Mmm, lecker«, murmelt Nele, verzieht das Gesicht und schiebt demonstrativ ihren Teller von sich.

»Sorry«, sagt Luke und wirft Nele einen zerknirschten Blick zu. Dann redet er wieder mit mir: »Wir holen das mit dem Kino irgendwann nach, wenn die Party vorbei ist. Okay? Außerdem hatte ich sowieso das Gefühl, dass der Film nicht so dein Fall war, oder?«

»Du hast recht.« Ich lächele genauso breit wie Luke, nur das mit dem Grübchen bekomme ich leider nicht hin. »Zu wenig Action. Ich finde, es hätten ruhig noch ein paar Autos mehr in die Luft fliegen können.«

Kapitel 13

Am nächsten Morgen wartet Noah wieder vor der Haustür auf mich, um mit mir gemeinsam zur Schule zu gehen. Alles ist wie immer – oder sagen wir: *fast* wie immer.

Während Noah erzählt, dass er gerade nach einer Praktikumsstelle Ausschau hält, muss ich die ganze Zeit auf seinen Mund starren, auf seine Lippen und die kleine Narbe darüber. Und fast genauso automatisch kommt mir unser Kuss wieder in den Sinn. Boah, wann wird das endlich aufhören? Lateinvokabeln vergesse ich doch auch von einem Tag auf den anderen, warum hält sich die Erinnerung an diesen kurzen Augenblick so hartnäckig?

Und noch etwas hat sich verändert: Während wir sonst auch mal gerne schweigend nebeneinander hergelaufen sind, quatschen wir jetzt in einer Tour. Sobald unsere Unterhaltung für einen Moment ins Stocken gerät, fängt einer von uns sofort ein neues Thema an. Wir reden über alles Mögliche, sogar über das Wetter, nur Luke und Chiara scheinen irgendwie tabu zu sein. Ein bisschen anstrengend ist das schon, und darum bin ich auch ausnahmsweise ganz froh, als wir an der Schule ankommen.

In den ersten beiden Stunden haben wir Kunst, was eigentlich ganz chillig sein könnte, wenn wir im Augenblick nicht so ein saublödes Thema hätten: Selbstporträts. Gruselig! Wie narzisstisch muss man bitte sein, um sich selbst zu malen?

Heute sollen wir mit unseren Bildern fertig werden und sie abgeben. Mein Porträt sieht bislang aus wie eine Mischung aus Heidi Klum und Miss Piggy. Leider erinnert nur die Nasenspitze ganz entfernt an Heidi Klum, der Rest an Miss Piggy. Sollte meine Kunstlehrerin etwas an meinem Bild auszusetzen haben, werde ich mich auf die von ihr immer wieder gerne und viel beschworene *künstlerische Freiheit* berufen.

Ich mache einen letzten schwungvollen Pinselstrich, dann erkläre ich mein Werk für beendet. Nicht einmal Picasso könnte da noch was retten. Seufzend sammele ich meine Pinsel zusammen und reihe mich in die Schlange vorm Waschbecken ein, um sie auszuwaschen. Hinter mir steht Nele, die auch nicht besonders glücklich aussieht. Offenbar ist ihr das Selbstporträt genauso wenig gelungen wie mir.

Sie sieht mir dabei zu, wie ich einen Pinsel nach dem anderen unter fließendem Wasser reinige.

»Schönes Armband«, sagt sie plötzlich. »Ist das neu?«

Ich tue so, als hätte ich ihre Frage nicht gehört, und beschäftige mich weiter intensiv mit einem Haarpinsel, an dem sich noch ein paar alte, festgetrocknete Farbreste aus dem letzten Schuljahr befinden.

Leonie, die hinter Nele steht, tritt ungeduldig von einem Fuß auf den anderen. »Sag mal, Charly, wird das heute noch mal was? Falls du für deinen Pinsel noch 'ne Spülung oder 'ne Haarkur brauchst, sag Bescheid.« Genau wie Nele hat sie ihren Blick nun auf mein Handgelenk gerichtet. »Ist das das Armband, das dir Chiara am Freitag beim Shoppen geschenkt hat?«

Neles Augen verengen sich zu Schlitzen. »Ach, du warst Freitag shoppen?«

»Hab ich dir doch erzählt«, behaupte ich, ohne lange nachzudenken. Verdammt, das könnte nach hinten losgehen.

»Du hast gesagt, du müsstest einkaufen.«

»Ganz genau. Und shoppen ist, soviel ich weiß, das englische Wort für einkaufen.«

»Könnt ihr eure Englischstunde vielleicht woanders abhalten?«, mault Leonie und begutachtet gelangweilt ihre dunkelrot lackierten Fingernägel. »Ich würde gerne ans Waschbecken, und wenn's geht, heute noch.«

»Klar, kein Problem. Bin fertig.« Ich trete einen Schritt zur Seite und mache Platz für Nele, die stur an mir vorbeisieht.

Na toll, um das wieder geradezubiegen, werde ich mich ganz schön ins Zeug legen müssen. Aber als ich Nele in der Pause die Sache erklären will, ist sie plötzlich verschwunden. Bestimmt hat sie sich mit Kuki in eine ruhige Ecke verzogen und schimpft über mich. Was ich gut verstehen kann.

Um nicht allein in der Gegend rumzustehen, geselle ich

mich zu Chiara. Allerdings ist die heute nur physisch anwesend. Während sie sonst normalerweise in den Pausen ein ziemlich großes Mitteilungsbedürfnis hat und in ihrer Clique den Ton angibt, ist sie heute auffallend schweigsam. Permanent schaut sie auf ihr Handy und tickert zwischendurch wild darauf herum. Dabei lächelt sie ununterbrochen und hat so einen eigenartig weggetretenen Gesichtsausdruck.

Da Leonie, Tessa und Anna es nicht gewohnt sind, selbst für ihre Unterhaltung zu sorgen, ist das Gespräch ziemlich zäh, und immer wieder versucht eine von ihnen, Chiara miteinzubeziehen.

»Wusstest du das, Chiara?«, fragt Tessa sie gerade.

»Hm? Was hast du gesagt?« Für den Bruchteil einer Sekunde sieht Chiara von ihrem Handy auf.

»Wusstest du, dass Lennart mit Clara Schluss gemacht hat?«, wiederholt Tessa.

Also ich wusste es nicht, und ich bin ihr dankbar, dass sie das erwähnt hat. Wenn ich Emma nicht bald mit Klatsch und Tratsch aus unserer Stufe versorge, verlangt sie am Ende für die geliehene Kohle noch Zinsen.

»Hm«, antwortet Chiara vage und starrt wieder auf ihr Handy.

»Mit wem textest du denn?«, will Leonie nun wissen, nachdem sie sich schon mehrfach den Hals verrenkt und offenbar vergeblich versucht hat, auf Chiaras Handydisplay zu spinksen.

Ich bin auch neugierig, hätte mich aber nicht getraut zu fragen.

»Dreimal dürft ihr raten.« Aber bevor auch nur eine von uns den Mund aufmachen kann, um den ersten Tipp abzugeben, löst Chiara das Rätsel selbst auf: »Mit meinem neuen Mathenachhilfelehrer.«

»Noah?«, frage ich, obwohl ich die Antwort tief in meinem Inneren schon kenne.

Chiara nickt. »Ich hätte nie gedacht, dass ich mal so heiß auf Mathe sein könnte«, schwärmt sie geradezu euphorisch. »Irgendwie sind binomische Formeln ganz schön sexy, findet ihr nicht?«

»Ungefähr genauso sexy wie weiße Tennissocken in Sandalen«, brummt Leonie, die laut Herrn Schäfer, unserem Mathelehrer, ein echtes mathematisches Wunderkind ist: Sie wundert sich über jede Lösung, selbst bei den einfachsten Aufgaben.

Und Chiara geht es ähnlich.

»Gut, dass ich in Mathe 'ne Fünf geschrieben habe«, freut sie sich. »Da wird ein Mal Nachhilfe die Woche wohl nicht reichen.«

Aus dem Augenwinkel entdecke ich plötzlich Nele, die gerade die Toilettenräume verlässt.

»Ich muss mal eben was klären«, murmele ich, obwohl ich nicht glaube, dass mir jemand zuhört.

Als ich Nele erreiche, bleibt sie zwar stehen, mustert mich aber so distanziert, als würden wir uns überhaupt nicht kennen.

»Du warst also am Freitag mit Chiara shoppen. Und ein Armband hat sie dir auch geschenkt«, fasst sie die Fakten richtig zusammen.

»Sei nicht sauer, Nele.« Um die Kluft zwischen uns zumindest physisch zu überbrücken, gehe ich einen Schritt auf sie zu. »Ich wollte dir davon erzählen, ehrlich, aber du warst wegen der Sache mit Kuki und der Hochzeit so mies drauf, dass ich mich nicht getraut habe, mit dir darüber zu reden.«

»Na toll, jetzt bin ich auch noch schuld, oder was?« Sie wischt ihre Hände an den Beinen ihrer Jeans ab, was dunkle Spuren hinterlässt. Offenbar gab es auf der Toilette wohl mal wieder keine Papierhandtücher.

»Quatsch, so habe ich das doch nicht gemeint. Die Sache hat sich auch ganz spontan ergeben, weil ich unbedingt ein cooles Outfit für die Verabredung mit Luke haben wollte. Da hat Chiara mir ihre Hilfe angeboten.«

»Hab ich's doch geahnt, dass Chiara mit dem Minirock was zu tun hat …«

»Am nächsten Tag, beim Beachhandballturnier, wollte ich dir davon erzählen«, fahre ich, ohne auf Neles Stichelei einzugehen, fort, »aber dann sind wir unterbrochen worden.«

Nele scheint sich daran zu erinnern, denn nun ist ihr Gesichtsausdruck nicht mehr ganz so finster. Ein echter Fortschritt. Ihrem Blick nach zu urteilen, wünscht sie mir nun nicht mehr die Pest, sondern nur noch einen fiesen Hautausschlag an den Hals.

»Und was das Armband angeht: Ich hatte überhaupt keine andere Wahl.« Unsicher vergrabe ich meine Hände in den Hosentaschen, wo ich die Erbsen ertaste, gegen die ich die Kaffeebohnen ausgetauscht habe. Irgendwie haben meine Hände immer so nach Kaffee gestunken. »Chiara wäre bestimmt tödlich beleidigt gewesen, wenn ich es nicht angenommen hätte. Und sie hilft mir doch bei Luke …«

Nele brummelt noch irgendwas vor sich hin, dann sieht

sie mir fest in die Augen, bevor sie mich an sich drückt. »Ab sofort keine Geheimnisse mehr, okay?«

»Versprochen.«

Abgesehen von einem Probe-Feueralarm und einem Englischvokabeltest – beides leider unangekündigt – verläuft der Rest der Woche ziemlich ereignislos. Aber gegen ein bisschen Langeweile habe ich nach der ganzen Aufregung der vergangenen Tage echt nichts einzuwenden. Auch das Wochenende verspricht ruhig zu werden. Nele und Kuki sind auf Maribelles Hochzeit, und Noah möchte ich irgendwie nicht fragen, ob wir was zusammen unternehmen. Das wäre komisch. Irgendwie ist seit der Party am See *alles* zwischen uns ein bisschen komisch. Umso mehr freue ich mich, als Chiara anruft, um mit mir zu quatschen. Der Countdown bis zur Party läuft. Nur noch eine Woche, dann ist es so weit.

Dummerweise habe ich immer noch keine schlaue Idee, wie ich den versprochenen Alkohol beschaffen soll. Kurz habe ich mit dem Gedanken gespielt, meine Eltern zu fragen, ob ich eine Flasche von zu Hause mitnehmen darf, mich aber dann dagegen entschieden. Meine Eltern haben mir zwar erlaubt, zu Lukes und Chiaras Party zu gehen, aber ich muss sie ja nicht auch noch extra darauf hinweisen, dass es dort Alkohol gibt. Zwar ahnen sie das vermutlich, aber es zu wissen, ist etwas ganz anderes. Auch das ist, wie ich mittlerweile herausgefunden habe, Teil der bescheuerten Elternlogik.

Als ich Chiara von meinem Problem erzähle, lacht sie. »Entspann dich, dann gehen wir halt zusammen was kaufen.«

Bei ihr klingt das so einfach, wie mal eben ein paar Chips und Gummibärchen besorgen.

Wenig später treffen wir uns vor dem Supermarkt und erkunden gemeinsam die Spirituosenabteilung. Während ich mir hier ziemlich fehl am Platz vorkomme und mich extrem unwohl fühle, plappert Chiara ohne Punkt und Komma. Dabei geht es die meiste Zeit um ihre erste Mathe-Nachhilfestunde. Noah hat gestern dies gesagt, Noah hat gestern das gesagt …

Aber ich bin nicht richtig bei der Sache und rechne fest damit, dass Frau Bettermann gleich hinter einem Regal hervorspringt und ruft: »Hallo Charlotte, schön, dich zu sehen. Deine Mutter hat mir gar nicht erzählt, dass du schon Alkohol trinken darfst.«

Ich will das hier am liebsten ganz schnell hinter mich bringen, irgendeine Flasche aussuchen, bezahlen und fix wieder verschwinden. Aber das habe ich mir echt leichter vorgestellt. Unglaublich, wie viele unterschiedliche Alkoholsorten es gibt.

Ich kenne die wenigsten davon und dann auch eher aus der Werbung. Abgesehen von einem Bier beim Grillen oder gelegentlich einer Flasche Rotwein am Wochenende trinken meine Eltern selten Alkohol. Aber Wein oder Bier mitzubringen, finde ich irgendwie nicht so besonders einfallsreich.

Doch was zum Henker ist das richtige Getränk für eine coole Party? Schließlich will ich mich nicht blamieren. Verzweifelt lasse ich meinen Blick über die endlos langen

Regalreihen schweifen, bis er an einem Etikett hängen bleibt. Zielstrebig steuere ich auf die entsprechende Flasche zu und nehme sie aus dem Regal. Sommer, Sonne, Strand … so ein bisschen Bacardi-Feeling wie in der Werbung ist bestimmt nicht verkehrt.

Chiara wirft einen Blick auf die Flasche und nickt anerkennend. »Gute Wahl«, lobt sie mich.

Auf dem Weg zur Kasse greife ich im Vorbeigehen nach einer Tüte Chips und halte sie möglichst unauffällig vor die Bacardi-Flasche. Doch natürlich fliegt die Tarnung auf.

»Netter Versuch, Mädels, aber die harten Sachen gibt's erst ab achtzehn.« Die Kassiererin stellt die Flasche zur Seite und zieht die Chipstüte über den Scanner. »Macht ein Euro vierunddreißig.«

Mit glühenden Wangen krame ich in dem Kleingeldfach meines Portemonnaies herum und reiche der Kassiererin zwei Euro. Nichts wie weg hier!

Als wir den Ausgang schon fast erreicht haben, höre ich die Kassiererin hinter uns rufen. »Hey Mädchen, wartet!«

Oh nein, ist womöglich schon der Versuch, Alkohol zu kaufen, strafbar?

»Ihr habt euer Wechselgeld vergessen.«

Wohl oder übel muss ich noch einmal zurückgehen.

»Oh Mann, war das peinlich«, stöhne ich, als wir endlich draußen vor der Tür stehen.

»Ach was.« Chiara grinst. »Einen Versuch war's wert. Dann gehen wir jetzt halt in einen anderen Supermarkt und kaufen etwas Harmloseres. Eine Flasche Sekt oder Wein, damit können wir eine Bowle machen.«

»Halt, Moment mal.« Ich greife nach Chiaras Arm.

»Du wusstest, dass man das Zeug erst ab achtzehn bekommt?«

»Klar. Hochprozentige Sachen ab achtzehn, den Rest ab sechzehn. Sag bloß, das weißt du nicht?«

»Nicht so genau«, murmele ich und komme mir plötzlich vor wie ein Baby. Wie kann man nur so naiv sein? Am liebsten würde ich jetzt auf der Stelle nach Hause gehen, aber das soll Chiara auf keinen Fall merken.

Auf dem Weg zum nächsten Supermarkt beschließe ich, endlich ein Thema anzusprechen, das mir schon die ganze Zeit unter den Nägeln brennt. Ich muss mich ranhalten, denn allzu weit ist die Strecke nicht.

»Wie viele Leute kommen denn eigentlich zu eurer Party?«, frage ich ganz beiläufig.

»Vielleicht fünfzig. Oder siebzig?« Chiara zuckt lachend mit den Schultern. »Keine Ahnung, ich hab den Überblick verloren.«

Während wir die Straße überqueren, lege ich mir innerlich meine nächste Frage zurecht, bevor ich sie laut ausspreche: »Dann kommt es doch auf eine Person mehr oder weniger nicht an, oder?«

»Warum fragst du? Willst du jemanden mitbringen? Einen Jungen?« Chiara sieht mich gespannt an. »Falls sich das mit meinem Bruder erledigt hat, musst du mir aber auf jeden Fall Bescheid sagen.«

»Nein, nein, das hat sich nicht erledigt«, versichere ich schnell, bevor sie auf falsche Gedanken kommen kann. »Ich dachte nur, du könntest vielleicht Nele einladen …«

Die Idee ist mir gestern Abend im Bett gekommen, und ich finde sie genial. Wenn Chiara und Nele sich was näherkommen würden, wäre alles leichter. Vor allem für mich.

Leider ist Chiara von meiner Idee nicht annähernd so begeistert wie ich. Sie hebt abwehrend die Hände, dabei zieht sie ein Gesicht, als wäre sie in einen Hundehaufen getreten. »Auf gar keinen Fall! Ich verstehe sowieso nicht, was du an der findest.«

»Wenn du sie besser kennen würdest, wüsstest du es«, antworte ich so ruhig wie möglich.

»Keine Chance, sorry, ich hab schließlich einen Ruf zu verlieren.«

Geht's noch?! Ich glaube nicht, dass Chiaras Partygäste Nele auch nur ansatzweise das Wasser reichen können. Sie ist nett, sie ist hübsch, sie ist klug … Kurz gesagt, sie ist der tollste Mensch überhaupt. Aber Chiara das zu erklären ist aussichtslos. Und selbst wenn ich sie umstimmen könnte, würde Nele ihre Einladung vermutlich eh nicht annehmen. Wie bin ich bloß auf diese bescheuerte Idee gekommen?

Mittlerweile sind wir am Supermarkt angekommen, und ich versuche, meinen Ärger runterzuschlucken. Die Spirituosenabteilung gleicht der von vorhin bis aufs Haar, nur dass ich mich jetzt noch unwohler fühle. Während Queen Chiara durch die Gänge stolziert, schleiche ich mit gesenktem Kopf und hochgezogenen Schultern die Regalreihen entlang. Mich würde es nicht wundern, wenn man mir Hausverbot erteilt, weil man mich für eine Ladendiebin hält.

»Mach dich mal locker«, zischt Chiara mir zu.

Den Spruch hätte sie sich echt klemmen können. Und diesen blöden Tonfall auch.

Ich habe mich dafür entschieden, eine Flasche Wein und eine Flasche Sekt zu kaufen. Die Flaschen sind hier nach Herkunftsländern geordnet. Wahllos greife ich ins Regal und angele eine Flasche billigen argentinischen Rotwein und einen italienischen Schaumwein aus dem Angebot hervor. Mittlerweile ist mir schon fast alles egal. Außerdem kann ich mir kaum vorstellen, dass sich unter Chiaras und Lukes Partygästen irgendwelche Weinkenner befinden.

»Seid ihr denn schon sechzehn?«, fragt die Kassiererin, als ich die beiden Flaschen aufs Band lege.

»Sieht man das nicht?«, antwortet Chiara ganz cool mit einer Gegenfrage.

»Na dann zeig mir mal deinen Ausweis.«

Obwohl sie nicht mich meint, rutscht mir das Herz in die Hose. Chiara hingegen zückt wie selbstverständlich ihr Portemonnaie und zieht daraus ihren Schülerausweis hervor. Was sie damit bezweckt, ist mir schleierhaft. Schließlich ist sie erst vierzehn. Als ich jedoch über ihre Schulter hinweg einen Blick auf das Geburtsdatum werfe, staune ich nicht schlecht. Auf dem Papier ist Chiara schon sechzehn. Der Ausweis ist eindeutig gefälscht.

Hat meine Mutter nicht neulich noch gesagt, was für einen guten Einfluss Chiara auf mich hat? Wenn die wüsste … Aber offenbar ist Chiara nicht die Erste, die mit einem gefälschten Schülerausweis hier auftaucht.

Die Kassiererin schüttelt gelangweilt den Kopf. »Einen *richtigen* Ausweis.«

»Komisch, als ich neulich hier in diesem Supermarkt Haarfärbemittel gekauft habe, wollte auch niemand einen *richtigen* Ausweis sehen«, versucht Chiara die Kassiererin unter Druck zu setzen.

Doch die bleibt hart und zuckt nur ungerührt mit den Schultern.

»Tja, das war wohl nichts«, sage ich, als wir wieder draußen an der frischen Luft sind. »Sieht schlecht aus mit dem Alkohol.«

Zumindest kann Chiara mir nicht vorwerfen, dass ich es nicht versucht hätte. Dann bringe ich halt nur einen Kartoffelsalat mit, was soll's. Luke wird das verstehen.

Aber Chiara hat schon einen Plan B. »Deine Eltern werden bestimmt gar nicht merken, wenn eine Flasche fehlt.«

Es dauert einen Moment, bis ich begreife, was sie damit sagen will. »Du meinst, ich soll meinen Eltern eine Flasche klauen?«, frage ich entsetzt.

»Wer spricht denn hier von klauen?« Empört schüttelt Chiara den Kopf. »Nennen wir es doch lieber ausleihen. In zwei bis vier Jahren, wenn du selbst Alkohol kaufen darfst, kannst du die Flasche ja wieder zurückstellen.«

Das ist doch wohl nicht ihr Ernst?! Irgendwie biegt Chiara sich immer alles so zurecht, wie sie es gerade braucht. Ich tue so, als hätte sie einen Scherz gemacht, und ringe mir ein gequältes Grinsen ab. Aber egal, ob man es nun klauen oder leihen nennt: Mir muss vor der Party unbedingt noch eine andere Lösung einfallen …

Kapitel 14

Nach dem Wochenende schwebt Nele wie auf Wolken. Man könnte fast meinen, nicht ihre Cousine, sondern sie selbst hätte geheiratet. Nachdem sie mir alles haarklein berichtet und mir jede Menge Fotos gezeigt hat, kommt schließlich die gefürchtete Frage: »Und wie war dein Wochenende so?«

Keine Geheimnisse mehr, ermahne ich mich selbst. Also erzähle ich ihr von meinem Supermarkterlebnis.

Komischerweise bleibt Nele völlig gechillt. »Ich verstehe sowieso nicht, warum du dich wegen dem blöden Alkohol so verrückt machst. Du hast doch nicht wirklich vor, auf die Party zu gehen, oder?«

Obwohl ich genau weiß, worauf Neles Frage abzielt, stelle ich mich dumm. »Klar, Luke hat mich schließlich eingeladen.«

Nele zuckt die Achseln. »Na ja, wenn das zeitlich hinhaut und du nach dem Summer-Cup noch genug Energie dafür hast.«

Mist! Früher oder später musste das Thema ja zur Sprache kommen. Aber später wäre mir irgendwie lieber gewesen. Bisher habe ich mich davor gedrückt, meinem Trainer und meiner Mannschaft mitzuteilen, dass sie am Samstag auf mich verzichten müssen. Dummerweise ist der Summer-Cup nicht irgendein Turnier. Hier geht es um die Ehre, denn obwohl mehrere Mannschaften aus der Region daran teilnehmen, wird er eigentlich nur zwischen dem *HC Blauweiß* und uns ausgetragen. Ein echtes Lokalderby. Außerdem verbindet unsere Vereine eine jahrelange Feindschaft. Die letzten beiden Jahre haben die Schlümpfe, wie wir die Blauweißen nennen, den Pokal mit nach Hause genommen, aber dieses Jahr ist es unser erklärtes Ziel, sie zu schlagen.

»Ehrlich gesagt werde ich das Turnier nicht mitspielen können«, rücke ich, als die Gesprächspause langsam komisch wird, endlich mit der Sprache raus. »Die Party beginnt schon nachmittags. Du weißt schon, Poolparty und so.«

»Nicht dein Ernst, oder?«

Unter anderen Umständen würde ich Neles ungläubigen Gesichtsausdruck lustig finden, aber im Moment ist mir so gar nicht nach Lachen zumute.

»Mensch, Nele, versteh mich doch. Die Party ist 'ne super Gelegenheit, um bei Luke zu punkten.«

»Punkten – gut, dass du es ansprichst. Du weißt doch, dass wir ohne dich gegen die Schlümpfe keine Chance haben.«

»Quatsch, ihr packt das locker ohne mich.« Um Nele nicht ansehen zu müssen, schiebe ich mit dem Fuß ein paar Blätter zusammen und begutachte das Ergebnis.

»Ach ja? Wie denn, ohne Ersatzleute? Becci ist auf dem achtzigsten Geburtstag ihrer Oma«, beginnt Nele mit ihrer Aufzählung und nimmt dabei die Finger zur Hilfe, »Nicole hat ’nen Muskelfaserriss, und Svenja soll sich wegen ihrer Bänderdehnung noch schonen.«

»Das wird schon«, versuche ich Neles Einwände beiseitezuschieben.

»Und wie stellst du dir das vor?«, fragt Nele, nun sichtlich wütend. »Sollen wir uns klonen, damit wir genug Spieler haben, oder was?«

Gespielt gleichgültig zucke ich mit den Schultern. »Dann müsst ihr halt Ersatzleute aus der C mitnehmen.«

»Tolle Idee. Dann brauchen wir gar nicht erst anzutreten.« Nele funkelt mich stinksauer an.

»Warum machst du mich denn jetzt so an? Klar ist das doof, aber ich bin schließlich nicht die Einzige, die was vorhat. Genauso gut könnte Becci auf den Geburtstag ihrer Oma verzichten.«

»Geht’s noch?« Nele zeigt mir einen Vogel. »Ihre Oma wird nicht jeden Tag achtzig.«

»Und ich bin nicht jeden Tag auf so einer coolen Party eingeladen. Ich lass das nicht sausen.« Trotzig schiebe ich mein Kinn vor und verschränke die Arme vor der Brust. »Außerdem habe ich Chiara und Luke schon zugesagt.«

»In letzter Zeit höre ich von dir nur noch Chiara, Chiara, Chiara. Das kotzt mich langsam an«, sagt Nele hitzig. »Wann checkst du es endlich? Chiara benutzt dich doch nur. Ich kenne niemanden, der so oberflächlich und egoistisch ist wie sie.«

»Und ich kenne niemanden, der so neidisch und eifersüchtig ist wie du.«

»Wenn du das so siehst, dann habe ich dir nichts mehr zu sagen«, antwortet Nele entschieden, dreht sich auf dem Absatz um und lässt mich mitten auf dem Schulhof stehen.

Am nächsten Tag redet Nele immer noch kein Wort mit mir und am übernächsten auch nicht. Obwohl wir in den meisten Fächern nebeneinandersitzen, zieht sie das knallhart durch, und in den Pausen bekomme ich sie auch nicht mehr zu Gesicht. Obwohl mir unser Streit ganz furchtbar im Magen liegt und ich meine beste Freundin zurückhaben möchte, denke ich gar nicht daran, den ersten Schritt zu machen. Pah, das wäre ja noch schöner. Sie weiß schließlich, wie wichtig diese Party für mich ist, und sie weiß auch, wie lange ich auf eine Chance bei Luke hingearbeitet habe. Sogar Klettern bin ich dafür gegangen! Das Timing ist beschissen, das gebe ich gerne zu, aber das ist schließlich nicht meine Schuld. Natürlich habe ich meiner Mannschaft gegenüber ein schlechtes Gewissen, aber ich kann mich nun mal nicht zweiteilen.

Während zwischen Nele und mir absolute Funkstille herrscht, hat sich das Verhältnis zu Noah, das seit dem Kuss am See ein bisschen krampfig gewesen ist, zum Glück wieder etwas entspannt.

»Ich muss unbedingt mit dir reden«, überfällt er mich auf der Treppe, als ich gerade allein auf dem Weg zu meinem Spind bin. Ausnahmsweise sind Noah und ich heute nicht zusammen zur Schule gegangen, weil er erst später Unterricht hatte.

»Jetzt?«, frage ich verdattert. Gleich beginnt die nächste Stunde, und ich muss noch meine Lateinsachen holen.

»Wie wäre es mit heute Nachmittag?«, schlägt Noah vor.

»Von mir aus.«

»Ich bin nach der Schule bei Kuki. Treffen wir uns um halb vier an der Eisdiele?«

»Geht klar.« Ich hebe den Daumen. »Bis später.«

Ich frage mich, worüber Noah mit mir reden will. Hoffentlich hat Nele ihn nicht vorgeschickt, um mich wegen des Summer-Cups in die Mangel zu nehmen. Aber trotz aller Handballbegeisterung kann ich mir beim besten Willen nicht vorstellen, dass Noah sich da einmischt.

Vielleicht will er ja auch mit mir über Chiara reden. Wenn es stimmt, was sie sagt, war die zweite Nachhilfestunde ein ziemlicher Flop. Angeblich hat sie überhaupt keine Fortschritte gemacht. Kurz habe ich mich gefragt, was sie erwartet. Noah kann schließlich auch keine Wunder vollbringen. Aber dann habe ich begriffen, dass Chiara nicht etwa von ihren Fortschritten bei Termen und binomischen Formeln geredet hat, sondern von ihren Fortschritten bei Noah. Anstatt auf *sie* hat er sich voll und ganz auf Mathe konzentriert. Chiara war ganz schön angepisst, als sie mir davon erzählt hat. Ich hingegen hatte Mühe, mir ein Grinsen zu verkneifen.

»Habe ich das gerade richtig mitbekommen? Du bist mit Noah um halb vier an der Eisdiele verabredet?« Wenn man vom Teufel spricht … Chiara, die so eine Art sechsten Sinn dafür hat, wo Noah sich gerade aufhält, hakt sich bei mir ein.

»Stimmt.«

»Zu blöd, dass du keine Zeit hast.« Chiara zupft spielerisch an meinem Armband herum.

»Wieso?«, frage ich verdutzt und überlege fieberhaft, ob mir irgendwas durchgegangen ist. »Ich hab Zeit.«

»Ja, das glaubst du *noch.* Aber leider, leider kommt dir ganz kurzfristig etwas Megawichtiges dazwischen.«

Ich habe keinen Schimmer, worauf Chiara hinauswill.

»Und damit der arme Noah nicht umsonst in der Eisdiele wartet, schickst du mich hin, um ihm Bescheid zu sagen, dass du nicht kommen kannst«, erklärt sie mir nun und klimpert unschuldig mit den Wimpern.

»Also wenn mir tatsächlich etwas dazwischenkommen sollte, kann ich ihn doch auf seinem Handy anrufen.«

Chiara sieht mich an, als ob ich nicht mehr ganz dicht wäre. »Natürlich könntest du das. Sag mal, checkst du's nicht? Noah ist viel zu pflichtbewusst, um die Mathenachhilfe zum Flirten zu nutzen. Das habe ich vorher nicht bedacht. Also brauche ich eine andere Gelegenheit, um mit ihm allein zu sein. Ein Treffen in der Eisdiele ist perfekt.«

»Ach so, das meinst du.« Manchmal bin ich wirklich etwas schwer von Begriff. »Aber Noah und ich wollten eigentlich was besprechen.«

»Gibt es da etwas, das ich wissen sollte?« Chiara mustert mich durchdringend von oben bis unten. »Falls du mir was zu sagen hast …«

Sie lässt den Satz unbeendet und wie eine Drohung in der Luft schweben.

Oh Shit, sie weiß von dem Kuss, ganz bestimmt. Mir

wird abwechselnd heiß und kalt. Was soll ich bloß tun? Das verzeiht Chiara mir nie.

»Es ist ganz anders, als du glaubst«, versichere ich hastig, »und hat wirklich nichts zu bedeuten.«

Chiara hebt abwehrend die Hände. »Ich weiß, dass ihr dieses komische Freundschaftsding am Laufen habt. Aber das juckt mich nicht. Ich will nur wissen, ob du mich bei Noah weiter unterstützt.«

Boah, musste sie mich so erschrecken? Ich bin wirklich erleichtert und spüre, wie die Farbe langsam in mein Gesicht zurückkehrt.

»Oder hast du es dir etwa anders überlegt?« Chiaras Blick bleibt an meinem Armband hängen.

Okay, die Message ist angekommen. Und seit dem Kuss am See habe ich ihr gegenüber sowieso ständig ein schlechtes Gewissen. Vielleicht kann ich diesen Ausrutscher jetzt wiedergutmachen. Schließlich haben wir einen Deal. Und auch wenn ich nichts dafür kann, dass Noah bei Chiara offenbar nicht so richtig aus dem Quark kommt, fühle ich mich dafür mitverantwortlich.

Ich gebe mir innerlich einen Ruck. Eigentlich habe ich doch sowieso keine andere Wahl. »Noah und ich können ja auch ein andermal reden. Einverstanden, dann gehst du heute an meiner Stelle zur Eisdiele.«

»Braves Mädchen.« Chiara grinst so zufrieden wie eine Katze, die gerade eine ganz Mäusesippe ausgerottet hat.

Na, das kann ja was geben.

Ich versuche so zu tun, als wäre es ein ganz normaler Nachmittag. Aber das geht gründlich daneben, denn immer wieder wandert mein Blick zur Uhr. Kurz vor halb vier. Ob Chiara schon in der Eisdiele sitzt? Oder ist Noah vor ihr da und wartet auf sie – beziehungsweise eigentlich ja auf mich?

Ob ich Chiara mal eine WhatsApp schicken soll?

Nein, besser nicht. Ich hab das Treffen zwar eingefädelt, aber ab jetzt sollte ich mich raushalten.

Trotzdem weiß ich nichts mit mir anzufangen, und irgendwie fühlt sich grad alles merkwürdig an.

Nachdem ich eine Weile planlos herumgetigert bin, schnappe ich mir ein Buch und versuche zu lesen. Doch der Text ergibt absolut keinen Sinn. Ich komme mir vor wie eine Erstklässlerin, die die Worte einfach nur zusammenhanglos aneinanderreiht. Seufzend klappe ich das Buch wieder zu.

Vielleicht wäre etwas Gesellschaft nicht schlecht. Mein Vater, der heute früh von der Arbeit gekommen ist, repariert im Garten den Schuppen für die Fahrräder. Ich biete ihm meine Hilfe an, aber nachdem ich ihm zum dritten Mal den falschen Schraubenschlüssel angereicht habe, schickt er mich zurück ins Haus. Dort lungere ich eine Weile in der Küche herum, wo meine Mutter gerade einen Erdbeerkuchen backt.

»Oh nein, wie blöd.« Mama donnert ärgerlich die Kühlschranktür zu. »Wir haben keine Schlagsahne mehr im Haus.«

Obwohl Schlagsahne bestimmt alles andere als gesund ist, vertritt sogar meine Mutter die Auffassung, dass Erdbeerkuchen ohne Sahne ein absolutes No-Go ist.

Als hätte ich nur auf meinen Einsatz gewartet, springe ich auf. »Kein Problem, ich hole welche.« Mama hat sowieso was gut bei mir. Gestern sind die Erbsen, die ich als Glücksbohnenersatz benutzt habe, mitsamt meiner Jeans in der Waschmaschine gelandet. Herausgekommen ist so eine Art Erbsenmus. Das hat eine ganz schöne Sauerei gegeben …

»Ehrlich?« Meine Mutter mustert mich so besorgt, als wenn ich krank wäre. »Bist du sicher? Du willst tatsächlich *freiwillig* zum Supermarkt gehen?«, vergewissert sie sich noch einmal, nachdem sie ihr Portemonnaie geholt und mir fünf Euro auf die Küchentheke gelegt hat.

»Ja klar, ich hab gerade sowieso nichts zu tun.«

Und außerdem führt der Weg zum Supermarkt an der Eisdiele vorbei, setze ich in Gedanken noch hinzu.

Bei dem schönen Wetter ist die Eisdiele gut besucht. Aber ich entdecke Noah und Chiara nicht nur dank Chiaras rotem Top sofort. Damit die beiden mich nicht sehen, verstecke ich mich schnell in einem Hauseingang, von wo aus ich ihren Tisch gut im Blick habe. Sie scheinen sich gut zu amüsieren. Offenbar macht es Noah nichts aus, dass nicht ich, sondern Chiara zu der Verabredung erschienen ist, was mir innerlich einen Stich versetzt. Ich bin eben leicht ersetzbar.

Noah und Chiara unterhalten sich angeregt, und immer wieder wirft Chiara dabei wie bei einem Shampoo-Werbespot lachend ihre langen Haare nach hinten. Also ich finde ja, dass sie es damit etwas übertreibt. Noah will doch bestimmt keine Haare in seinem Spaghettieis haben. Denn auch wenn ich von meinem Beobachtungsposten aus nicht sehen kann, was vor den beiden auf dem Tisch steht, bin ich mir hundertprozentig sicher, dass er ein Spaghettieis bestellt hat. Schließlich waren wir schon unzählige Male gemeinsam in dieser Eisdiele. Beim Gedanken daran werde ich ganz wehmütig.

Plötzlich tippt mir von hinten jemand auf die Schulter. Ertappt fahre ich herum.

»Was machst du denn hier?«, fahre ich meine kleine Schwester an. »Spionierst du mir etwa nach?«

»Du hast das Geld für die Sahne vergessen.« Emma hält mir breit grinsend den Fünfeuroschein entgegen, den ich offensichtlich auf der Küchentheke liegen gelassen habe. »Und wenn hier einer spioniert, dann bist das ja wohl du.«

»Ach Quatsch.«

Emma macht sich gar nicht die Mühe, auf mein Leugnen einzugehen. Sie hat Noah und Chiara längst entdeckt. »Cool, sind die beiden zusammen? Wusste ich ja noch gar nicht.«

Ich kann sehen, wie es hinter ihrer Stirn arbeitet. Wahrscheinlich überlegt sie gerade, wie sich die brandheißen News am schnellsten verbreiten lassen. Ich könnte wetten, später wird Emma mal Klatschreporterin.

»Die beiden sind kein Paar«, erkläre ich hastig, »also zumindest noch nicht.«

»Du bist eifersüchtig, stimmt's?« Meine kleine Schwester sieht mich mit schräg gelegtem Kopf mitleidig an.

»Ach was«, erwidere ich barsch. »Hau ab und kümmere dich um deinen eigenen Kram.«

»Nichts lieber als das, ich bin sowieso noch verabredet.« Und dann ist sie weg.

Ich bin froh, dass sie mich nun nicht mehr nerven

kann, aber tief in meinem Inneren wird mir plötzlich etwas klar: Die kleine Kröte hat *recht.* Ich *bin* eifersüchtig auf Chiara, auch wenn ich es nicht wahrhaben will. Noah und sie zusammen zu sehen macht mich echt fertig. Aber wie zum Teufel kann das sein? Ich stehe auf Luke, und das nicht erst seit gestern. Kann man denn in zwei Jungs gleichzeitig verliebt sein? Aaaah, Hilfe! Meine Gedanken wirbeln so wild durcheinander, dass mir fast der Schädel platzt.

Davon mal abgesehen ist es sowieso höchste Zeit, von hier zu verschwinden, bevor Noah und Chiara mich womöglich doch noch entdecken. Obwohl das schwer vorstellbar ist, so beschäftigt, wie die beiden miteinander sind.

Wie ein Aufziehfigürchen setze ich mechanisch einen Fuß vor den anderen. Jetzt bloß nicht durchdrehen! Bestimmt ist nur dieser blöde Kuss am See daran schuld, dass ich so durcheinander bin. Noah küsst aber auch wirklich verdammt gut. »Das gibt sich wieder, ganz sicher«, murmele ich halblaut vor mich hin. Und weil das so schön beruhigend klingt, wiederhole ich das auf dem Rückweg wie ein Mantra immer wieder.

»Und wo ist die Sahne?«, fragt meine Mutter, als ich wenig später zur Haustür reinkomme.

Ich schlage mir mit der Hand vor die Stirn. »Sorry, vergessen.«

»Vergessen?!? Erst das Geld, dann sogar die Sahne!« Meine Mutter stemmt die Hände in die Hüften und schüttelt halb ärgerlich, halb amüsiert den Kopf. »Warum bist du denn überhaupt losgegangen? Ich frage mich, ob alle Teenager beim Eintritt in die Pubertät ihr Gehirn abgeben.«

»Ist doch nur Sahne und sowieso viel zu ungesund«, murmele ich, bevor ich mich auf mein Zimmer verkrümele.

Ich lasse mich auf mein Bett fallen, setze meine Kopfhörer auf und starre an die Decke. Dabei höre ich Musik. Natürlich nicht irgendwelche Musik, sondern wie so oft in letzter Zeit schön langsame, zu Herzen gehende Songs. Deprimusik, wie Nele es nennen würde. Nele – der Gedanke an sie versetzt mir einen schmerzhaften Stich. Schnell versuche ich, mich auf etwas anderes zu konzentrieren. Allerdings mit ziemlich bescheidenem Erfolg, und so grübele ich einfach weiter vor mich hin.

Als es an der Haustür klingelt, was dank der Kopfhörer nur ganz gedämpft zu mir durchdringt, suhle ich mich gerade in Selbstmitleid. Als Teenager darf man das, finde ich. Alles – mein Körper eingeschlossen – fühlt sich bleischwer an. Ich kann mich nicht aufraffen, nach unten zu gehen, dafür fehlt mir einfach die Energie. Irgendjemand wird sich schon erbarmen, die Tür zu öffnen. Und richtig, kurz darauf höre ich von unten leise Stimmen, gefolgt von polternden Schritten, die sich meinem Zimmer nähern. Es klopft, aber noch bevor ich »Herein« rufen kann, wird die Tür auch schon aufgerissen. Erschrocken fahre ich hoch und reiße mir die Kopfhörer von den Ohren.

»Was sollte das, Charly?« Noah scheint wirklich aufgebracht zu sein. Mit verschränkten Armen und funkelnden Augen steht er vor mir und sieht mich abwartend an. »Meinst du nicht, ich kann selbst entscheiden, mit wem ich mich treffen will?«

»Ja schon, ich dachte nur … ich wollte nur«, stammele

ich. »Ich dachte, du und Chiara könntet vielleicht ein bisschen Unterstützung gebrauchen.«

»Ich mag es nicht, wenn man mich verkuppelt, okay? Mach so was wie heute nie wieder.«

»Versprochen«, antworte ich halb zerknirscht und halb hoffnungsvoll. Aus diesem Gefühlskuddelmuddel wird doch niemand schlau! »Ich hab's doch nur gut gemeint.«

Zum Glück scheint Noah sich wieder etwas beruhigt zu haben. Darum nehme ich all meinen Mut zusammen und frage ganz beiläufig: »War das Treffen denn sehr schlimm?«

Er zieht die Stirn kraus und denkt einen Moment nach, bevor er antwortet. »Nö. Eigentlich nicht.«

Danach sah es auch verdammt noch mal nicht aus … Chiara wird bestimmt zufrieden sein. An meinen Teil der Abmachung habe ich mich gehalten. Deal ist Deal. Eigentlich müsste ich mich freuen, dass das Treffen gut gelaufen ist, aber irgendwie will mir das nicht gelingen.

Noah, der von meinen chaotischen Gedanken zum Glück nichts ahnt, setzt sich auf meinen Schreibtischstuhl und streckt seine langen Beine weit von sich. Es macht nicht den Anschein, als wollte er gleich wieder verschwinden.

»Worüber wolltest du eigentlich mit mir reden?«, frage ich.

»Ach ja, richtig.« Auf Noahs Gesicht erscheint ein Leuchten. »Du glaubst es nicht, aber meine Alten haben sich wieder zusammengerauft.«

»Oh Noah, ich freue mich riesig für euch.« Mein erster Reflex ist, aufzuspringen und ihm vor Freude um den Hals zu fallen. Aber dann kommt mir der Gedanke, dass Chiara darüber vermutlich nicht besonders happy wäre. Außerdem käme das nach dem Kuss neulich wohl auch ziemlich merkwürdig rüber. Also lasse ich es lieber und frage stattdessen: »Hat deine Mutter deinem Vater seine Affäre denn verziehen?«

Noah winkt ab. »Es gab gar keine Affäre, es war alles nur ein großes Missverständnis.«

»Ach so, dann ist es ja gut«, antworte ich verhalten.

Na ja, wer's glaubt. Ich weiß schließlich, was ich gehört und gesehen habe. Aber ich will Noah seinen Optimismus nicht nehmen. Gut für ihn, wenn er darin ein Naturtalent ist. Obwohl ich verdammt hart an mir arbeite, hab ich das mit der positiven Einstellung immer noch nicht drauf.

»Ich weiß, was du jetzt denkst. Aber keine Sorge, der Vorfall neulich, den du mitbekommen hast, war völlig harmlos.« Noah schnappt sich einen Kugelschreiber von meinem Schreibtisch und spielt damit herum. »Mein Vater wollte meiner Mutter einen begehbaren Kleiderschrank zum Geburtstag schenken, den wünscht sie sich schon lange. Es sollte eine Überraschung werden. Die Frau, die du gesehen hast, ist Schreinerin. Sie war es, die bei uns angerufen und sofort wieder aufgelegt hat. An dem Nachmittag war sie bei uns, um das Schlafzimmer auszumessen.«

Das erklärt natürlich so einiges. Zum Beispiel die komische Reaktion von Noahs Vater. Oder das scheußliche Flanellhemd, das die Frau getragen hat. Aber erklärt es auch, warum ich Noah so verdammt gerne umarmen würde? Und wieso geht die Vorstellung, wie gut sich das anfühlen würde, einfach nicht aus meinem Kopf?

★*

Kurz nachdem Noah gegangen ist, ruft meine Mutter mich zum Abendessen. Neben meinem Teller liegt ein kleines schwarzes Stoffsäckchen. Als ich es öffne, entdecke ich darin fünf getrocknete Bohnen. Bevor Emma etwas davon mitbekommt, stopfe ich das Säckchen schnell in meine Hosentasche. Ich sehe meine Mutter an, die gerade eine Schüssel mit Soße auf den Tisch stellt, und forme mit den Lippen lautlos ein »Danke«. Mama lächelt und antwortet auf die gleiche Weise mit »Bitte«. Echt lieb, dass sie daran gedacht hat. Nach der Sauerei mit dem Erbsenmus habe ich ihr erzählt, wie schwer es ist, einen geeigneten Glücksbohnenersatz zu finden.

Beim Abendessen – es gibt endlich mal wieder Spaghetti Carbonara! – wird über alles Mögliche gequatscht. Schließlich kommt die Sprache auch auf das bevorstehende Wochenende.

»Ihr macht doch bestimmt wieder beim Summer-Cup mit.« Mein Vater häuft sich noch einen Nachschlag auf den Teller, dann sieht er mich an. »Um wie viel Uhr beginnt denn euer erstes Spiel? Mama und ich wollen zuschauen kommen und euch anfeuern.«

»Klar machen wir mit. Ihr könnt auch gerne hingehen«, ich rolle mit der Gabel ein paar Spaghetti auf, »aber ich spiele nicht mit. Ich hab doch die Einladung zu dieser Party … Erinnerst du dich?«

»Ja, ich erinnere mich. Aber du hast wohl vergessen zu erwähnen, dass es um dieses Wochenende geht.« Aus dem Augenwinkel sehe ich, dass mein Vater den Kopf schüttelt.

Halb ungläubig, halb vorwurfsvoll. »Und für irgend so eine Party lässt du deine Mannschaft einfach hängen?«

»Das ist nicht irgend so eine Party«, antworte ich heftig. »Das ist *die* Party überhaupt. Die ganze Schule redet davon.«

Emma, die sich damit natürlich auskennt, nickt bestätigend.

»Geht Nele denn auch zu dieser Party?«, klinkt meine Mutter sich in dem Versuch, die Wogen zu glätten, nun ein.

»Nein.« Meine Antwort klingt barscher als beabsichtigt.

»Na siehst du.«

»Was sehe ich? Nele ist überhaupt nicht eingeladen.«

Das scheint meiner Mutter, ihrem Gesicht nach zu urteilen, noch viel weniger zu passen.

»Keine Sorge, Noah wird da sein«, versuche ich, ihre Bedenken zu zerstreuen.

»Vielleicht überlegst du es dir ja noch mal«, sagt meine Mutter sanft.

»Manchmal muss man im Leben die richtigen Prioritäten setzen«, erklärt mein Vater ganz und gar nicht sanft.

»Na los! Verbietet mir doch einfach, auf die Party zu gehen«, blaffe ich meine Eltern wütend an. »Ihr seid so was von scheinheilig! Jahrelang habt ihr Emma und mir erzählt, dass wir uns unsere Hobbys selbst aussuchen dürfen und ihr uns da nicht reinredet. Wollt ihr mich jetzt etwa zwingen, Handball zu spielen?«

Mein Vater wirft mir einen warnenden Blick zu. »Wir können gerne über alles reden, aber nicht in diesem Ton, Charly.« Er legt sein Besteck zur Seite und sieht mich durchdringend an. »Du verdrehst die Tatsachen, und das weißt du auch. Natürlich dürft ihr euch eure Hobbys selbst aussuchen, das gilt selbstverständlich immer noch. Solltest du dich dafür entscheiden, mit dem Handballspielen aufzuhören, stehen wir voll hinter dir. Aber solange du Teil einer Mannschaft bist, kannst du dein Team nicht einfach im Stich lassen.«

»Ach, aber meine Freundin soll ich bei dieser Party im Stich lassen, oder was?«

»Welche Freundin?«, fragt meine Mutter und nippt an ihrem Wasserglas. »Bis vor Kurzem ist der Name Chiara hier noch nie gefallen. Und mit Nele bist du schon seit so vielen Jahren befreundet. Was sagt sie denn zu deiner Entscheidung?«

»Seit wann muss ich Nele um Erlaubnis fragen? Das wäre ja noch schöner.« Wütend lasse ich meine Gabel fallen, die klirrend auf dem Teller landet. »Es reicht doch, wenn meine Eltern sich in alles einmischen.«

»Du hast die Wahl«, sagt mein Vater ruhig. »Wir haben dir die Erlaubnis zu dieser Party gegeben. Aber wir wären echt enttäuscht, wenn du tatsächlich hingehst.«

»War ja klar.« Ich springe von meinem Stuhl auf. »Wenn euch nichts mehr einfällt, zieht ihr die Enttäuschte-Eltern-Karte, um mir ein schlechtes Gewissen zu machen. Aber das funktioniert dieses Mal nicht. Dann seid ihr eben enttäuscht von mir, kann ich auch nicht ändern. Ich werde zu dieser Party hingehen, ob euch das gefällt oder nicht.«

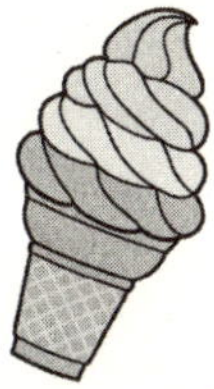

Kapitel 15

Endlich ist das Wochenende da, und ich bin megaaufgeregt. Ob es wohl stimmt, was man sich über Chiaras und Lukes Partys so erzählt? Ob es wirklich so heiß hergeht, dass die Nachbarn die Polizei rufen müssen? Und ob Luke überhaupt Zeit für mich haben wird? Schließlich schmeißt er gemeinsam mit Chiara die Party. Sicher gibt es da einiges, worum er sich kümmern muss, und ich nehme nicht an, dass ich auf der Liste ganz oben stehe.

Ach, kein Grund, sich 'nen Kopf zu machen. Die Party wird bestimmt super. Sie MUSS ganz einfach super werden, wenn ich bedenke, wie viel Ärger ich auf mich genommen habe, um hinzugehen. Nele spricht kein Wort mehr mit mir, meine Mannschaft und mein Trainer sind sauer, weil ich sie heute hängen lasse, und mein Vater und meine Mutter sind der personifizierte Vorwurf. Mit jedem

Blick geben sie mir zu verstehen, was sie von meiner Entscheidung halten.

Als Noah mich um halb vier abholen kommt, bin ich das reinste Nervenbündel. *Meine Mädels haben vermutlich genau jetzt ihr zweites Spiel*, schießt es mir durch den Kopf. Dieser Gedanke trägt auch nicht gerade zur Beruhigung meiner Nerven bei, denn ich fühle mich wie eine Verräterin. Außerdem war ich noch nie auf einer Party, bei der es ganz offiziell Alkohol gab. Okay, mal ein Gläschen Sekt zum Anstoßen oder ein Bier, aber keine harten Sachen. Und dann ist da natürlich noch Luke …

Ich bin so mit mir selbst beschäftigt, dass ich kaum mitbekomme, worüber Noah unterwegs redet.

»Nettes Häuschen«, sagt er, als wir am Ziel angekommen sind.

Ich weiß noch genau, wie eingeschüchtert ich mich bei meinem ersten Besuch hier gefühlt habe. Aber Noah scheint völlig unbeeindruckt. Anders als bei den vorigen Malen, als eine geradezu gespenstische Ruhe geherrscht hat, sind die Musik und der Partylärm nicht zu überhören. Noah verwendet die beiden Baguettes, die er mitgebracht hat, als Drumsticks und trommelt damit im Takt auf meiner Tupperschüssel herum.

»Hey, lass das, du Nervensäge«, wehre ich ihn lachend ab. »Hätte ich gewusst, dass du so durchdrehst, wäre ich allein hergekommen.« Aber insgeheim bin ich heilfroh, dass ich Noah an meiner Seite habe. Denn auch wenn ich immer noch nicht so richtig weiß, was ich für ihn empfinde, bin ich heute durch die Party voll auf Luke fokussiert.

Die Haustür steht sperrangelweit offen. Als wir das Haus betreten, läuft uns als Erstes Chiara über den Weg.

»Charly, Noah, wie schön, dass ihr da seid.« Sie fällt uns abwechselnd um den Hals.

Wie bei meinem ersten Besuch deponiere ich meine Tasche auf der Lederbank an der Garderobe.

»Das Essen könnt ihr in der Küche abladen, und dann besorgt euch was zu trinken«, sagt Chiara kichernd. »Bedient euch einfach. Ich muss nur kurz in den Keller, um für Sektnachschub zu sorgen. Dann bin ich wieder bei euch.«

Noah braucht garantiert keinen Alkohol. Das Lächeln, das Chiara ihm zuwirft, bevor sie verschwindet, müsste für einen Rausch locker reichen. Meine Güte, ist die aufgekratzt.

»Willst du was essen?«, fragt Noah, nachdem wir das Brot und den Salat zwischen den anderen mitgebrachten Leckereien in der Küche deponiert haben.

»Nee, später vielleicht.« Mein Magen ist vor Aufregung wie zugeschnürt. Aus dem Augenwinkel halte ich Ausschau nach Luke.

»Okay, eigentlich habe ich auch noch keinen richtigen Hunger«, erklärt Noah. Was ihn aber nicht davon abhält, auf dem Weg nach draußen an jeder Schüssel mit Süßigkeiten Halt zu machen.

Amüsiert beobachte ich, wie er sich mit hoch konzentrierter Miene aus einer Schüssel mit Haribo seine Lieblingssüßigkeiten herauspickt.

»Hinter dir möchte ich auch nicht in der Schlange am

Kiosk stehen«, necke ich ihn und ahme seinen Gesichtsausdruck nach, dabei zeige ich mit dem Finger auf imaginäre Süßigkeitengläser. »… und dann hätte ich gerne noch drei Brausebonbons, zwei Lakritzschnecken, eine Himbeere, fünf Schlümpfe …«

»Und auf keinen Fall die Gummibärchen vergessen!« Grinsend stopft Noah sich drei rote Gummibärchen auf einmal in den Mund und kaut genießerisch darauf herum.

»Ich dachte, du magst die roten nicht«, sage ich überrascht.

»Wer sagt das?«

»Ich dachte ja bloß … Warum solltest du mir sonst die roten und gelben immer übriglassen?«

Ein bisschen verlegen zuckt Noah mit den Schultern. »Vielleicht weil du sie so gerne isst.«

Bei seinen Worten wird mir auf einmal ganz warm ums Herz. Aber bevor ich darauf reagieren kann, sind wir auf der Terrasse angelangt. Die Musik dröhnt hier so laut aus den Boxen, dass eine Unterhaltung praktisch unmöglich ist. Wir machen kurz Halt, um uns einen Überblick zu verschaffen. So kann ich auch gleich nach Luke Ausschau halten.

Die Party ist bereits in vollem Gange, und die Stimmung ist laut und ausgelassen. Anna, die mit Leonie, Tessa und ein paar anderen Mädchen die Loungeecke belagert, winkt mir aus der Ferne zu. Auf dem Rasen steht der angekündigte Bier-Pong-Tisch, der von einer grölenden Meute umringt ist. Ich versuche inmitten des Pulks Luke auszumachen, kann ihn aber nicht finden. Einige Gäste haben Badesachen mitgebracht und tummeln sich im Wasser. Unter ihnen entdecke ich auch die Rothaarige aus

Lukes Stufe, die mit einem Typ wild herumknutscht. Ich sehe den Jungen nur von hinten – er ist groß, hat breite Schultern, etwas längere Haare … Ist das etwa …? Vor Schreck halte ich die Luft an.

Verdammt! Nun wird mir die Sicht durch ein aufblasbares Einhorn versperrt, das als schwimmende Bar fungiert und mit mindestens einem Dutzend Bierflaschen beladen an dem Pärchen vorbeischippert.

Ich zucke zusammen, als mir Noah plötzlich etwas ins Ohr brüllt, was ich aufgrund der lauten Musik aber nicht verstehen kann. Mein Blick klebt immer noch an dem Einhorn, das sich in Zeitlupe von der Stelle bewegt.

Als ich die Rothaarige endlich wieder sehen kann, löst sie sich – vermutlich weil ihr langsam die Luft ausgeht – von ihrem Knutschpartner. Der dreht sich zu dem Einhorn, um sich eine Bierflasche zu nehmen, und nun sehe ich ihn endlich von vorn. Mit einem Seufzer der Erleichterung lasse ich die angehaltene Luft entweichen. Das ist definitiv nicht Luke, ich habe diesen Typen noch nie zuvor gesehen.

Noah, der wieder irgendetwas gesagt hat, was von der lauten Musik verschluckt worden ist, gibt mir per Zeichensprache zu verstehen, dass wir uns besser einen anderen Platz suchen.

Wir verlassen die Terrasse und bleiben erst stehen, als wir uns in sicherer Entfernung zum Pool befinden. Denn wir haben ziemlich schnell bemerkt, dass längst nicht jedes Bad im Schwimmbecken freiwillig ist. Unter lautem Gekreische und Gegröle werden immer wieder Partygäste in voller Montur ins Wasser geschmissen.

Aber nicht nur in unmittelbarer Umgebung des Pools

lebt es sich gefährlich. Während wir nach Getränken Ausschau halten, die man, ohne nass zu werden, erreichen kann, rempelt uns jemand ziemlich unsanft an. Ich hab keinen Plan, wer das ist, und Noah scheinbar auch nicht. Klar ist jedoch, dass er eine ziemlich ungesunde Gesichtsfarbe hat, grünlich mit einem kleinen Stich ins Rote. Ein bisschen wie Yoda, der zu lange in der Sonne gelegen hat.

Nur mit Mühe hält er sich auf den Beinen. Bei dem Versuch, das Gleichgewicht zu halten, klammert er sich plötzlich sogar an Noahs Oberarm fest. »Ey, Alter, wo ischn das Klo?«

Das klingt nicht gerade nach einer tiefgründigen Yoda-Weisheit.

»Keine Ahnung.« Noah zuckt mit den Schultern.

Da der sturzbesoffene Yoda scheinbar denkt, dass Noah ihn abschütteln will, krallt er sich noch fester an seinem Oberarm fest.

»Erster Stock, zweite Tür links«, komme ich Noah schnell zu Hilfe. Bestimmt gibt es auch im Erdgeschoss eine Toilette, aber da muss ich leider passen.

Wir sehen Yoda nach, wie er davontorkelt.

»Da geht er hin …« Noah grinst ein bisschen schadenfroh. »Wer weiß, wo der hinkotzt. Der ist viel zu besoffen, um bis zwei zu zählen.«

Ich winke ab. »Vergiss es. So weit kommt er sowieso nicht.«

Und ich habe recht. Er schafft es noch nicht einmal bis zur Terrasse, sondern kotzt vorher schon im hohen Bogen in einen Rosenstrauch. Schade um die schönen Blumen. Hoffentlich vertragen sie diesen Spezialdünger.

Angewidert wenden wir uns ab.

Genau in diesem Moment taucht Chiara auf. »Na, amüsiert ihr euch gut?«

Noah und ich wechseln einen kurzen Blick, dann beginnen wir gleichzeitig zu lachen.

»Ich weiß zwar nicht, was an der Frage so komisch ist, aber schön, dass ihr so viel Spaß habt.« Chiara, die sich wohl ausgeschlossen fühlt oder glaubt, dass wir uns über sie lustig machen, zieht einen Schmollmund. Einen Moment sieht es so aus, als würde sie sich einfach umdrehen und beleidigt davonrauschen, doch dann überlegt sie es sich im letzten Moment anders. Innerhalb von Sekunden verzieht sie ihr Gesicht zu einem zuckersüßen Lächeln. Sie greift nach Noahs Hand. »Hey ihr zwei, das ist 'ne Party. Was steht ihr hier so gelangweilt rum? Komm schon, Noah, tanz mit mir.« Und schon zieht sie ihn hinter sich her zur Tanzfläche, was er sich, ohne zu protestieren, gefallen lässt.

Ich bleibe allein zurück. Eine Weile beobachte ich aus der Entfernung, wie die beiden sich zum Takt der Musik bewegen. Das muss man Chiara wirklich lassen, auf der Tanzfläche hat sie es echt drauf. Da wird die Queen zur Dancing Queen. Auch wenn Noah nicht mit Chiara mithalten kann, ist er ebenfalls kein übler Tänzer. Gerade macht er ein paar übertrieben schwungvolle Moves, die Chiara zum Lachen bringen.

Die beiden sind wirklich ein schönes Paar. Rein optisch harmonieren sie perfekt. Und das gefällt mir irgendwie gar nicht. Bevor ich weiter darüber nachdenken kann, verklingen die letzten Töne, und das Lied ist zu Ende. Nach den schnellen Beats kommt nun eine langsame, gefühlvolle Ballade. Jede Wette, dass das kein Zufall ist. Nicht bei

Chiara. Sicher hat sie vorher alles akribisch geplant und die Playlist darauf abgestimmt. Sie schlingt die Hände um Noahs Nacken und zieht ihn an sich. Na ja, vielleicht zieht auch *er sie* an sich, das ist aus der Entfernung schwer zu beurteilen.

»Ach, hier versteckst du dich also vor mir.«

Ertappt zucke ich zusammen. Es ist Luke, der sich mit einer Bierflasche in der Hand zu mir gesellt.

»Quatsch. Ich verstecke mich doch nicht.«

»Dann ist es ja gut. Ich hab dich nämlich schon vermisst.«

»Jetzt hast du mich ja gefunden«, sage ich und erwidere sein Lächeln.

»Dein Kartoffelsalat ist übrigens megalecker.« Luke stellt seine Bierflasche auf dem Boden ab.

»Freut mich. Dann hat sich die stundenlange Schufterei wenigstens gelohnt.«

Luke, der wahrscheinlich noch nie einen Kartoffelsalat gemacht hat und denkt, ich würde übertreiben, lacht. »Hat dir schon mal jemand gesagt, dass du unglaublich süß bist, Charlotte?«

Bei dem letzten Satz hat Lukes Stimme beinahe zärtlich geklungen. Und plötzlich ist sein Gesicht ganz nah. Er will wohl direkt da weitermachen, wo wir im Kino aufgehört haben.

Ich blinzele nervös, dann schließe ich die Augen. Und kurz darauf spüre ich seine Lippen auf meinen.

Endlich! Ein Traum wird wahr. Wie lange habe ich darauf gewartet! Zittrige Knie, Herzrasen, Schmetterlinge im Bauch, ein Feuerwerk der Gefühle – all das habe ich mir hunderte Male vorgestellt, als ich auf meinem Bett gelegen und voller Sehnsucht an Luke gedacht habe.

Nun warte ich darauf, dass es Wirklichkeit wird. Und warte … und warte … Doch Fehlanzeige. Es passiert nichts. Absolut nichts. Nicht ein einziger müde herumflatternder Schmetterling lässt sich blicken.

Nein, nein, nein, das darf doch nicht wahr sein! O Gott, was stimmt denn nicht mit mir?! Luke ist der coolste und süßeste Typ ever, und ich fühle bei seinem Kuss nichts … nichts außer Panik, eben weil ich nichts fühle. Shit!

Vielleicht muss ich mir einfach etwas mehr Mühe geben. Ich kneife die Augen fest zusammen und versuche den Kuss zu genießen.

Immer noch nichts. Schöne Scheiße.

Ich öffne die Augen und schiebe Luke von mir. »Ich … ich glaube nicht, dass …, dass das eine gute Idee ist«, stottere ich.

Luke blinzelt überrascht. »Zu früh?«

Nein, eigentlich eher zu spät. Aber das würde Luke nicht verstehen.

»Wenn dir das alles zu schnell geht – kein Problem, ich kann warten«, versichert er mir. Seine Hände liegen immer noch auf meinen Hüften. Eigentlich müsste ich vor Glück ohnmächtig werden. Luke ist so ein toller Kerl. Sogar noch toller, als ich es je für möglich gehalten habe. Mein Kopf weiß das, aber meinem Herz scheint das völlig egal zu sein.

»Nein, daran liegt es nicht.« Um etwas Abstand zwischen uns zu bringen, trete ich einen Schritt zurück. Wie soll ich ihm etwas erklären, was ich selbst nicht verstehe?

Nach einem leisen Seufzer sage ich darum nur: »Ich glaube, das passt einfach nicht mit uns beiden.«

»Schade.« Luke klingt ehrlich enttäuscht.

Mit allem habe ich gerechnet, aber nicht damit. Ich könnte verstehen, wenn er beleidigt oder angepisst reagieren würde, denn er ist es sicher nicht gewöhnt, abgewiesen zu werden. Aber davon keine Spur. *Er ist einfach so perfekt, dass es wehtut.* Ach nein, das hat mit Luke gar nichts zu tun. Meine Fingernägel haben sich in meine Handfläche gegraben, als ich unbewusst die Hand zur Faust geballt habe.

»Weißt du, am Anfang habe ich dich nur meiner Schwester zuliebe zu unserer Party eingeladen. Sie hat mich ganz schön unter Druck gesetzt.« Er grinst etwas verlegen. »Na ja, meine Eltern müssen schließlich nicht alles wissen.«

Ich fasse es nicht. Hat Chiara etwa ihren eigenen Bruder erpresst? Nicht dass das jetzt noch eine Rolle spielen würde, trotzdem finde ich es unglaublich.

»Da war diese Sache …« Lukes Gesicht verfinstert sich. »Ach vergiss es. Das ist 'ne andere Geschichte. Aber dann habe ich festgestellt, dass ich dich echt mag und außerdem sehr süß finde.«

»Lieb, dass du das sagst.« Vor Verlegenheit weiß ich gar nicht, wo ich hinsehen soll, und spiele nervös an meinem Armband herum. »Du bist wirklich toll«, versichere ich hastig, »aber das weißt du ja sicher.«

»So toll, dass du mir 'ne Abfuhr verpasst hast, passiert mir auch nicht ständig.« Luke zieht einen Schmollmund, zwinkert dann und nimmt mich noch mal kurz in den

Arm. »Wenn ich wieder beim Wasserball gedemütigt werden möchte, rufe ich dich an.«

»Mach das.« Mit einem Schlag ist der ganze Druck von mir abgefallen, und plötzlich bin ich wahnsinnig erleichtert.

Eigentlich ist nun alles zwischen uns geklärt, bis auf eine Sache. »Erinnerst du dich noch an den Abend, als wir verabredet waren und du mir abgesagt hast?«, frage ich Luke.

»Klar.« Er bückt sich nach seiner Bierflasche und sieht mich abwartend an.

»Bist du an dem Abend statt mit mir ins Kino zum Bowlen gegangen?«

»Wie kommst du denn auf so etwas?«, fragt Luke verdutzt und lässt die Bierflasche, die er schon halb zum Mund geführt hat, wieder sinken. »Mir ging's wirklich nicht gut.«

An seinem Gesicht erkenne ich, dass er die Wahrheit sagt. *Aber warum hat Nele dann so einen Quatsch erzählt?*

»Das ist aber nicht der Grund, warum du mich abblitzen lässt, oder?«, hakt Luke mit einem hoffnungsvollen Unterton nach.

»Nein, das hat nichts damit zu tun«, muss ich ihn leider enttäuschen. »Ich wollte es nur wissen.«

Luke, der wohl merkt, dass das Thema für mich aus irgendeinem Grund wichtig zu sein scheint, kratzt sich nachdenklich am Kopf. »Aber Patrick hat mich an dem Abend angerufen und versucht, mich zum Bowlen zu überreden. Hilft das?«

Ich nicke erleichtert. Also hat Nele bei dem Turnier

bloß was falsch verstanden und sich nicht alles nur ausgedacht.

Luke nimmt einen tiefen Schluck aus seiner Flasche. »Und wenn ich dir noch einen Rat geben darf: Halt dich in Zukunft lieber von meiner Schwester fern. Sie ist 'ne Bitch.«

Im Weggehen dreht er sich noch einmal mit einem breiten Grinsen im Gesicht um und formt mit den Fingern das Peace-Zeichen.

Ich rechne es Luke hoch an, dass er – genau wie beim Wasserball – ein guter Verlierer ist. Nur dass es hierbei leider keinen Gewinner gibt … Trotzdem bin ich einfach nur erleichtert. Die ganze Zeit habe ich so einen fiesen Knoten im Bauch gehabt, den ich für Nervosität gehalten habe. Dabei wollte mir mein Unterbewusstsein nur klarmachen, dass ich mich in was verrannt habe. Nun weiß ich endlich, was Sache ist. Natürlich finde ich immer noch, dass Luke ein Wahnsinnstyp ist. Jetzt, wo ich ihn besser kennengelernt habe, sogar noch mehr als vorher. Aber verliebt bin ich eindeutig nicht in ihn. Mein Herz macht halt, was es will. Leider. Dabei könnte jetzt alles so einfach sein, und stattdessen ist es auf einmal komplizierter als je zuvor. Unwillkürlich entfährt mir ein tiefer Seufzer.

Plötzlich habe ich keine Lust mehr, länger auf der Party zu bleiben, und sehne mich ganz furchtbar nach meinem Bett.

Noah brauche ich bestimmt nicht zu fragen, ob er mit mir nach Hause geht. Er hat so eng mit Chiara getanzt, dass der Abdruck von ihren Rippen morgen noch auf seinem T-Shirt zu sehen sein wird. Allerdings sind die beiden von der Tanzfläche verschwunden. Ob sie auf Chiaras

Zimmer gegangen sind? Der Gedanke tut mehr weh, als ich erwartet habe, darum versuche ich, ihn schnell zu verdrängen.

Als ich mich nach Anna umschaue, um wenigstens ihr Tschüss zu sagen, entdecke ich Yoda, der auf einer Luftmatratze neben dem Pool seinen Rausch ausschläft, und Blödmann-Tim, der sich auf der Tanzfläche mit wilden Hip-Hop-Einlagen zum Affen macht. Und dann erspähe ich Chiara doch noch. Wie es sich für die Queen gehört, hält sie inmitten ihrer Clique in der Loungeecke Hof. Von Noah fehlt allerdings nach wie vor jede Spur. Vielleicht brauchte er nach dem engen Körperkontakt mit Chiara eine kleine Abkühlung und ist im Pool abgetaucht.

Umso besser. Dann kann ich mich, ohne zu stören, mal eben von Chiara verabschieden.

Als ich näher komme, höre ich Leonies aufgeregte Stimme. »Nun erzähl schon! Wie läuft es mit Noah? Habt ihr schon geknutscht? Oder sogar mehr?«

Obwohl ich gar nicht weiß, ob ich die Antwort hören will, bleibe ich stehen und lausche.

»Ich glaube, er ist tatsächlich etwas schüchtern. Ist das nicht süß?« Chiara lacht. »Aber Noah ist total in mich verschossen. Habt ihr gesehen, wie er mit mir getanzt hat? Vertraut mir, das dauert nicht mehr lange, bis wir richtig zusammen sind.«

Zustimmendes Gemurmel ist die Antwort.

»Sind wir Charly dann endlich los?«, will Leonie wissen.

»Klar, was glaubst denn du«, antwortet Chiara, ohne auch nur eine Sekunde zu zögern. »Sobald die Sache mit Noah safe ist, heißt es *Bye-bye, Charly!*«

Obwohl ich nichts getrunken habe, ist mir plötzlich kotzübel. Die Bässe aus den Boxen hämmern unnachgiebig auf mich ein, bis ich das Gefühl habe, mein Kopf müsste zerspringen. Aber schlimmer als die laute Musik sind die Scham und die Erkenntnis, dass Chiara mich übelst verarscht hat. *Selbst schuld.* So viel Blödheit muss bestraft werden! Ich hätte es sehen müssen. So wie Nele. Sie lag richtig mit allem, was sie über Chiara gesagt hat. Dass sie eine hinterhältige Schlange ist, die andere Menschen wie Einwegartikel benutzt und dann wegwirft. Aber ich wollte das einfach nicht wahrhaben. Schlimmer noch: Irgendwie habe ich mich sogar von ihr kaufen lassen. Ein Freundschaftsband – dass ich nicht lache! Wie konnte ich nur so naiv sein?

Ich beiße mir auf die Lippen, um nicht in Tränen auszubrechen. Mit gesenktem Kopf bahne ich mir durch die feiernde Meute einen Weg Richtung Ausgang. Das sogenannte Freundschaftsband werfe ich im Vorbeigehen in die Rosenbüsche, etwa an die gleiche Stelle, wo der besoffene Yoda hingekotzt hat.

Ohne weitere Zwischenfälle gelange ich bis zur Haustür. Dort mache ich noch einmal kehrt, weil ich eine Sache heute unbedingt noch erledigen muss.

Zum Glück hält sich gerade niemand im Eingangsbereich auf, sodass ich Lukes T-Shirt unbemerkt aus meiner Tasche ziehen und hinter die Lederbank stopfen kann. Spätestens beim nächsten Putzen wird es dort bestimmt gefunden werden, und dann hat Luke endlich sein Lieblingsshirt wieder. Wenigstens das bin ich ihm schuldig.

Als ich wieder auf der Straße stehe, atme ich erleichtert auf. Unfassbar, es ist gerade mal ein paar Stunden her, dass ich mich wie verrückt auf diese Party gefreut habe, und nun ist alles komplett anders. Jetzt fühle ich mich einfach nur total leer.

Ich bin viel zu durcheinander, um nach Hause zu gehen, darum mache ich an einem kleinen verwaisten Spielplatz Halt und setze mich dort auf eine Schaukel. Meine Tasche lasse ich achtlos neben mir in den Sand fallen. Dabei springt sie auf, und eine Flasche kommt herausgekullert. Ups, die habe ich ja total vergessen.

Noch so eine Sache, auf die ich nicht besonders stolz bin. Nach der Moralpredigt von meinen Eltern wegen des Summer-Cups habe ich mich in den Keller geschlichen und eine Flasche Tequila mitgehen lassen. Wenn sie schon so wahnsinnig enttäuscht von mir sind, habe ich gedacht, dann kann ich ihnen genauso gut auch einen richtigen Grund dafür liefern.

Zögernd greife ich nach der Flasche und betrachte sie von allen Seiten. Dann drehe ich den Verschluss ab und nippe an der Flasche.

Brrr, das Zeug schmeckt scheußlich, schlimmer als jede Medizin. Ich nehme noch ein paar kleine Schlucke und spüre, wie die Flüssigkeit brennend meinen Hals hinunterrinnt und sich in meinem Magen sammelt. Der rebelliert postwendend. Kein Wunder, schließlich habe ich heute vor lauter Nervosität kaum etwas gegessen.

Und wenn schon! Was einen nicht tötet, härtet einen nur ab. In der Hoffnung, dass der Geschmack nach und nach besser wird, nippe ich erneut an der Flasche. So machen das die traurigen Helden in den Filmen auch immer. Bäh, wissen die nicht, dass man sich danach noch beschissener fühlt?!? Genauso gut könnte ich Maggi oder Würstchenwasser trinken. Das flaue Gefühl wird nicht weniger, im Gegenteil, wie eine Welle baut die Übelkeit sich immer weiter auf.

Ich schaffe es gerade noch so bis nach Hause.

Wenig später findet mich meine Mutter in inniger Umarmung mit der Kloschüssel vor.

»Na komm, leg schon los mit deiner Predigt«, ranze ich sie zwischen zwei Kotzattacken an. Angriff ist bekanntlich die beste Verteidigung.

»Ich wollte eigentlich nur fragen, ob ich etwas für dich tun kann.« Mama setzt sich neben mich auf den Badezimmerfußboden.

Mit allem habe ich gerechnet, mit einem Kreuzverhör, mit schlimmen Vorwürfen, von mir aus sogar mit Hausarrest, aber ganz bestimmt nicht damit, dass sie so lieb und verständnisvoll reagiert. Als sie mir zärtlich eine verschwitzte Haarsträhne aus dem Gesicht streicht, ist es um mich geschehen.

Wasser, marsch!

Es fühlt sich an, als wäre ein Staudamm gebrochen. All die Tränen, die ich die ganze Zeit mühevoll zurückgehalten habe, schießen geradezu aus mir heraus. Und nachdem ich eine Weile einfach nur leise vor mich hin geheult habe, fasse ich all meinen Mut zusammen und rede mir alles von der Seele. Auch den gemopsten Tequila lasse ich nicht aus.

Komischerweise scheint meine Mutter nicht besonders überrascht zu sein. »Mir ist gestern schon aufgefallen, dass die Flasche gefehlt hat. Ordnung ist halt nicht so deine Stärke. Um keine Spuren zu hinterlassen, hättest du die anderen Flaschen zumindest wieder ordentlich ins Regal zurückstellen müssen.«

»Und du hast nichts gesagt?« Ich schaue von den Badezimmerfliesen hoch, die ich die ganze Zeit angestarrt habe, weil ich mich nicht getraut habe, meiner Mutter in die Augen zu sehen. »Ihr hättet meine Tasche filzen können, bevor ich aus dem Haus gegangen bin.«

»Und was hätte das gebracht?« Sie streichelt mir zärtlich über den Kopf. »Papa und ich haben gehofft, dass du von allein zur Vernunft kommst.«

»Seid ihr sehr sauer?«

Mama schüttelt den Kopf. Und oh Wunder, dieses Mal verkneift sie sich sogar ihren Lieblingssatz, dass sie nicht böse, sondern enttäuscht von mir sind. Wofür ich sie echt abknutschen könnte. Was ich jedoch lieber bleiben lasse, denn mein Magen rebelliert erneut.

Schnell nehme ich wieder meine Position über der Kloschüssel ein, und Mama rafft gerade noch rechtzeitig meine Haare im Nacken zusammen, bevor die nächste Ladung wie eine Fontäne aus mir herausschießt.

Wie kann das sein? Langsam muss doch mal alles raus sein.

Als ich mich gerade wieder völlig fertig auf die Badezimmerfliesen kauere, steckt Emma ihren Kopf zur Tür rein. »Ich muss mal.«

»Dann geh unten auf die Gästetoilette«, ächze ich mit letzter Kraft.

Ich bin sicher, dass die kleine neugierige Tratschtante darauf brennt zu erfahren, was auf der Party vorgefallen ist, aber ausnahmsweise hat sie genug Feingefühl, gleich wieder den Rückzug anzutreten. Vielleicht hat sie aber auch nur Angst, dass ich sie vollkotze.

»Mama, was soll ich bloß machen?«, schluchze ich.

»Ich denke, du solltest dich bei Nele entschuldigen.«

»Aber so beschissen, wie ich mich verhalten habe, wird sie mich bestimmt abblitzen lassen.«

»Vielleicht«, meine Mutter nimmt mich in den Arm und streichelt tröstend über meinen Rücken, »vielleicht aber auch nicht. Das Risiko wirst du wohl eingehen müssen. Ihr seid schon so lange befreundet und kennt euch in- und auswendig. Da verzeiht man sich so einiges.«

Ich weiß nicht, ob ich das andersherum könnte. Obwohl … wenn ich mir überlege, wie sehr ich Nele in den letzten Tagen vermisst habe, dann vielleicht doch.

»Ob in einer Beziehung oder in einer Freundschaft, jeder baut mal Bockmist. Entscheidend ist, ob man es auch schafft, seine Fehler zuzugeben und sich zu entschuldigen.«

Keine Ahnung, ob ich das kann. Im Augenblick bin ich mir nicht mal sicher, ob ich die Nacht überleben werde. Und nach einem gequälten Seufzer übergebe ich mich erneut in die Schüssel.

Kapitel 16

Am nächsten Morgen fühle ich mich sterbenselend. Schwer zu sagen, ob der Alkohol daran schuld ist oder ob die längst überfällige Aussprache mit Nele mir im Magen liegt. Nach dem Duschen würge ich ein paar staubige Stücke Zwieback runter, dann mache ich mich auf den Weg.

»Du schaffst das schon«, macht meine Mutter mir an der Haustür noch einmal Mut und drückt mich an sich. »Ich bin stolz auf dich. Sei einfach ehrlich. Der Rest ergibt sich dann ganz von allein.«

Unterwegs bin ich mehrere Male kurz davor, wieder umzukehren. Vielleicht ist es besser zu warten, bis Neles Ärger auf mich etwas verraucht ist. Oder bis die Temperaturen wieder gefallen sind, Gras über die Sache gewachsen ist … Mir fallen jede Menge Gründe ein, um die Aussprache hinauszuschieben.

Aber eigentlich weiß ich ganz genau: Ich muss da jetzt durch. Egal wie unangenehm es wird, denn ich will nur eins: meine Freundin zurück! Die Frage ist nur, ob sie das auch will.

»Hi«, sage ich unsicher, als Nele mir die Tür öffnet.

Sie erwidert nichts. Reglos steht sie da, auch ihre Miene ist völlig ausdruckslos. Fast scheint es so, als würde sie durch mich hindurchsehen. Wenn sie auf mich losgehen, mich beschimpfen oder mir die Augen auskratzen würde, damit käme ich klar. Von mir aus kann sie mir auch gerne eine runterhauen. Alles ist besser als gar keine Reaktion.

»Du siehst beschissen aus«, sagt sie schließlich.

Na ja, *fast* alles ist besser …

»Was willst du?«, fragt Nele, als ich nicht sofort etwas erwidere, kalt.

Jede Faser meines Körpers ist angespannt. Ich bin bereit, einen Satz nach vorne zu machen, falls Nele auf die Idee kommen sollte, mir einfach die Tür vor der Nase zuzuschlagen. Plötzlich bin ich fest entschlossen: Ich werde nicht eher von hier verschwinden, bis Nele mir verziehen hat.

»Ich wollte mal hören, wie das Turnier gestern gelaufen ist.« Auf dem Hinweg habe ich mir ganz genau überlegt, was ich Nele sagen möchte. Aber dieser Satz ist definitiv nicht dabei gewesen.

Neles grüne Augen verengen sich zu Schlitzen. »Wenn du da gewesen wärst, wüsstest du es.«

»Du hast ja recht. Und es tut mir unglaublich leid.« Obwohl ich mir fest vorgenommen habe, nicht loszuheulen, spüre ich, wie der Pegelstand in meinen Augen gefährlich steigt. »Also was ich eigentlich sagen wollte: Ich weiß, dass ich in letzter Zeit eine beschissene Freundin gewesen bin und wahnsinnig viel falsch gemacht habe, und dafür möchte ich mich bei dir entschuldigen.«

Meine Stimme klingt unangenehm schrill. Kein Wunder, denn langsam werde ich panisch. Es steht einfach zu viel auf dem Spiel. Wie konnte ich bloß so dämlich sein, etwas dermaßen Kostbares wie unsere Freundschaft so leichtfertig aufs Spiel zu setzen?!? Nele ist einer der wichtigsten Menschen in meinem Leben, und die Vorstellung, sie zu verlieren, schnürt mir die Kehle zu.

Nele hingegen scheint mich bereits abgehakt zu haben. Keine Ahnung, was für eine Reaktion ich von ihr erwartet habe, aber bestimmt nicht, dass sie sich so kalt und emotionslos verhält. Ihre Miene ist immer noch völlig versteinert, und ich bin mir nicht sicher, ob sie mir überhaupt zugehört hat.

»Ich würde alles dafür tun, damit du mir noch mal eine Chance gibst«, schluchze ich. Obwohl ich mir fest vorgenommen habe, mich ganz erwachsen zu verhalten, bin ich gegen die Tränen machtlos. Ich flenne wie ein kleines Kind.

»Lass das«, sagt Nele unwirsch. Und dann fügt sie etwas weicher hinzu: »Meine Mutter hat noch keine neuen Taschentücher gekauft.«

Schwer zu sagen, wer von uns den ersten Schritt gemacht hat, aber plötzlich liegen wir uns in den Armen.

»Na toll«, murmelt Nele dicht an meinem Ohr, »ein paar Tränen, und schon kriegest du mich rum. Ich hätte es dir nicht so leicht machen dürfen.«

»Selbst schuld. Du weißt nicht, was dir entgangen ist. Ich wäre sogar vor die auf die Knie gefallen«, scherze ich nun, noch immer unter Tränen.

»Das merke ich mir fürs nächste Mal.« Nele löst sich von mir und tritt einen Schritt zur Seite. »Und jetzt komm erst mal rein, du blöde Kuh.«

* *

Wir führen ein richtig langes und gutes Gespräch. Alles kommt auf den Tisch.

»Ich war eifersüchtig auf Chiara«, gesteht mir Nele. »Ich dachte, dass du dich von ihren tollen Klamotten und all dem anderen Zeug blenden lässt.« Und nach einer kleinen Pause fügt sie noch hinzu: »Außerdem fand ich es unfair, dass sie Lukes Schwester ist. Wie sollte ich damit konkurrieren? Apropos: Seid ihr jetzt zusammen? Ich nehme an, die Party war eine gute Gelegenheit, um die Sache klarzumachen.«

»Tja, damit liegst du nicht ganz falsch.« Ich knibbele an meinem Fingernagel herum. »Bloß doof, dass ich ihn gar nicht mehr haben will.«

Nele scheint nicht besonders überrascht zu sein. »Deine Gefühle für Noah haben dazwischengefunkt, stimmt's?«

Manchmal habe ich den Eindruck, sie kennt mich besser als ich mich selbst. Und dann erzähle ich ihr, was gestern Abend passiert ist, inklusive aller unschönen Details. Auch die Szene, als Chiara mit ihren Freundinnen über mich herzieht, spare ich nicht aus. Und wie immer findet Nele genau die richtigen Worte. Keine Spur von Genugtuung oder Häme. Obwohl sie wirklich allen Grund dafür hätte.

Als ich an der Stelle angekommen bin, an der mich

meine Mutter nach der Party über der Kloschüssel hängend vorgefunden hat, sehe ich jedoch, dass sie sich nur mit Mühe ein schadenfrohes Grinsen verkneifen kann. »Ja, mach dich ruhig über mich lustig. Ist schon okay. Ich hab's nicht anders verdient.«

»Und was hast du jetzt vor?«

»Was soll ich schon vorhaben?« Worauf will Nele hinaus? »Meinst du, ob ich von nun an für immer enthaltsam lebe? Kein Alkohol, keine Jungs?«

»Genau so etwas in der Art hat mir vorgeschwebt.« Nele verdreht die Augen. »Nein, ich meine, was willst du tun, um das mit Noah zu klären? Du bist doch in ihn verliebt. Oder hast du tatsächlich vor, ihn dieser Bitch zu überlassen?«

Ich schüttele entschieden den Kopf. Denn eins habe ich heute kapiert: Die Dinge, die einem am Herz liegen, sollte man nie kampflos aufgeben. Wenn ich Nele nicht gezeigt hätte, wie wichtig sie mir ist, wäre unsere Freundschaft vielleicht den Bach runtergegangen. Nun muss Noah unbedingt erfahren, was ich für ihn empfinde …

»Na los!«, ermuntert mich Nele. »Worauf wartest du noch? Hol ihn dir endlich.«

Auf dem Rückweg trete ich so kräftig in die Pedale, dass mir schon nach kurzer Zeit der Schweiß in Strömen über das Gesicht läuft. Ich will zu Noah, um ihm meine Gefühle zu gestehen. Jetzt. Sofort. Und dabei lasse ich mich weder von roten Ampeln noch von Stoppschildern aufhalten.

Zu Hause angekommen schmeiße ich mein Fahrrad achtlos gegen den Gartenzaun. Gerade will ich die Straße überqueren, um bei Noah Sturm zu klingeln, als ich sehe, wie die Haustür gegenüber geöffnet wird. Ohne genau zu wissen warum, quetsche ich mich schnell durch unser Gartentor und verstecke mich hinter Mamas Rhododendronbusch. Auch wenn ich ziemlich durch den Wind bin, meine Reflexe funktionieren hervorragend. Und mein sechster Sinn offenbar auch. Denn nun sehe ich die Person, die gerade das Haus verlässt.

Es ist Chiara.

Bei ihrem Anblick steigt mir die Galle hoch, und in meinem Bauch wird es ganz heiß. Am liebsten würde ich diese falsche Schlange packen und ihr jedes ihrer gelockten Haare einzeln ausreißen. Keine Ahnung, wie sich ein Nervenzusammenbruch anfühlt, aber ich bin mir sicher, dass ich ganz kurz davor bin.

Nach der ersten heißen Wut auf Chiara trifft mich die Erkenntnis jedoch wie ein Schlag in die Magengrube: Ich komme zu spät. So sieht's aus. Noah und Chiara sind bereits ein Paar. Und ich selbst habe Noah auch noch gut zugeredet. Ich hab's nicht anders verdient, so viel Dummheit muss ganz einfach bestraft werden.

Plötzlich fühle ich mich total ausgelaugt. Ich kann nicht mal mehr wütend sein. Weder auf Chiara noch auf mich selbst. Ich bin einfach nur abgrundtief traurig, und jeder Funke Energie, den ich in mir hatte, ist verpufft.

Als ich sicher bin, dass die Luft rein ist, verlasse ich mein Versteck und schleiche mich in mein Zimmer. Ich will niemanden hören und sehen, sondern mich einfach nur die nächsten zehn bis zwanzig Jahre in meinem Zimmer verkriechen. Als ich auf meinem Bett liege und mir die Decke über den Kopf ziehen will, wird mir klar, dass ich ganz dringend etwas Trost brauche, ohne reden oder etwas erklären zu müssen. Und das hat keiner besser drauf als Costa.

Nachdem ich ihn im ganzen Haus vergeblich gesucht habe, gehe ich raus auf die Terrasse. Bestimmt ist er im Garten. »Costa, hier!«, rufe ich.

Aber kein fröhliches »Wuff«, nicht einmal ein Knacken im Gebüsch, das anzeigt, dass er mich gehört hat und auf dem Weg ist.

Er kann ja schließlich nicht weg sein. Oder doch? Ich hab doch nicht etwa … Plötzlich läuft es mir eiskalt den Rücken runter. Hab ich vorhin in der ganzen Aufregung etwa das Gartentor aufstehen lassen? So schnell ich kann, renne ich ums Haus, und richtig – das Gartentor steht sperrangelweit offen. Die perfekte Einladung für einen unternehmungslustigen Hund wie Costa, mal ein bisschen auf eigene Faust die Welt zu erkunden. Nein, nein, nein, das nicht auch noch!

Voller Panik laufe ich ins Haus zurück, schnappe mir eine Handvoll Hundekekse und mache mich auf die Suche. Vor dem Nachbarhaus treffe ich auf Frau Bettermann, die bestimmt schon zum zehnten Mal in dieser Woche den Bürgersteig fegt. In Erwartung eines Schwätzchens lächelt sie mir entgegen. Wie sie so dasteht, hat sie irgendwie Ähnlichkeit mit einer Spinne, die in ihrem Netz auf ihr nächstes Opfer wartet.

»Charlotte, hallo. Wie geht's dir?«

»Haben Sie Costa gesehen?«, frage ich atemlos.

»Nein, tut mir leid. Ist der kleine Schlingel wieder ausgebüxt?«

Ohne ihr zu antworten, drehe ich mich um und renne in die entgegengesetzte Richtung.

»Costaaaa, Costaaaa!«

Frau Bettermanns wachsamem Auge entgeht nichts. Wenn Costa an ihr vorbeigekommen wäre, hätte sie das todsicher bemerkt.

»Costaaaa, Costa, hier!«, brülle ich aus Leibeskräften. »Costa, Leckerchen!« Meine Stimme überschlägt sich, bestimmt bin ich bald heiser. Außerdem laufen mir ununterbrochen die Tränen übers Gesicht.

»Ich hab dich rufen gehört. Brauchst du Verstärkung?«

Wie aus dem Nichts ist Noah plötzlich neben mir aufgetaucht. Er hat die Lage sofort gecheckt, und ohne meine Antwort abzuwarten, bietet er seine Hilfe an. »Zusammen finden wir ihn schneller. Mach dir keine Sorgen, Costa kann sich schließlich nicht in Luft aufgelöst haben. Du suchst die Gärten auf der linken Seite ab, ich auf der rechten.«

Obwohl wir, sehr zur Verwunderung und auch zum Missfallen einiger Nachbarn, alle umliegenden Gärten durchkämmen, hinter jedem Baum und jedem Busch nachsehen, bleibt der Ausreißer verschwunden.

»Keine Spur von ihm«, sage ich verzweifelt, als Noah und ich uns wieder auf der Straße treffen. »Und bei dir?«

»Auch nichts.«

Verdammt, wo steckt Costa nur? Ich mache mir die größten Vorwürfe. Warum habe ich bloß dieses doofe Gartentor offen gelassen?! Wenn Costa etwas zustößt, bin ich schuld. Dieser Gedanke liegt mir wie ein tonnenschweres Gewicht auf der Brust, und schon wieder schießen mir Tränen in die Augen. Wenn das so weitergeht, bin ich bald innerlich völlig vertrocknet.

»Nicht weinen«, sagt Noah leise, »vertrau mir, wir werden ihn schon finden.« Er knufft mich aufmunternd in die Seite. »Und wenn wir ihn haben, ziehen wir ihm zur Strafe die Ohren so lang, dass er beim Laufen darüber stolpert. Dann ist endgültig Schluss mit den Ausbruchsversuchen.«

Obwohl ich mich elend fühle, muss ich bei Noahs Worten lächeln.

Es ist nicht Costas erster Ausbruchsversuch, aber bisher ist er nie besonders weit gekommen. Dieses Mal ist das offenbar anders.

»Costa, tu mir das nicht an«, murmele ich vor mich hin.

Plötzlich packt Noah mich ziemlich unsanft am Oberarm. »Hey, schau mal. Siehst du das?«

»Wo? Was meinst du?«

»Na da.« Noah gibt meinen schmerzenden Oberarm wieder frei und zeigt auf eine Hecke in einem Vorgarten, den ich vorhin schon inspiziert habe. Offenbar muss ich dabei etwas übersehen haben, denn aus dem grünen Gestrüpp ragt eindeutig Costas Hinterteil hervor. Sein Schwänzchen wedelt aufgeregt hin und her. Wahrscheinlich wittert er etwas, eine Maus oder einen Hasen.

Ich will kein Risiko eingehen. Wenn Costa gerade im Jagdfieber ist, wird er nicht besonders begeistert darüber sein, seine neu gewonnene Freiheit gleich wieder aufzugeben.

Ich lege den Finger auf die Lippen und gebe Noah mit Handzeichen zu verstehen, dass wir uns von hinten anschleichen. Auf Zehenspitzen pirschen wir uns immer näher heran. Gott sei Dank ist Costa so beschäftigt, dass er uns nicht bemerkt. Etwa einen halben Meter von ihm entfernt bleiben wir stehen.

Um mir zu zeigen, dass er bereit ist, hebt Noah den Daumen.

»Zugriff«, zische ich ihm zu.

Gleichzeitig stürzen wir uns auf den kleinen Ausreißer. Widerstand ist zwecklos, wir haben ihn in der Zange. Ich umklammere Costas Halsband und spüre sein drahtiges Fell unter meinen Fingern. Vor Erleichterung kommen mir erneut die Tränen. Mann, was bin ich froh! Noah ist immer noch ganz dicht neben mir, genau wie ich hält er Costa am Halsband fest. Sicher ist sicher. Natürlich könnte er den Hund jetzt loslassen, aber ich hoffe, dass er es nicht tut, denn unsere Fingerspitzen berühren sich leicht. Als würde dadurch ein magischer Stromkreis geschlossen, ist mein ganzer Körper wie elektrisiert.

Doch von einer Sekunde auf die andere hört das Wahnsinnskribbeln plötzlich auf. Noahs Hand ist verschwunden, stelle ich enttäuscht fest. Zurück bleibt wieder diese große Leere. Und der unbändige Wunsch, Noah ganz nah zu sein und ihn zu berühren. Aber das würde ich mich nie im Leben trauen. Denn er hat jetzt Chiara und ist in sie verliebt. Vielleicht wäre er es nicht, wenn ich ihm nicht auch noch einen Schubs in die falsche Richtung gegeben hätte. Sollte ich also unbedingt jemandem die Schuld für diese vertrackte Situation geben wollen, dann einzig und allein mir selbst. Dieser Gedanke macht mich noch fertiger, als ich es ohnehin schon bin. Es fühlt sich an, als würde mein Herz in winzige Fetzen gerissen. Verdammt, warum kann etwas so Wunderbares wie Liebe so beschissen wehtun?!? Um nicht schon wieder loszuheulen, beiße ich mir auf die Unterlippe.

Noah nimmt mir die Leine aus der Hand und lässt den Karabinerhaken mit einem hellen metallischen Klicken an Costas Halsband einrasten. »Sorry, Kumpel, der Ausflug ist jetzt vorbei.« Er krault Costa hinter den Ohren, dann streichelt er ihm so liebevoll über den Kopf, dass ich ganz neidisch werde. Hund müsste man sein!

»Ab sofort wird nicht mehr abgehauen, das musst du mir versprechen, Kumpel. Du willst doch bestimmt nicht, dass dein Frauchen wieder traurig ist, oder?« Noahs Stimme klingt weich. »Ich will es auf jeden Fall nicht. Dein Frauchen ist nämlich der liebste Mensch, den ich kenne.« Obwohl er mit Costa redet, sind seine Worte eindeutig für mich bestimmt.

»Findest du?«, frage ich unsicher. Der liebste Mensch? Was meint er damit? Will er einfach nur nett sein, oder …? Plötzlich ist da wieder ein Funke Hoffnung. Ich starre wie gebannt in sein Gesicht. Auf seine Lippen, die so wunderbar weich sind und die beim Küssen dieses Wahnsinnsgefühl in mir auslösen. Und dann in seine Augen, die mich ernst mustern.

Er räuspert sich. »Ja, finde ich. Wenn ich mit dir zusammen bin, ergibt auf einmal alles einen Sinn. Wie eine Gleichung mit ganz vielen Unbekannten, die plötzlich aufgeht.«

So was Schönes hat noch nie jemand zu mir gesagt, obwohl es mit Mathe zu tun hat.

»Geht mir genauso«, murmele ich. Nur dass ich es leider nicht halb so gut in Worte fassen kann wie Noah. »Du bist nicht nur mein absoluter Lieblingsmensch, sondern auch mein Seelenverwandter«, versuche ich es trotzdem.

»Weißt du, was ich mir bei der Beachparty am See gewünscht habe, als wir die Sternschnuppe gesehen haben?« Ich hab da plötzlich so eine Ahnung, aber ich möchte es lieber von ihm selbst hören. Als ich nichts erwidere, fährt Noah fort: »Ich habe mir gewünscht, dass du genauso verliebt in mich bist wie ich in dich.«

Mein Herz, das eben noch am Boden zerstört und völlig down war, hopst in meiner Brust übermütig auf und ab und schlägt Saltos. *Er ist in mich verliebt.* Er ist in mich verliebt!!! Ich kann es kaum glauben.

»Und dann war da dieser unglaubliche Kuss«, redet Noah weiter. »Ich meine, hey, das war nicht nur irgendein Kuss, das musst du doch auch gespürt haben. Aber dann hast du in der Schule was gefaselt von wegen das wäre ja fast so, als wenn du mit deinem Bruder eine Beziehung hättest.« Noah verdreht die Augen und gibt mir per Handzeichen zu verstehen, wie plemplem er das findet. »Erinnerst du dich?«

Ich spüre, wie ich rot werde. Natürlich erinnere ich mich daran. An jedes einzelne Wort. Und in diesem Moment entscheide ich, mutig zu sein. »Da stand ich wohl ein bisschen auf dem Schlauch. Es hat 'ne Weile gedauert, bis ich geschnallt habe, was mit meinen Gefühlen los ist. Aber dafür bin ich mir jetzt umso sicherer.« Die Sätze sprudeln nur so aus mir raus, immer schneller und schneller. »Ich war vorhin auf dem Weg zu dir, um mit dir darüber zu reden, aber dann …«

»Findest du nicht, dass wir schon lange genug geredet haben?«, unterbricht mich Noah.

Ich nicke stumm mit dem Kopf. Dabei sehen wir einander tief in die Augen. Keine Ahnung, wer hier wen hypnotisiert, fest steht jedoch, dass die Anziehungskraft zwischen uns mit jeder Sekunde wächst.

Fast gleichzeitig machen wir einen Schritt aufeinander zu. Noah greift nach meiner Hand. Es fühlt sich vertraut und gleichzeitig neu und aufregend an. Mein Herz klopft so heftig, als müsste es jeden Moment zerspringen. Unsere Gesichter sind sich ganz nah. Ich warte atemlos, denn ich hoffe, ahne, bete, was nun kommt … Die goldenen Sprenkel in Noahs Augen scheinen zu explodieren, als unsere Lippen sich endlich zu einem Kuss treffen.

Wahnsinn!

Dieser Moment ist definitiv eine Million Glücksbohnen wert … und könnte von mir aus ewig dauern.

Aber Costas fröhliches Bellen lässt uns erschrocken auseinanderfahren. Nur unsere Augen können sich einfach nicht voneinander trennen. Mein Herz, das immer noch völlig aus dem Häuschen ist, schlägt dabei im Takt seinen Namen: No-ah, No-ah, No-ah. Was für ein fantastisches Gefühl! Ich glaube, ich bin noch nie in meinem Leben so glücklich gewesen.

Nachdem wir uns eine Weile schweigend angelächelt haben, springt mein Gehirn, das vorübergehend ausgefallen ist, wieder an.

»Und Chiara?«, frage ich, obwohl mir in diesem Augenblick eigentlich niemand so egal ist wie sie. »Ich habe sie vorhin aus eurem Haus kommen sehen. Und da dachte ich …«

»Ich gebe ihr Nachhilfeunterricht«, unterbricht mich Noah und streicht mit dem Daumen ganz zart über meine

Wange. »Mehr läuft da nicht. Ich kann die Kohle ganz gut brauchen. Außerdem hast du doch selbst gesagt, dass ich das machen soll. Noch Fragen?«

Keine, die der nächste Kuss nicht beantwortet hätte.

Obwohl … eine Frage habe ich noch: Wo soll ich bloß so verdammt viele Glücksbohnen herbekommmen?